Início & fim

Início & fim

FIÓDOR DOSTOIÉVSKI

TRADUÇÃO E NOTAS
OLEG ALMEIDA

MARTIN CLARET

SUMÁRIO

Prefácio — 9

INÍCIO E FIM

Noites brancas — 19
O eterno marido — 75
Sobre o tradutor — 223

PREFÁCIO

O FASCÍNIO DAS NOITES BRANCAS

Não se calculam as maravilhas do mundo. Umas são assombrosas, a ponto de nos deixar, quando as vemos, descrentes dos próprios olhos; as outras, que observamos volta e meia, parecem menos notáveis, e quem se encantar porventura com elas corre o risco de assombrar-nos com sua ingenuidade. As noites brancas, o fenômeno atmosférico que ocorre, às vésperas do solstício,[1] nas regiões adjacentes aos polos terrestres, são uma das maravilhas, banais para os nativos daquelas regiões, que arrebatam qualquer pessoa vinda de fora. Comuns nos países escandinavos e no Alaska, nas zonas árticas do Canadá e da Rússia, estão arraigadas no imaginário humano: vários poetas cantaram a estranha beleza delas, vários pintores representaram-nas em suas telas... Existe, porém, um lugar único, incrivelmente poético e pictórico, onde as noites brancas, que começam em fins de maio e terminam em meados de julho, também são incríveis. É a cidade de São Petersburgo.

Imagine-se, antes de tudo, uma noite que não chega a ser uma noite; imagine-se um sol ambíguo que se põe, mas não vai embora, cuja luz pálida, mas inextinguível, impede o crepúsculo vespertino de se transformar na escuridão noturna. Espraiando-se pela imensa cidade, construída na foz do caudaloso rio Neva, essa luz ilumina suas vastas praças, suas avenidas majestosas, suas pontes românticas, e eis que, perdendo as cores habituais, elas adquirem um matiz ilusório, meio cinzento meio embranquecido, como se toda a cidade visasse abdicar o real e sonhar acordada. Imagine-se, a seguir, um céu transparente, descolorido, mas recamado de ouro, que encima a antiga capital russa sem ameaçá-la, chuvosa por natureza, de um só respingo de chuva. Está tudo tão calmo, tão plácido sob aquele céu livre de nuvens, que nenhum

---

[1] O solstício de verão no hemisfério norte, equivalente ao solstício de inverno no hemisfério sul, tem lugar por volta do dia 21 de junho.

pensamento sombrio vem à cabeça: ignorando se acabou de anoitecer, se a nova manhã raiará em alguns minutos, a gente se esquece do tempo que flui, da vida que nunca desacelera seu transcorrer, não tem medo de acidentes nem de ladrões, não se importa com o futuro. O que tem valido, hoje ou na época dos czares, é fruir o momento presente, tentar detê-lo, como o queria Fausto,[2] para não lamentar depois ter vivido à toa! Imagine-se, enfim, alguém que anda, sem consultar o relógio, por aquela cidade, que não se farta de contemplá-la, repleta de estátuas de bronze e de colunas de mármore, caminha pela avenida Nêvski até o Palácio de Inverno, atravessa o Neva, antes que a ponte Dvortsóvy[3] suba abrindo caminho aos enormes navios oceânicos, e, uma vez na ilha Vassílievski, surpreende-se com duas esfinges egípcias a enfeitarem a margem do rio, revestida de um granito lustroso, tão milenar quanto elas. Recordo-me vivamente de mim, garoto provinciano que ia curtir as férias em Leningrado,[4] rendendo-me, desde a primeira noite passada em claro, ao poderoso fascínio de suas paisagens e seus devaneios.

É nesse cenário inspirador que se ambienta a novela *Noites brancas*, de Fiódor Dostoiévski. Quem a protagoniza é um jovem pobre, um tanto propenso à melancolia, chamado simplesmente de "sonhador", que aparenta não fazer nada, dia após dia, senão dar longos passeios a pé, indo aos confins de São Petersburgo, sem nenhum objetivo prático, e regressando mais tarde, cansado e cheio de impressões corriqueiras, à sua parte central. Havia, pelo que dizem, muitos jovens desse tipo na década de 1840, quando o governo imperial de Nikolai I[5] buscava reprimir, com uma austeridade implacável, quaisquer pendores libertários de seus súditos. O sonhador não se perturba com os problemas políticos nem sociais, atentando nos pormenores cotidianos que o rodeiam: prédios e árvores, carruagens e transeuntes. Aliás, estes últimos nem reparam em sua presença, e ele mesmo se acha tão desajeitado e tímido (talvez não o seja, de fato, mas é sua imaginação que insiste em tomar a dianteira!) que lhe falta coragem para se aproximar deles. Por mero acaso, durante

---

[2] O protagonista da tragédia *Fausto*, de Johann Wolfgang von Goethe (1749-1832), dirige-se ao efêmero pedindo: "Detém-te, és tão belo!"
[3] Ponte do Palácio (em russo).
[4] Nome de São Petersburgo entre 1924 e 1991.
[5] Nikolai I, o Inolvidável (1796-1855): imperador russo cujo governo (1825-1855) foi marcado por fortes tendências conservadoras e autocráticas.

uma das caminhadas solitárias, depara-se com uma moça que o atrai não apenas por ser bonita, mas, sobretudo, por lembrar vagamente a heroína de um romance sentimental, cujo rostinho charmoso mascara decerto algum segredo extraordinário. "Desacostumei-me completamente das mulheres, ou melhor, nunca me tinha acostumado a elas..." — gagueja o sonhador, apresentando-se à moça no meio da rua; confessa, envergonhado: "... é que vivo só" e conclui, receando que ela o enxote de cara: "Nem sei como se fala com as mulheres... Apenas fico sonhando, todos os dias, que encontrarei finalmente alguém, algum dia". Contra toda expectativa, Nástenka (assim é que se chama aquela moça) trata-o de maneira amigável, marca novos encontros com ele e acaba por se tornar, pouco a pouco, sua fiel amiga e confidente. Cada vez mais apegado a ela, o jovem vive uma espécie de sonho feliz, convencido de que a penumbra dourada a envolvê-lo jamais se dissipará, e, posto que a vida lhe ensine, ao amanhecer, uma lição cruel, não desiste do seu romantismo extático. Sente-se envelhecido, pelo fim da história, como se tivesse mergulhado numa letargia e reemergisse dela "precisamente quinze anos depois", mas sua alma permanece nova por acreditar ainda no amor e na felicidade. "Meu Deus! Um minuto inteiro de bem-aventurança!" — diz, repensando o vivido em quatro curtas noites estivais. — "Será que não bastaria ele para toda uma vida humana?" O mundo é injusto, sim; transpostos para a realidade, os contos de fadas não duram muito e costumam ter um desfecho triste; as heroínas de romances não desfilam por aí, prontas a namorar um joão-ninguém... todavia, disso não se deduz que não há momentos dignos de ser apanhados em pleno voo e guardados, no íntimo, para sempre, tampouco que a decepção espera, inevitável, por quem se fiar nos sonhos de um mundo melhor. Os traços de Dostoiévski, entusiasta que brincou, na mesma idade, de lutar pela felicidade universal,[6] percebem-se logo nesse personagem simpático.

O ambiente das noites brancas ressurge em outra novela dostoievskiana, *O eterno marido*, mas dessa vez se associa, aos olhos do protagonista, às mais diversas mazelas urbanas, desde a umidade onipresente, espalhada

---

[6] Nos anos 1840, Dostoiévski fazia parte de um grêmio socialista, que agia na clandestinidade, resultando disso a cassação de seus direitos civis e sua condenação a quatro anos de trabalhos forçados no interior da Sibéria (Oleg Almeida. *Fiódor Dostoiévski e sua saga siberiana*. In: *Fiódor Dostoiévski. Memórias da Casa dos mortos*. Martin Claret: São Paulo, 2016, pp. 9-14).

pelo Neva e capaz de infiltrar as paredes de alvenaria, até a insônia crônica, provocada pela claridade ininterrupta. E o protagonista como tal nem por sombra se assemelha ao jovem sonhador de coração puro e mente aberta. Seu sobrenome, Veltchanínov, é áspero de pronunciar e desagradável de ouvir; sua juventude ficou para trás; uma profunda melancolia contamina suas ideias e condiciona suas ações. Desiludido com as pessoas em geral, ele não as teme, mas antes se enfastia com elas: sua visão de humanidade é cética e pragmática em extremo. Chegamos a supor, mal o conhecemos, que seu passado esconda um trauma, um acontecimento dramático ou vexatório do qual esse homem frio não consegue livrar-se, e nossa conjetura se concretiza com a aparição imprevista de um senhor enlutado, de aparência tão esquisita quanto sinistra, que cruza com ele a cada esquina, como um fantasma, mostra-se prestes a abordá-lo e, de repente, some sem articular meia palavra. Quem será aquele senhor enigmático, por que Veltchanínov se altera todo ao vê-lo de longe e quem é, feitas as contas, Veltchanínov propriamente dito? Aí detectamos algo interessante, um detalhe sutil, à primeira vista supérfluo, que nos sugere uma resposta plausível a todas essas indagações. O sonhador de *Noites brancas* tem vinte e seis anos, Veltchanínov de *O eterno marido* está, no começo da trama, com trinta e oito ou trinta e nove, ou seja, a distância temporal que os separa é de doze, treze ou, quiçá, "precisamente quinze anos" — um período bem suficiente para transformar um rapaz sensível, crédulo e bondoso num varão arredio, decepcionado de tudo e de todos, que se dá por vencido e renuncia aos seus ideais juvenis. Uma coincidência ou uma revelação? Pode ser que, engendrados pela ardilosa fantasia de Dostoiévski, ambos os personagens sejam o mesmo homem, primeiro mocinho e depois adulto. Pode ser que Veltchanínov também personifique o autor, quando mais velho, próximo ao final de sua jornada, amadurecido e amargurado, se não arrebentado, pelas vicissitudes que aturara, ele escreveu seus grandes romances filosóficos, um mais tenebroso do que o outro: *Crime e castigo* e *Os demônios*, *O idiota* e *Os irmãos Karamázov*.

É raro os estudiosos interligarem *Noites brancas* e *O eterno marido*, dizendo que a primeira dessas obras pertence à vertente romântica e a segunda à naturalista, considerando a sua similitude fortuita, alegando não haver provas cabais a favor de uma hipótese tão temerária assim. Em todo caso, ela me parece verossímil, essa hipótese, e gosto dela porque se enquadra no esquema básico dos escritos de Dostoiévski, além de combinar com sua biografia.[7] A novela *Noites brancas* foi criada, em 1848, por um rapaz inexperiente, coetâneo do sonhador, que acabava de se promover, graças ao seu romance *Gente pobre*, nos círculos literários da Rússia: todas as portas se abriam, acolhedoras, para ele; os salões aristocráticos e as revistas populares convidavam-no para jantares e reuniões de negócios; alguns colegas exageravam em compará-lo com Gógol[8] e outras estrelas pátrias; uma vida inteira estava ainda por vir, e, deliciando-se com seu precoce sucesso, ele não antevia nenhum revés da fortuna. Logicamente, as suas páginas eram ternas, àquela altura, e traduziam uma sincera compaixão por quem estava ao seu redor. *O eterno marido* nasceu, em 1870, sob a pena de um varão arruinado, amiúde faminto, que havia passado dez anos nos presídios e campos militares, inculpado de uma subversão ínfima, enterrara sua esposa e seu querido irmão, vivia explorado por livreiros e acossado por credores. Ao esgotar todo o idealismo social, intrínseco aos seus anos verdes, não procurava mais pelo bem dos humanos, limitando-se a sondar, de forma direta e crua, a natureza humana, tida como a principal razão de seus males. Em certo sentido, vislumbramos, ao ler *Noites brancas*, a imagem de Dostoiévski na mocidade, em seus tempos da inocência, enquanto *O eterno marido* permite que entrevejamos a sua fase madura, tão realista que nem a mínima ilusão, nem a menor utopia, seriam possíveis nela. Em síntese, a leitura consecutiva desses dois textos evidencia a transição do espírito dostoievskiano da ignorância esperançosa ao conhecimento desesperador, da noite quimérica, onde nada passa de um incessante jogo de sombras, ao dia irrefutável, onde tudo é posto em pratos limpos, do arco-íris ao preto-e-branco, que é uma interpretação pessimista do arco-íris.

Como se sabe, as narrativas de Dostoiévski não tendem a divertir o leitor, mas, especialmente, a fazê-lo pensar, a nortear sua busca do rumo certo nos labirintos existenciais. Diga-se isso também a respeito

---

[7] A *Cronologia biográfica* de Dostoiévski, elaborada por Oleg Almeida (Fiódor Dostoiévski. *Crime e castigo*. Martin Claret: São Paulo, 2013, pp. 23-39), contém uma descrição minuciosa dos altibaixos de sua vida.
[8] Nikolai Vassílievitch Gógol (1809-1852), autor da epopeia *Almas mortas*, da comédia *Inspetor geral* e de numerosos contos satíricos e fantásticos, era tido como o maior de todos os escritores russos.

de *Noites brancas* e *O eterno marido*. Duas obras enxutas, lidas em poucos dias; duas facetas de uma psique complexa, serena e atribulada, biliosa e amorosa. Dois conceitos estéticos, um dos quais complementa o outro na medida em que se opõe a ele; dois olhares, lançados sob ângulos diferentes, que convergem em diferentes pontos. Um livro que lemos sem conseguirmos parar de lê-lo. E o fascínio das noites brancas, sejam descritas em toda a plenitude do seu claro-escuro onírico, sejam tão só esboçadas como um indistinto pano de fundo, em que fazemos um passeio virtual através de São Petersburgo, ao lado do sonhador e de seu antípoda Veltchanínov, duas encarnações do grão-mestre das letras russas.

Oleg Almeida

Início & fim

NOITES BRANCAS

ROMANCE SENTIMENTAL
(*DAS MEMÓRIAS DE UM SONHADOR*)

Ou ela tinha por missão
Ficar apenas um momento
Ao lado de teu coração?...[1]
Iv. Turguênev

PRIMEIRA NOITE

Era uma noite fascinante, uma daquelas noites, meu amável leitor, que só pode haver quando somos jovens. Era um céu tão estrelado, um céu tão luminoso que só de mirá-lo seria preciso perguntarmos involuntariamente, aqui conosco, se várias pessoas irritadiças e pirracentas podiam mesmo viver sob um céu desses. Esta é outra indagação de quem for jovem, meu amável leitor, de quem for muito jovem, mas queira nosso Senhor que você a repita amiúde em sua alma!... Falando em vários senhores pirracentos e irritadiços, não pude deixar de relembrar, outrossim, a minha própria conduta exemplar naquele dia todo. Foi uma pasmosa melancolia que começou a atormentar-me desde a manhãzinha. Pareceu-me, de súbito, que todos me abandonavam, que todos se afastavam de mim, solitário. É verdade que qualquer um tem o direito de perguntar quais seriam aqueles todos, porquanto já faz oito anos que eu moro em Petersburgo e não soube, nesse meio-tempo, conhecer praticamente ninguém. Mas para que é que teria conhecido alguém lá? Conheço, ainda assim, toda Petersburgo, e foi por isso que me pareceu, quando toda Petersburgo se levantou e partiu,

---

[1] Dostoiévski escolhe, como epígrafe de sua obra, um trecho do poema *A flor*, de Ivan Turguênev (1818-1883), que cita sem devida precisão.

de repente, para o campo, que todos me abandonavam. Senti medo de ficar sozinho e passei três dias inteiros a vaguear pela cidade, profundamente angustiado e nem por sombra compreendendo o que se dava comigo. Quer fosse à Nêvski,[2] quer entrasse num jardim público, quer andasse pela avenida marginal, não via ali nenhuma daquelas pessoas que costumava avistar, em dada hora e no mesmo lugar, durante um ano inteiro. Decerto elas não me conheciam, mas eu cá as conhecia a todas! E conhecia-as de perto, tendo quase esquadrinhado as suas fisionomias, e admirava-as, quando estavam alegres, e ficava triste, quando se sombreavam. Quase travei amizade com um velhinho que encontrava todo santo dia, em dada hora, na margem do Fontanka.[3] A fisionomia dele é assim, imponente e pensativa; não para de cochichar consigo mesmo, agita a mão esquerda e segura, com a direita, uma bengala comprida e maciça, munida de um castão dourado. Até esse velho reparou em mim e demonstra-me uma franca simpatia. Se eu não aparecesse, por acaso, em dada hora no mesmo lugar do Fontanka, tenho certeza de que ele se entristeceria. É bem por isso que estamos, às vezes, para nos curvarmos um na frente do outro, sobretudo quando estamos ambos bem-humorados. Encontramo-nos ontem, sem nos termos visto por dois dias inteiros, e já íamos tirar os chapéus para nos saudarmos no terceiro dia, mas ainda bem que nos tivéssemos recobrado a tempo: abaixamos então as mãos e passamos, um rente ao outro, cheios de simpatia mútua. Conheço também os prédios. Quando vou passando, é como se cada um deles se adiantasse a mim naquela rua, olhasse para mim com todas as suas janelas e me dissesse: "Bom dia! Como está o senhor? E eu estou bem, graças a Deus, e vou ganhar, no mês de maio, um andar a mais". Ou: "Como está o senhor? E eu, a partir de amanhã, serei reformado". Ou então: "Quase me queimei todo e levei um susto dos grandes", etc. Tenho meus favoritos, no meio dos prédios, tenho amigos do peito; um deles se dispõe a fazer tratamento, neste verão, com um arquiteto. Vou visitá-lo de propósito, todos os dias, para que não o estraguem de algum jeito, Deus o preserve, com esse tratamento!... Mas nunca me esquecerei da história que ocorreu a uma casinha rosicler, bem bonitinha. Era uma casinha de alvenaria, um amor de casinha, e

---

[2] Avenida central de São Petersburgo.
[3] Um dos numerosos rios e riachos que atravessam a cidade de São Petersburgo.

olhava para mim com tanta afabilidade e, com tanto orgulho, para seus canhestros vizinhos que meu coração se rejubilava quando me acontecia passar por perto. E eis que estou caminhando, na semana passada, pela sua rua e ouço, ao mirar essa minha amiguinha, um grito lastimoso: "Pois me pintam de amarelo!" Facínoras, bárbaros! Não pouparam nada, nem as colunas nem as cornijas, e minha amiguinha ficou amarela feito um canário. Quase tive um derramamento de bílis por causa disso e até agora não tenho forças para rever aquela pobre casinha mutilada, pintada da cor do Celeste Império.[4]

Assim, está entendendo, meu leitor, em que sentido conheço toda Petersburgo.

Já disse que uma angústia me atormentara, antes que atinasse para o motivo dela, por três dias inteiros. Além de me sentir mal na rua (Fulano não está, Beltrano tampouco, e que fim será que levou Sicrano?), não me sentia à vontade nem mesmo em casa. Gastei duas tardes em cismar: o que é que me falta neste meu canto, por que é que fico tão acanhado nele? Perplexo, fitava as minhas paredes verdes e fuliginosas, o teto coberto de teias de aranha, que Matriona cultivava com muito sucesso, passava em revista todos os meus móveis, examinava cada cadeira a pensar se o problema não consistia porventura nela (é que, se apenas uma cadeira minha não estiver no mesmo lugar onde estava ontem, não me sinto mais à vontade), olhava pela janela, e era tudo em vão... não havia nenhum alívio! Até resolvi chamar por Matriona e logo a censurei, num tom paternal, por aquelas teias de aranha e pelo seu desleixo em geral; todavia, ela não fez outra coisa senão olhar para mim com espanto e ir embora, sem responder uma só palavra, de sorte que as teias de aranha permanecem, até agora, tranquilamente suspensas onde pendiam. Afinal, foi apenas esta manhã que adivinhei o motivo. Puxa vida, mas eles lá escapolem de mim para o campo! Que me desculpem por essa palavrinha trivial, mas não me dispunha então a falar em alto estilo... porque tudo quanto existia em Petersburgo já fora ou estava indo para o campo; porque todo senhor respeitável e bem-apessoado, que contratava um carro de aluguel, logo se transformava, diante dos meus olhos, num respeitável pai de família, o qual se encerrava, uma

---

[4] Denominação irônica da China.

vez cumpridas as suas banais tarefas de servidor público, no seio de sua família e saía com ela, leve e solto, da cidade; porque agora cada transeunte tinha uma aparência bem peculiar, pronta para dizer a quem ele encontrasse pelo caminho: "Estamos aqui, meus senhores, tão só assim, de passagem, mas partiremos, dentro de duas horinhas, para o campo". Quando se abria uma janela, em que tamborilavam primeiro os dedinhos finos e brancos como o açúcar de uma mocinha bonita, e assomava, para chamar um mascate com flores em potes, a cabecinha dela, eu imaginava na hora, de imediato, que aquelas flores seriam compradas tão só assim, ou seja, sem a menor intenção de os moradores se deliciarem com a primavera e as flores num abafadiço apartamento urbano, e que todo mundo se mudaria, muito em breve, para o campo e levaria aquelas flores também. Como se isso não me bastasse, já progredira tanto nesse meu novo e especial gênero de descobertas que conseguia definir corretamente, apenas olhando para quem se mudava, em que casa de veraneio haveria de morar. Os habitantes das ilhas Kámenny e Aptêkarski, ou então da estrada de Peterhof,[5] destacavam-se pelo refinamento assimilado de suas maneiras, a par de seus elegantes trajes estivais e daquelas belíssimas carruagens que os transportavam. Os habitantes de Párgolovo e de certas regiões mais distantes "impunham-se", à primeira vista, com seu bom senso e sua seriedade, enquanto quem rumasse à ilha Krestóvski distinguia-se por seus ares de imperturbável jovialidade. Quando me deparava, por acaso, com uma longa procissão de carroceiros que palmilhavam indolentemente, com as rédeas nas mãos, ao lado das suas carroças abarrotadas de diversos móveis, mesas, cadeiras, canapés turcos e não turcos, e de outros utensílios domésticos a formarem montes inteiros, em cima dos quais, além disso tudo, tronava amiúde, sentada no topo de um carroção daqueles, uma mofina cozinheira a guardar, como a menina dos olhos, o cabedal de seus amos; quando olhava para as barcas sobrecarregadas de trastes caseiros, que deslizavam pelo Neva ou pelo Fontanka até o riacho Negro e as ilhas — tais carroças e barcas decuplicavam-se, centuplicavam-se aos meus olhos, e parecia-me que tudo se levantara e fora embora, que tudo se mudava, caravana após caravana, para o

---

[5] Trata-se de vários locais pitorescos e confortáveis, situados, na época, fora de São Petersburgo, onde costumavam passar o verão os servidores públicos e outros citadinos abastados.

campo; parecia mesmo que toda Petersburgo ameaçava tornar-se um deserto, tanto assim que acabei por me sentir envergonhado, ofendido e entristecido, pois não tinha para onde nem por que me mudar. Estava prestes a ir atrás de qualquer carroça, a acompanhar qualquer senhor bem-apessoado que contratasse um carro de aluguel, porém nenhum senhor desses, decididamente ninguém me convidara a segui-lo, como se todos se esquecessem de mim, como se eu fosse, de fato, estranho para todos eles!

Andei muito, e por muito tempo, de sorte que chegara, conforme meu hábito, a esquecer completamente onde estava, e de repente me vi na fronteira urbana. Fiquei alegre num piscar de olhos, atravessei a barreira e fui caminhando por entre os campos semeados e prados: não sentia cansaço, mas tão só percebia, com toda a minha constituição, que um fardo se desprendia da minha alma. Todos os que passavam por perto olhavam para mim de modo tão amistoso que pareciam dispostos a saudar-me com mesuras; todos se alegravam muito, por alguma razão, e todos, do primeiro ao último, fumavam charutos. E eu mesmo estava alegre como nunca me ocorrera antes. Era como se me tivesse transferido, de supetão, para a Itália: tanto me encantava a natureza, a mim, este citadino adoentado que por pouco não se sufocara entre os muros urbanos.

Ela tem algo inexprimivelmente tocante, nossa natureza petersburguense, quando revela de vez, com a chegada da primavera, toda a sua potência, todas as forças de que o céu a proveu, quando lança brotos e se enfeita toda com flores variegadas... Ela me lembra, de certa forma espontânea, aquela moça estiolada, enferma, que você mira, por vezes, com pena, ou então com uma espécie de complacência amorosa, ou simplesmente não repara nela, em outras ocasiões, mas que se torna de chofre, apenas por um momento e como que sem querer, indizivelmente, maravilhosamente bela, enquanto você, pasmado e extasiado, dirigir a si mesmo estas perguntas involuntárias: que força fez aqueles olhos tristes e pensativos brilharem tanto? o que fez o sangue afluir àquelas faces pálidas e emagrecidas? o que banhou de paixão aquelas feições delicadas? por que aquele peito está arfando assim? o que foi que revestiu, de súbito, o semblante da pobre moça de força, de vida e de beleza, fazendo que rutilasse todo com aquele sorriso, que se animasse com aquele riso tão fulgurante e cintilante? Você olha ao seu redor, você procura por alguém, você começa a adivinhar... Mas o momento se esvai, e pode ser que amanhã você volte a encontrar o mesmo olhar, tão pensativo e distraído como dantes, o mesmo rosto pálido, as mesmas submissão e timidez nos gestos dela e, quem sabe, até certo arrependimento, até os vestígios de certo pesar mortificante, de seu desgosto por ter vivido um instante de paixão... E você fica lamentando que tenha murchado tão rápida, tão irremediavelmente, aquela beleza momentânea, que tenha fulgido, tão ilusória e baldada, em sua frente, lamentando não ter tido tempo nem sequer para apreciá-la...

Ainda assim, minha noite era melhor que o dia! Eis o que se passou comigo.

Regressei à cidade bem tarde: já haviam soado dez horas, quando me acercava do prédio onde morava. Meu caminho corria ao longo do canal, em cuja margem não há, nessa hora, uma alma viva. É verdade, aliás, que moro num bairro muito longínquo de nossa cidade... Eu caminhava e cantava, pois ando sem falta cantarolando comigo, quando me sinto feliz, igual a qualquer pessoa feliz que não tem amigos nem bons companheiros, e que não tem com quem partilhar, num momento alegre, essa alegria sua. E eis que se deu comigo uma aventura deveras inesperada.

A certa distância de mim, apoiando-se no parapeito do canal, estava plantada uma mulher; debruçada na grade, ela parecia olhar, com muita atenção, para as águas turvas. Usava um chapeuzinho amarelo, bem bonitinho, e uma garrida mantilha preta. "É uma mocinha e, com certeza, morena" — pensei eu. Ela não ouvira, pelo visto, meus passos: nem sequer se moveu, quando passei ao seu lado, prendendo a respiração e sentindo meu coração bater forte. "Estranho!" — pensei. — "Ela deve estar cismando em alguma coisa". Parei, de repente, como que pregado. Tinha ouvido um surdo soluço. Não me enganara, não: a moça estava chorando, e ouviram-se, um minuto depois, novos soluços. Meu Deus do céu! Meu coração ficou apertado. Por mais tímido que me quedasse perante as mulheres, o momento era fora do comum!... Voltei para trás, aproximei-me dela e certamente teria exclamado: "Minha senhora!", se não soubesse que tal exclamação já fora mil vezes utilizada em todos os romances mundanos russos. Fora só isso que me detivera. Mas, enquanto eu escolhia uma palavra apropriada, a moça se recobrou, olhou ao redor, apercebeu-se de minha presença, abaixou os olhos e esgueirou-se, bem ao meu lado, pela avenida marginal. Fui logo atrás dela, porém a moça reparou nisso e deixou a margem do canal, atravessando a rua e seguindo pela calçada oposta. Não me atrevi a atravessar a rua. Meu coração palpitava como o de um passarinho pego. E foi uma casualidade que veio em meu auxílio.

De súbito, um senhor de casaca — tinha uma idade respeitável, mas não se podia dizer que sua atitude também fosse respeitável — surgiu na calçada oposta, perto da moça desconhecida. Avançava cambaleando e arrimando-se cautelosamente num muro. Quanto à moça, ela caminhava feito um ponteiro, apressada e tímida, igual a todas as moças em geral que não querem que alguém se encarregue de acompanhá-las, em sua caminhada noturna, até sua casa, e aquele senhor cambaleante não a teria alcançado, por certo, de modo algum, se meu destino não lhe tivesse sugerido que buscasse meios artificiais. De chofre, sem articular uma só palavra, aquele senhor arrancou e foi correndo com todas as forças, voando atrás da desconhecida. Ela também corria que nem o vento, mas o senhor balançante se aproximava cada vez mais e acabou por alcançá-la: a moça deu um grito, e... e bendito seja o destino por ter colocado, naquela ocasião, uma excelente bengala maciça em minha mão direita! Cheguei, num instante, à calçada oposta; o senhor importuno compreendeu, num instante, de que se tratava, levou em consideração meu argumento irresistível, ficou calado, parou e, só quando estávamos já bem longe, pôs-se a reclamar de mim com termos bastante enérgicos. Todavia, suas palavras mal chegaram aos nossos ouvidos.

— Dê-me a mão — disse eu à minha desconhecida —, e ele não ousará mais incomodá-la.

Ela me estendeu, calada, a sua mão, que ainda tremia de emoção e de susto. Ó aquele senhor importuno, como eu o abençoava naquele momento! Olhei, de relance, para ela: era uma moça bem bonitinha e morena — tinha, pois, adivinhado —, mas ainda brilhavam, sobre os seus cílios negros, umas lagrimazinhas, sem eu saber o que as provocara, seu recente susto ou seu pesar antigo. O sorriso já fulgurava, porém, nos lábios da moça. Ela também olhou para mim, às esconsas, corou de leve e abaixou os olhos.

— Por que é que me enxotou, está vendo? Se eu estivesse por perto, nada teria acontecido...

— Mas eu não conhecia o senhor; pensava que fosse também...

— Será que me conhece agora?

— Um pouquinho. Diga-me, por exemplo, por que está tremendo?

— Oh, a senhorita adivinhou logo! — respondi, arrebatado por essa moça ser inteligentinha, e porque isso nunca atrapalha se for bonita. — Sim, adivinhou à primeira vista com quem estava lidando. Acertou em cheio: estou tímido com as mulheres e não vou negar que estou emocionado, não menos do que a senhorita esteve há um minuto, quando aquele senhor a assustou... Também me sinto como que assustado agora. Parece um sonho, mas nem mesmo em sonhos eu imaginava que um dia fosse falar com alguma mulher por aí.

— Como? Será possível?...

— Sim: caso minha mão trema, é porque nunca tocou nela ainda uma mãozinha tão bonitinha quanto a sua. Desacostumei-me completamente das mulheres, ou melhor, nunca me tinha acostumado a elas... é que vivo só. Nem sei como se fala com as mulheres. Nem mesmo agora sei: será que lhe disse, por acaso, alguma tolice? Diga-me francamente... logo vou avisando que não sou melindroso.

— Não foi nada, não; bem ao contrário. E, desde que o senhor exige que eu fale às claras, digo-lhe que as mulheres gostam dessa timidez; e, se o senhor quer saber mais, eu também gosto dela e não vou enxotá-lo até chegarmos à minha casa.

— A senhorita fará — comecei, sufocando-me de tão enlevado — que eu deixe, na hora, de ser tímido, e então... adeus a todos os meus meios!...

— Seus meios? Que meios são esses, para que servem? Pois isso aí já é mau.

— Desculpe, não vou mais repetir; essa palavra me escapou. Mas como é que a senhorita quer que, numa ocasião dessas, eu não tenha vontade...

— De me agradar, é isso?

— Pois é... mas faça, pelo amor de Deus, faça-me o favor! Veja bem quem sou eu. É que já tenho vinte e seis anos, mas ainda não conheci ninguém, nunca. Como é que poderia falar bem, com jeito e propósito? A senhorita é quem vai ganhar, se estiver tudo claro, se eu me abrir... Não sei ficar calado, quando meu coração se pôs a falar. Mas... tanto faz mesmo. Nenhuma mulher, nunca, jamais — será que acredita? Nenhum encontro! Apenas fico sonhando, todos os dias, que encontrarei finalmente alguém, algum dia. Ah, se soubesse quantas vezes me apaixonei dessa maneira!...

— Mas como, por quem?

— Por ninguém, pelo meu ideal, por aquela que só veria em sonhos. Estou criando, cá em meus sonhos, romances inteiros. Oh, a senhorita não me conhece! É verdade — já que não se pode viver sem isso — que encontrei duas ou três mulheres ali, só que seriam mulheres mesmo? Umas donas de casa, somente... Mas farei a senhorita rir, vou contar-lhe como pensei várias vezes em puxar conversa, assim, simplesmente, com alguma fidalga, no meio da rua — se ela estivesse sozinha, bem entendido; em puxar uma conversa, digamos, tímida, respeitosa, passional; em dizer que estava morrendo de solidão, para ela não me enxotar, que não possuía meios de conhecer, ao menos, qualquer mulher que fosse; em inculcar àquela fidalga que uma mulher tinha até mesmo a obrigação de não rejeitar a tímida súplica de um homem tão infeliz como eu. Pois, afinal, tudo quanto eu exigir consiste apenas em dirigir-me, por compaixão, duas palavras fraternas, quaisquer que sejam, em não me enxotar logo de cara, em acreditar em mim sem prova alguma, em escutar aquilo que eu disser, até em zombar de mim, se ela quiser, em dar-me esperanças, em dirigir-me duas palavras, apenas duas palavras, e depois, nem que eu nunca mais volte a vê-la!... Mas a senhorita está rindo... Aliás, é para isso que lhe falo...

— Não se aborreça: estou rindo porque é seu próprio inimigo, mas, se o senhor tentasse, conseguiria na certa, nem que estivesse, quem sabe, no meio da rua mesmo... quanto mais simples, tanto melhor. Nenhuma mulher bondosa, a não ser que fosse boba ou estivesse zangada demais, por algum motivo, em tal momento, ousaria mandar o senhor embora sem lhe ter dito essas duas palavras pelas quais está implorando tão timidamente... Aliás, o que estou dizendo? Tomaria o senhor, com certeza, por um doido. Mas eu cá julgava por mim mesma. É que sei muito bem como as pessoas vivem por aí!

— Oh, como lhe fico grato! — exclamei. — A senhorita não sabe o que acabou de fazer por mim!

— Está bem, está bem! Mas diga-me como adivinhou que eu seria uma mulher com quem... pois então, uma mulher que acha digna de... atenção e amizade... numa palavra, que não seja apenas dona de casa, conforme o senhor diz. Por que se atreveu a chegar perto de mim?

— Por quê? Por quê? Mas a senhorita estava sozinha, e aquele senhor, afoito demais, e agora é noite... Concorde você mesma que era o dever...

— Não, não, antes ainda; lá, do outro lado da rua. Pois o senhor queria aproximar-se de mim, não queria?

— Lá, do outro lado da rua? Mas juro que não sei como lhe responder: tenho medo... Estava feliz hoje, sabe? Estava andando, cantando, estava fora da cidade; ainda nunca havia vivenciado tais momentos felizes. Você... talvez me tenha parecido... Então me desculpe, se eu a lembrar disso: é que me pareceu que você estava chorando, e eu... eu não podia ouvir isso... meu coração ficou apertado... Oh, meu Deus! Será que eu não podia mesmo sentir tristeza por sua causa? Seria mesmo um pecado ter sentido uma compaixão fraterna por você?... Desculpe: eu disse "compaixão"... Pois bem: numa palavra, será que pude ofendê-la ao ter, involuntariamente, essa ideia de chegar perto de você?...

— Deixe, já basta, não fale mais... — disse a moça, cabisbaixa, e apertou-me a mão. — A culpa é minha, já que falei nisso, mas estou contente de não me ter enganado, quanto ao senhor... Mas estou já em casa: preciso ir lá, por aquela viela; só tenho dois passos a dar... Adeus, agradeço-lhe...

— Mas será mesmo, será que nunca mais nos veremos?... Será que tudo fica por isso mesmo?

— Veja se me entende — disse a moça, rindo —: primeiro, o senhor queria apenas duas palavras, mas agora... Aliás, não lhe direi mais nada... Talvez nos encontremos de novo...

— Estarei aqui amanhã — disse eu. — Oh, perdoe-me: já estou insistindo...

— Sim, o senhor não tem paciência... está quase insistindo...

— Escute, escute! — interrompi-a. — Desculpe-me, se lhe disser outra vez algo assim... Mas é o seguinte: não posso deixar de vir aqui amanhã. Sou um sonhador: tenho tão pouca vida real, e tão raramente me ocorrem tais momentos como este agora, que não posso deixar de recapitulá-los em meus sonhos. Vou sonhar com você a noite inteira, a semana toda, o ano todo. Estarei aqui amanhã, sem falta, precisamente aqui, neste mesmo lugar e nesta hora exata, e ficarei feliz ao lembrar o dia passado. Já estou gostando deste lugar. Já tenho em Petersburgo uns dois ou três lugares assim. Até chorei uma vez, como você, por causa de minhas lembranças... Talvez você mesma tenha chorado, há dez minutos, por se lembrar de alguma coisa... como é que vou saber? Mas desculpe-me, fiquei divagando de novo; quem sabe se você não esteve, um dia, especialmente feliz neste lugar.

— Está bem — disse a moça —, talvez venha cá amanhã, às dez horas também. Estou vendo que já não posso proibir o senhor... Preciso estar aqui, eis o que é; não pense que lhe marquei um encontro... aviso logo que preciso estar aqui por mim mesma. Enfim... vou dizer-lhe às claras: não fará mal se o senhor também vier; primeiro, podem acontecer novas contrariedades, como hoje, mas deixemos para lá, certo?... Numa palavra, eu gostaria apenas de ver o senhor... para lhe dizer duas palavras. Mas, veja se me entende: será que não me censura agora? Não pense aí que ando marcando encontros com tanta facilidade... Teria até marcado um, se... Mas que isto seja um segredo meu! Só vamos combinar, daqui em diante...

— Combinar, sim! Fale, diga-me, diga tudo de antemão; concordo com tudo, estou pronto para tudo! — exclamei, arrebatado. — Respondo por mim... serei dócil e respeitoso... você me conhece...

— Justamente porque conheço você é que o convido a vir amanhã — disse, rindo, a moça. — Conheço você perfeitamente. Mas venha com uma condição, certo? Em primeiro lugar (só faça o favor de cumprir o que eu lhe pedir — falo com toda a sinceridade, está vendo?), não se apaixone por mim... Asseguro-lhe que não pode fazer isso. Aceito a sua amizade, eis aqui minha mão... Só lhe peço que não se apaixone por mim!

— Juro que não! — exclamei, pegando a mãozinha dela.

— Chega, não jure, pois eu sei que é capaz de se inflamar feito a pólvora. Não me censure por falar desse jeito. Se você soubesse... Eu também estou sozinha, não tenho com quem trocar meia palavra, a quem pedir um conselho. Decerto não se procura conselheiro no meio da rua, mas você é uma exceção. Conheço você tão bem como se fôssemos amigos há vinte anos... Mas virá mesmo, não é verdade?...

— Vai ver... só que não sei como viverei até o fim desse dia.

— Durma em paz. Boa noite, e não esqueça que já me fiei em você. É que exclamou agorinha tão bem: será que devemos prestar conta de cada sentimento, até mesmo de nossa compaixão fraterna? Isso foi dito tão bem, sabe, que logo me surgiu a ideia de lhe confessar...

— Mas o quê? Confessar o que, pelo amor de Deus?

— Até amanhã. Que isto seja, por ora, um segredo. Assim é melhor para você: há de parecer um romance, ao menos de longe. Talvez eu lhe conte amanhã mesmo, talvez não conte... Ainda lhe falarei antes disso, a gente se conhecerá melhor...

— Oh, mas é amanhã mesmo que lhe contarei tudo sobre mim! Mas o que é isso? É como se um milagre se desse comigo... Onde estou, meu Deus? Mas diga-me, venha: será que está descontente de não se ter zangado, como teria feito outra mulher, de não me ter enxotado bem no começo? Dois minutinhos, e você me tornou feliz para sempre. Feliz, sim! Talvez me tenha reconciliado comigo mesmo, talvez tenha resolvido as minhas dúvidas... como é que vou saber?... Talvez haja tais momentos em minha vida... Pois amanhã eu lhe contarei tudo; você vai saber tudo, tudo mesmo...

— Está bem, combinado: é você quem vai começar...

— De acordo.

— Até a vista!

— Até a vista!

E nós nos separamos. Fiquei andando a noite inteira: não conseguia decidir voltar para casa. Estava tão feliz... Até amanhã!

SEGUNDA NOITE

— Pois bem: viveu até o fim do dia! — disse a moça, rindo e apertando-me ambas as mãos.

— Já faz duas horas que estou aqui, e você não sabe como me senti o dia todo!

— Sei, sei... mas vamos lá. Você sabe por que vim? Não é para dizer bobagens, como ontem. Temos que agir, daqui em diante, com mais raciocínio, eis o que é. Ontem pensei nisso tudo por muito tempo.

— Mas sobre o que raciocinaríamos, sobre o quê? Por minha parte, estou pronto, mas juro que não estive, em toda a minha vida, mais racional do que estou agora.

— Verdade? Primeiro, não me aperte tanto as mãos, por favor; segundo, eu lhe declaro que hoje fiquei pensando muito em você.

— Está bem, mas como foi que isso terminou?

— Como terminou? O término é que precisamos recomeçar tudo, porque hoje eu concluí, afinal de contas, que ainda não conhecia você nem um pouco, que ontem eu me portara como uma criança, como uma menina, e o que acontece é que a culpa de tudo é, bem entendido, deste meu coração bondoso, ou seja, cheguei a elogiar a mim mesma, como sempre ocorre, por fim, quando alguém vai esquadrinhando a si próprio. Portanto, para corrigir meu erro, decidi conhecê-lo da maneira mais detalhada possível. Mas, como não tenho com quem me informar sobre você, é a você mesmo que cabe contar para mim tudo, todos os seus segredos. Que homem é você, hein? Ande logo, comece a contar sua história.

— Minha história? — exclamei, levando um susto. — Minha história?! Mas quem lhe disse que eu tinha uma história particular? Não tenho história alguma...

— Mas como foi que você viveu, já que não tem história? — interrompeu-me ela, rindo.

— Sem nenhuma história, em absoluto! Vivi desse modo... como se diz em nosso meio, vivi por mim mesmo, isto é, totalmente só, sozinho, completamente sozinho... Você entende o que é sozinho?

— Como assim, sozinho? Quer dizer que nunca viu ninguém?

— Oh, não: ver cá, vejo, sim, mas estou, não obstante, sozinho.

— Será que nem sequer fala com ninguém?

— Em rigor, com ninguém.

— Mas quem é você, queira explicar-se! Espere, já estou adivinhando: tem, com certeza, uma avó, bem como eu tenho uma. Ela está cega e já faz uma vida inteira que não me deixa ir a lugar algum, tanto assim que eu quase desaprendi a falar. E, quando fui malinando, há uns dois anos, ela percebeu que não tinha como me segurar, chamou por mim e prendeu, com um alfinete, o meu vestido ao dela, e desde então ficamos, desse jeito, sentadas dia após dia: ela tricota uma meia, embora esteja cega, e eu cá tenho de me manter ao seu lado, costurando ou lendo para ela um livrinho em voz alta... Um hábito tão estranho que fico presa, já faz dois anos, com aquele alfinete...

— Ah, meu Deus, mas que desgraça! Só que eu não tenho uma avó como a sua, não tenho.

— E se não tem, então como é que pode nem sair de casa?...

— Escute: você quer saber quem eu sou?

— Quero, sim, quero!

— Na estrita acepção do termo?

— Na mais estrita acepção do termo!

— Pois fique sabendo: sou um tipo.

— Um tipo, um tipo! Que tipo? — gritou a moça e, como se não pudesse rir havia um ano inteiro, rompeu a gargalhar. — Mas como se está alegre com você! Veja bem: há um banco aqui, a gente se senta! Ninguém anda por aqui, ninguém nos ouvirá conversando, e... Comece logo a sua história, vá! É que tem mesmo uma história aí, apenas a esconde de mim e não me convencerá do contrário. Em primeiro lugar, o que é um tipo?

— Um tipo? Um tipo é um excêntrico, é um homem engraçado assim! — respondi, também me pondo a gargalhar em uníssono com o riso infantil dela. — É um caráter. Escute: você sabe o que é um sonhador?

— Um sonhador? Mas, diga-me, como não saberia? Eu mesma sou uma sonhadora. Fico, de vez em quando, sentada perto da minha avó, e tantas coisas me vêm à cabeça. Começo então a sonhar e penso tanto, mas tanto que... estou simplesmente para me casar com um príncipe chinês... Só que é bom sonhar, vez por outra! Aliás, não, sabe lá Deus! Sobretudo, se a gente já tem em que pensar — acrescentou a moça, dessa vez bastante séria.

— Excelente! Já que estava para se casar com o imperador chinês, então me entenderá plenamente. Escute, pois... Não, espere: até agora nem sei como você se chama.

— Até que enfim! Estava demorando a lembrar!

— Ah, meu Deus! Nem me passava pela cabeça, estava tão bem assim mesmo...

— Meu nome é Nástenka.[6]

— Nástenka? Só isso?

— Só! Mas como é insaciável: será que acha pouco?

— Se acho pouco?... Ao contrário, acho muito, até demais, Nástenka, minha garota boazinha, já que se tornou, para mim, Nástenka de uma vez!

— Melhor assim. Vá, conte!

— Pois bem, Nástenka, escute que história engraçada é que se faz por aqui.

---

[6] Forma diminutiva e carinhosa do nome russo Anastassia (Nastácia).

Sentei-me ao lado dela, tomei uma pose pedantemente séria e comecei a falar como quem lesse um texto escrito:

— Há, Nástenka, se é que ainda não sabe disso, há em Petersburgo uns cantos meio estranhos. Parece que não os ilumina o mesmo sol que brilha para toda a gente petersburguense e, sim, outro sol, um sol novo, como que feito, por encomenda, para aqueles cantos, e que ilumina tudo com uma luz diferente, especial. Parece que naqueles cantos, querida Nástenka, vegeta uma vida dessemelhante, bem diferente da que está fervendo à nossa volta, uma vida que pode existir nos confins do mundo, no reino de berliques e berloques, mas não aqui, nesta nossa época seriíssima. É justamente aquela vida que mistura algo puramente fantástico, ardentemente ideal e, ao mesmo tempo (fazer o quê, Nástenka?), algo turvamente prosaico e ordinário, para não dizer quase incrivelmente vulgar.

— Ufa, que prefácio, Senhor meu Deus! O que é que vou ouvir agora?

— Vai ouvir, Nástenka (parece que nunca me cansarei de chamá-la de Nástenka), vai ouvir que naqueles cantos habitam umas pessoas estranhas: são sonhadores. Um sonhador, se você precisar de sua definição esmiuçada, não é uma pessoa e, sim, certa criatura de gênero neutro,[7] sabe? Ele se fixa, na maioria dos casos, em algum canto inacessível, como quem se escondesse até mesmo da luz do dia, e, uma vez recolhido ali, fica grudado naquele seu canto, tal e qual uma lesma, ou então se parece muito, nesse sentido, com aquele bicho interessante que é, ao mesmo tempo, um bicho e uma casa juntos, e que se chama tartaruga. Como você acha: por que ele gosta tanto das suas quatro paredes, pintadas, sem falta, com tinta verde, fuliginosas, tristonhas e impregnadas, intoleravelmente, de fumo? Por que aquele senhor engraçado, quando um dos seus poucos conhecidos (é que ele termina perdendo todos os seus conhecidos) vem visitá-lo... por que aquele homem engraçado recebe a visita com tanta vergonha, mudando tanto de cor e tão embaraçado, como se acabasse de cometer, entre suas quatro paredes, um crime, como se estivesse fabricando as notas falsas ou alguns versinhos que mandaria para alguma revista, com uma carta anônima a indicar que o verdadeiro poeta já tinha morrido e que um amigo dele tomava a publicação

---

[7] Dostoiévski alude à específica forma gramatical do idioma russo, distinta dos gêneros masculino e feminino inerentes às principais línguas europeias.

daqueles versos ruins por seu dever sagrado? Diga-me, Nástenka, por que a conversa daqueles dois interlocutores não vai mesmo adiante, por que nem uma risada nem uma palavrinha desenvolta saltam da língua do companheiro que entrou de repente e ficou desconcertado, pois ele gosta muito, em outras ocasiões, de rir, de falar com desenvoltura, de conversar sobre o belo sexo e outros assuntos prazenteiros? Por que, afinal, aquele companheiro — é provável que seja um conhecido de fresca data e faça a sua primeira visita, porque a segunda já não se dará em tal caso, e o tal companheiro não virá nunca mais — por que aquele companheiro fica, outrossim, tão envergonhado e entorpecido, apesar de toda a sua espirituosidade (se for mesmo espirituoso), só de olhar para o rosto desfeito de seu anfitrião, o qual já se embaraçou completamente, por sua vez, e perdeu o último fio da meada depois daqueles esforços, colossais, mas baldados, que fez para encaminhar e animar a conversa, demonstrar, por sua parte também, o conhecimento das regras mundanas, passar a falar sobre o belo sexo e, pelo menos com tal submissão, agradar ao coitado que errara de porta, que viera visitá-lo por mero equívoco? Afinal, por que o visitante agarra de supetão seu chapéu e vai rapidinho embora, ao recordar, também de supetão, algum negócio de extrema necessidade, que nunca teve de fato, e tanto se empenha em livrar sua mão dos calorosos apertos do anfitrião, o qual se empenha, de todo jeito, em exibir seu arrependimento e reaver o que já se perdeu? Por que aquele companheiro que vai embora começa a gargalhar, tão logo fica do outro lado da porta, e jura de pronto para si mesmo que jamais voltará a visitar o tal esquisitão, se bem que o tal esquisitão seja, no fundo, um sujeito excelentíssimo, e não consegue, enquanto isso, negar à sua imaginação um pequeno capricho: comparar, ao menos remotamente, a fisionomia que seu recente interlocutor teve durante todo o encontro deles com a aparência daquele pobre gatinho que umas crianças amarfanharam, amedrontaram e machucaram de todas as maneiras possíveis, depois de aprisioná-lo perfidamente, que elas deixaram arrasado, e que se escondeu delas, por fim, debaixo de uma cadeira, na escuridão, e passa lá, ocioso, uma hora inteira, tendo de eriçar seu pelo, de chiar e de limpar seu focinho machucado com ambas as patas, e que terá, por muito tempo ainda, de ver com maus olhos a natureza, a vida e até mesmo aquele pedacinho do almoço senhoril que a governanta complacente guardar para ele?

— Escute — interrompeu Nástenka, que me ouvia, o tempo todo, perplexa, abrindo os olhos e a boquinha —, escute: não sei, nem de longe, por que tudo isso aconteceu, nem por que justo você me faz essas perguntas esquisitas, mas o que sei ao certo é que todas essas aventuras se deram notadamente com você, desde a primeira até a última palavra.

— Sem dúvida — respondi, com a expressão mais séria.

— Pois então continue, se não tiver dúvida — replicou Nástenka —, que eu quero muito saber o fim da história.

— Quer saber, Nástenka, o que precisamente fazia, lá em seu canto, o nosso protagonista ou, melhor dito, eu mesmo, porque o protagonista dessa história toda sou eu, esta minha própria humilde pessoa? Quer saber por que fiquei tão transtornado e embaraçado, por um dia inteiro, com a visita inesperada de meu companheiro? Quer saber por que me agitei tanto, por que enrubesci tanto, quando alguém abriu a porta de meu quarto, por que não soube acolher minha visita e acabei esmagado, tão vergonhosamente assim, pelo peso de minha própria hospitalidade?

— Sim, sim, é isso! — respondeu Nástenka. — É isso que interessa. Escute: você conta eximiamente, mas será que não poderia contar de algum modo menos exímio? Pois está falando como quem lê um livro.

— Nástenka! — respondi com uma voz imponente e severa, mal me abstendo de rir. — Querida Nástenka, eu sei que estou contando eximiamente, mas, veja se me desculpa, não sei contar de outra maneira. Agora, querida Nástenka, agora me pareço com o espírito do rei Salomão que passou mil anos num garrafão lacrado com sete selos e que se viu enfim livre de todos aqueles sete selos.[8] Agora, querida Nástenka, que nos encontramos de novo após uma separação tão longa assim — é que eu procurava por você já havia muito tempo, Nástenka, é que andava procurando, já havia muito tempo, por alguém lá, e isso significa que procurava justamente por você e que nós éramos predestinados para nos encontrarmos agora —, milhares de válvulas se abriram agora em minha cabeça, e eu preciso derramar todo um rio de palavras, senão me sufocarei. Então peço que não me interrompa, Nástenka, e que me ouça dócil e conformada, senão me calarei.

— Nem, nem, nem... de jeito nenhum! Vá falando! Agora não direi mais uma só palavra.

---

[8] Alusão à *História do pescador* que faz parte das *Mil e uma noites*.

— Então continuo: há, minha amiga Nástenka, neste meu dia uma hora de que gosto sobremaneira. É aquela exata hora em que terminam quase todos os negócios, deveres e obrigações, e todo mundo vai apressado para casa, a fim de jantar, tirar um cochilo e, logo pelo caminho, inventa outras coisas alegres que serão feitas de tardezinha, de noite e durante todas as horas vagas que sobrarem. Nessa hora, nosso protagonista também... permita-me, por favor, Nástenka, contar na terceira pessoa, porque é vergonhoso demais contar disso tudo na primeira... pois é: nessa hora, nosso protagonista, que também estava ocupado com alguma coisa, vai no encalço dos outros. Mas um sentimento estranho e prazeroso transparece naquele seu rosto, pálido e como que amassado um pouco. Observa, não sem interesse, o sol que se põe, que se apaga aos poucos no gélido céu petersburguense. Quando digo "observa", estou mentindo: ele não observa, mas contempla de modo algo inconsciente, como se estivesse cansado ou ocupado, de uma só vez, com outro assunto mais interessante, de forma que possa empenhar seu tempo em tudo quanto o rodeia apenas de passagem, quase sem querer. Ele está contente de ter acabado, até amanhã, com os *negócios* que o aborrecem; está alegre feito um escolar que deixaram abandonar a sua carteira e dedicar-se às suas brincadeiras e travessuras prediletas. Olhe para ele de perfil, Nástenka: logo perceberá que o sentimento prazeroso já exerceu sua feliz influência sobre os seus nervos frágeis e a sua imaginação morbidamente atiçada. Eis que ficou refletindo em algo... Acha que ele pensa no jantar ou na noite por vir? O que é que está mirando assim? Será aquele senhor bem-apessoado a saudar, com mesuras tão rebuscadas, aquela dama que passou ao seu lado numa esplêndida carruagem puxada por cavalos de pernas ágeis? Não, Nástenka: o que ele tem a ver agora com todas essas ninharias? Agora já está rico com sua *própria* vida *particular*; enriqueceu, de certo modo, repentinamente, e não foi a esmo que o último raio do sol no ocaso fulgiu, tão jovial, em sua frente e suscitou, em seu coração aquecido, todo um enxame de impressões. Agora mal repara naquele caminho cujo menor detalhe podia antes espantá-lo. Agora a "deusa fantasia"[9] (se você leu Jukóvski, querida Nástenka) já fez, com sua mão caprichosa, uma urdidura de

---

[9] Personagem do poema *Minha deusa* (tradução livre da homônima obra de Goethe), do grande poeta e tradutor russo Vassíli Jukóvski (1783-1852).

ouro e vai desdobrando, na frente dele, os arabescos de uma vida singular e fantástica, e quem sabe se não o levou, com aquela sua mão caprichosa, para o sétimo céu de cristal, tirando-o desta excelente calçada de granito pela qual ele anda à toa. Só tente detê-lo agora, pergunte de súbito onde ele está neste momento, que ruas acaba de percorrer, e ele não lembrará, certamente, coisa nenhuma, nem por onde andou, nem onde está agora, e terá de inventar, corando de desgosto, alguma mentira para salvar as aparências. Por isso é que estremeceu tanto, quase se pôs a gritar e olhou, assustado, ao seu redor, quando uma velhinha muito decente o deteve, mui cortesmente, no meio da calçada e começou a indagar-lhe sobre o caminho do qual ela se desviara. Carregando o cenho, ele caminha ainda, desgostoso, mal percebendo que mais de um transeunte sorriu ao olhar para ele e seguiu-o com os olhos, e que uma menina qualquer, tendo-o deixado, timidamente, passar, desandou a rir bem alto, fitando, com olhos arregalados, aquele seu largo sorriso contemplativo e aqueles gestos de suas mãos. Contudo, a mesma fantasia levou, em seu voo brejeiro, aquela velhinha e aqueles transeuntes curiosos e aquela menina ridente e os *mujiques*[10] que comiam sua jantinha lá mesmo, nas barcas a atulharem o Fontanka (suponhamos que nosso protagonista tenha passado, em dado momento, pela sua margem), envolveu todos e tudo, brincando, em sua trama, como se fossem mosquinhas numa teia de aranha, e eis que o esquisitão entrou, com sua nova aquisição, em sua toca acolhedora, sentou-se para jantar, terminou, já faz muito tempo, sua refeição e acordou tão somente quando aquela pensativa e sempre tristonha Matriona, que é sua criada, já havia retirado tudo da mesa e lhe trouxera seu cachimbo... acordou e lembrou, com pasmo, que já tinha engolido todo o seu jantar sem mesmo notar como isso se fizera. Seu quarto está escuro; sua alma está vazia e triste; todo um reino de devaneios veio abaixo em sua volta, desmoronou-se sem deixar rastros, sem ruído nem estrondo, desvaneceu-se como um sonho, e ele nem sequer lembra com que tem sonhado. Mas certa sensação obscura, que faz seu peito doer e arfar um pouco, um novo desejo titila, sedutor, e atiça a sua fantasia, e evoca à sorrelfa todo um enxame de novos fantasmas. O silêncio reina em seu quartinho; o

---

[10] Apelido coloquial e, não raro, pejorativo dos camponeses russos.

recolhimento e a indolência acalentam-lhe a imaginação; ela se inflama de leve, ferve de leve, tal e qual a água na cafeteira da velha Matriona que está mexendo, serena como está, bem ao lado, na cozinha, preparando aquele seu café caseiro. E eis que a fantasia já vem à tona, clarão por clarão, e eis que o livro, que meu sonhador pegou sem propósito e ao acaso, cai-lhe das mãos antes de ele chegar, ao menos, à terceira página. Sua imaginação fica outra vez pronta, atiçada, e um mundo novo, uma nova vida encantadora torna a fulgir, de chofre, em sua frente, numa perspectiva deslumbrante. Novo sonho e nova felicidade! Nova ingestão daquele veneno refinado e voluptuoso! Oh, o que ele tem a ver com esta nossa vida real? Aos olhos corrompidos dele, nós dois, Nástenka, vivemos com tanta preguiça, lentidão e moleza; aos olhos dele, nós todos estamos tão descontentes com nosso destino, tão fartos de nossa vida! E, de fato, veja só como tudo está, à primeira vista, frio e sombrio em nosso meio, como se estivéssemos amuados um com outro... "Coitados!" — pensa meu sonhador. E não é espantoso que fique pensando assim! Veja só aqueles fantasmas mágicos que se juntam em sua frente, tão fascinantes, tão caprichosos, tão imensuráveis e abrangentes, que formam um quadro tão milagroso e inspiratório, cujo primeiro plano ocupa, sem dúvida, ele mesmo, aquele nosso sonhador que impõe sua valiosa pessoa como o principal personagem dele. Veja só que aventuras variadas, que infinitude de sonhos arrebatadores! Talvez você me pergunte com que ele está sonhando? Para que perguntar? Ele sonha com tudo... com o papel do poeta que não foi reconhecido logo de início, mas depois ficou aclamado;[11] com sua amizade com Hoffmann;[12] com a noite de São Bartolomeu;[13] com Diana Vernon;[14] com seu papel heroico quando da conquista de Kazan

---

[11] Imagem tradicional e muito estereotipada do poeta romântico que passa a vida inteira lutando contra a indiferença da sociedade retrógrada e preconceituosa.

[12] Ernst Theodor Amadeus Hoffmann (1776-1822): escritor romântico alemão, cujas obras denotam interesse por temas e personagens fantásticos e bizarros.

[13] Imenso massacre de protestantes, ocorrido na noite de 24 de agosto de 1572, às vésperas da festa de São Bartolomeu, em Paris, e relatado nos romances *As crônicas da época de Carlos IX*, de Prosper Mérimée (1803-1870), e *A rainha Margot*, de Alexandre Dumas (1802-1870).

[14] Personagem do romance histórico *Rob Roy*, do famoso escritor escocês Walter Scott (1771-1832) cujas obras eram extremamente populares na primeira metade do século XIX.

por Ivan Vassílievitch;[15] com Clara Mowbra;[16] com Effie Deans;[17] com o tribunal dos prelados e Jan Hus defronte a eles;[18] com a ressurreição dos mortos em *Roberto*[19] (lembra aquela música?... cheira a cemitério!); com Minna e Brenda;[20] com a batalha do Bereziná;[21] com a leitura de seu poema na casa da condessa V.D.;[22] com Danton;[23] com Cleópatra *e i suoi amanti*;[24] com a casinha de Kolomna,[25] seu próprio cantinho e uma linda criatura por perto, que o escuta numa noite de inverno, abrindo a boquinha e os olhinhos, do mesmo modo que você me escuta agora, meu anjinho... Pois bem, Nástenka, o que ele busca, aquele indolente voluptuoso, o que busca naquela vida em que queremos tanto entrar, você e eu? Ele pensa que é uma vida pobre e deplorável, sem antever que, para ele também, chegará talvez uma hora triste em que haverá de trocar todos os seus anos fantásticos por um só dia dessa vida deplorável, e não os trocará nem mesmo pela alegria, pela felicidade, e nem vai querer escolher naquela hora de tristeza, de contrição e de pesar irremediável. Mas não chegou ainda aquele tempo funesto, e ele não deseja nada porque está acima dos desejos, porque tem tudo, porque se saciou, porque cria, ele próprio, sua vida como um artista, porque a recria, toda hora, conforme seu novo impulso. Pois se cria tão fácil e naturalmente aquele mundo fabuloso, fantástico! Como se aquilo tudo não fosse, de fato, um fantasma! Juro que estou prestes a acreditar, vez por outra, que toda aquela vida não é uma excitação dos sentidos, nem

---

[15] Trata-se da ocupação da cidade de Kazan, em 1552, pelas tropas do czar russo Ivan IV (1530-1584), conhecido no Ocidente como Ivan, o Terrível.

[16] Personagem do romance *As águas de São Ronan*, de Walter Scott.

[17] Personagem do romance *A prisão de Edimburgo*, de Walter Scott.

[18] Trata-se do reformador religioso tcheco Jan Hus (1369-1415), condenado à morte pela Igreja Católica e queimado numa fogueira.

[19] Alusão à ópera *Roberto, o Diabo*, do compositor franco-alemão Giacomo Meyerbeer (1791-1864), uma das obras-primas do romantismo musical.

[20] Personagens do romance *O pirata*, de Walter Scott.

[21] A referida batalha, em que se enfrentaram os exércitos do Império Russo e da França napoleônica, teve lugar nos dias 26 a 29 de novembro de 1812, nas margens do rio Bereziná (no atual território da Bielorrússia).

[22] Dostoiévski alude à condessa Alexandra Vorontsova-Dáchkova (1818-1856), uma das mulheres mais belas e ricas de sua época.

[23] George Danton (1759-1794): um dos líderes da Revolução francesa de 1789.

[24] E seus amantes (em italiano): alusão ao conto *As noites egípcias*, de Alexandr Púchkin (1799-1837), cujo protagonista improvisa um grande poema sobre esse tema.

[25] Título de um poema bem conhecido de Alexandr Púchkin, em cuja protagonista Dostoiévski se inspirou para criar a personagem de Nástenka.

uma miragem, nem o ludíbrio de nossa imaginação, mas, de fato, algo real, autêntico, existente! Então me diga, Nástenka, por que, mas por que a respiração fica presa em tais momentos, por que o pulso se acelera, como se fosse algum feitiço, algum impulso desconhecido, por que as lágrimas jorram dos olhos do sonhador e suas faces pálidas, umedecidas, ficam ardendo e toda a sua existência se preenche com tanto prazer irresistível? Por que as noites insones passam inteiras como um só instante, cheias de alegria e felicidade inesgotáveis, e por que, quando o raio rosado da aurora passa, fulgindo, pela janela e o alvorecer ilumina aquele quarto soturno com sua ilusória luz fantástica, como isso ocorre aqui em Petersburgo, nosso sonhador cansado e exaurido desaba sobre a sua cama e adormece, ou melhor, desfalece com tanto arroubo de seu espírito morbidamente enlevado e tanta dor angustiante e doce no coração? Sim, Nástenka, a gente se engana e, olhando de fora, chega a acreditar involuntariamente que uma paixão verdadeira, fidedigna, arrebata a alma dele; a gente acredita sem querer que algo vivo, palpável, está presente em seus devaneios imateriais! E como se engana: eis, por exemplo, o amor que invade o peito dele com toda essa alegria inesgotável, com todos esses tormentos angustiantes... É só olhar para ele, e você se convence! Acredita ao olhar para ele, querida Nástenka, que realmente nunca conheceu aquela que tanto amou em sua divagação frenética? Será que a viu apenas em meio aos seus fantasmas encantadores, será que apenas sonhou com aquela sua paixão? Será que eles dois não percorreram mesmo, de mãos dadas, tantos anos de sua vida: apenas eles dois, deixando o mundo inteiro de lado e juntando, cada um, seu próprio mundo, sua própria vida, com a vida de seu amigo? Será que não era ela, naquela hora noturna, quando chegara a separação, quem estava ali deitada e soluçava, aflita, sobre o peito dele, sem reparar na tempestade que se desenfreara sob aquele céu lúgubre, sem perceber o vento que arrancava dos seus cílios negros e levava embora as suas lágrimas? Será que aquilo tudo foi apenas um sonho: aquele jardim tristonho, abandonado e agreste, com aquelas veredas cobertas de musgo, solitário e sombrio, onde eles haviam tantas vezes andado juntos, esperançosos, entristecidos, apaixonados, amando um ao outro por "tanto tempo, ternamente"?[26] E aquela estranha casa dos bisavós

---

[26] Cita-se o poema *Eles se amaram tanto tempo, ternamente...* do poeta russo Mikhail Lêrmontov (1814-1841).

onde ela morara, por tanto tempo, retraída e triste, com seu marido velho e carrancudo, sempre calado e bilioso, que os amedrontava a eles, tímidos como duas crianças, enquanto escondiam um do outro, melancólicos e medrosos, seu amor mútuo? Como eles sofriam, quanto medo sentiam, quão inocente e puro era o amor deles, e até que ponto (fique isso bem claro, Nástenka) os outros eram maldosos! E, meu Deus, será que não foi ela mesma que ele encontrou depois, longe de suas plagas natais, sob o céu estrangeiro, meridional, tórrido, numa cidade eterna, miraculosa, em meio ao esplendor de um baile, à música estrondosa, num *palazzo*[27] (num *palazzo*, sem falta) imerso num mar de luzes, naquela sacada envolta em murtas e rosas, onde ela, reconhecendo-o, tirou tão apressadamente a sua máscara e lhe disse baixinho: "Estou livre", e se atirou, trêmula, nos braços dele, e então, com um grito extático, eles se abraçaram bem forte e esqueceram, num átimo, seu pesar, sua separação e todos os seus sofrimentos, e aquela casa sombria, e aquele velho, e aquele jardim lúgubre em sua terrinha longínqua, e aquele banco sobre o qual, com o último beijo apaixonado, ela se livrara dos amplexos dele, petrificados naquela dor desesperada... Oh, concorde comigo, Nástenka: a gente se agita e se confunde e se ruboriza, feito um escolar que acaba de enfiar no bolso uma maçã furtada do pomar vizinho, quando um rapaz alto e robusto assim, brincalhão e gracejador, um companheiro por quem não esperamos, abre a nossa porta e grita, como se de nada se tratasse: "Pois eu, maninho, acabei de chegar de Pávlovsk!"[28] Meu Deus! É que o velho conde morreu, é que uma felicidade indizível está por vir: aí é que as pessoas chegam de Pávlovsk!

Calei-me, patético, ao acabar com minhas exclamações patéticas. Lembro que tinha muita vontade de dar uma gargalhada forçada, porquanto já sentia algum diabozinho hostil revirar-se dentro de mim, que minha garganta já se estreitava, meu queixo passava a tremer e meus olhos ficavam cada vez mais úmidos... Esperava que Nástenka, a qual me ouvira abrindo seus olhinhos inteligentes, rompesse a gargalhar com todo o seu riso infantil, desenfreadamente alegre, e já me arrependia de

---

[27] Palácio (em italiano).
[28] Cidade localizada nos arredores de São Petersburgo, onde se encontrava uma das mais luxuosas residências dos monarcas russos.

ter ido longe demais, de ter contado embalde aquilo que se acumulara, havia tempos, em meu coração, aquilo que podia expor como se fosse um texto escrito, pois já preparara, havia tempos, uma sentença para mim mesmo e não pudera deixar, naquele momento, de lê-la sem esperar, seja dita a verdade, que me entendessem. Contudo, para minha surpresa, ela permaneceu calada, apertou-me de leve, após uma pausa, a mão e perguntou, com uma compaixão algo tímida:

— Será que viveu, realmente, toda a sua vida dessa maneira?

— Toda a minha vida, Nástenka — respondi —, toda a minha vida, e parece que a terminarei dessa maneira também.

— Mas não se pode viver assim, não — disse ela, inquieta. — Não vai ser assim; senão, talvez passe, eu mesma, a vida toda perto de minha avó. Escute: não é nada bom viver desse jeito, sabe?

— Sei, Nástenka, sei! — exclamei, sem conter mais aquele meu sentimento. — E agora sei melhor do que nunca que desperdicei em vão todos os meus melhores anos! Agora sei disso e, por saber disso, sinto mais dor ainda, porque foi Deus mesmo quem me mandou você, meu anjo bondoso, para me dizer e provar isso. Agora que estou sentado ao seu lado e falo com você, já tenho medo de pensar no futuro, porque no futuro haverá novamente esta solidão, esta vida bolorenta, inútil. E com que vou sonhar então, já que fiquei tão feliz ao seu lado, na realidade? Oh, seja abençoada você, minha moça querida, por não me ter repelido logo da primeira vez, porque já posso dizer que vivi, pelo menos, duas noites nesta minha vida!

— Oh, não, não! — gritou Nástenka, e umas lagrimazinhas brilharam nos olhos dela. — Não será mais desse jeito, não nos separaremos assim! Só duas noites não bastam!

— Oh, Nástenka, Nástenka! Será que sabe por quanto tempo você me reconciliou comigo mesmo? Será que sabe que agora já não vou mais pensar de mim mesmo tão mal como pensava de vez em quando? Será que sabe que talvez não vá mais lamentar ter cometido um crime e um pecado em minha vida, porque uma vida dessas é um crime e um pecado? E não pense aí que eu esteja exagerando alguma coisa para você; pelo amor de Deus, não pense assim, Nástenka, porque tenho, às vezes, momentos tão pesarosos, mas tão pesarosos... Porque me parece, em tais momentos, que nunca serei capaz de passar a viver na realidade; porque já me parecia que tinha perdido todo e qualquer tato, todo e qualquer tino neste presente real; porque já vinha, enfim, amaldiçoando a mim mesmo; porque já tenho momentos de lucidez, após minhas noites fantásticas, e esses momentos são terríveis. Enquanto isso, a gente ouve uma multidão humana troar ao redor e girar nesse turbilhão da vida, a gente ouve e vê as pessoas viverem... viverem de verdade; a gente vê que a vida não lhes é negada, que a vida delas não se dissipará como um sonho, como uma visão, que sua vida é sempre renovada, sempre nova, e que nenhuma hora daquela vida se parece com outra, enquanto é triste e monótona até a vulgaridade esta temerosa fantasia, escrava de uma sombra, de uma ideia, escrava da primeira nuvem que encobrir, de repente, o sol e premer com angústia o verdadeiro coração petersburguense, o qual dá tanto valor ao seu sol... e que fantasia é que pode haver em meio àquela angústia? A gente percebe que ela se cansa, por fim, que se esgota numa perpétua tensão, esta fantasia *inesgotável*, porquanto estamos amadurecendo, ultrapassando nossos antigos ideais: eles se tornam pó e destroços, e, posto que não há outra vida, a gente tem de construí-la com os mesmos destroços. Mas, não obstante, a alma quer e pede algo diferente. Em vão é que o sonhador remexe, como se fossem cinzas, seus devaneios antigos, buscando naquelas cinzas, ao menos, uma fagulhazinha para avivá-la, para esquentar um pouco, com aquele fogo renascido, seu coração esfriado e ressuscitar nele tudo o que lhe era antes tão agradável e comovia a alma e fazia o sangue ferver e arrancava as lágrimas dos olhos e ludibriava com tanta exuberância! Será que sabe, Nástenka, aonde cheguei? Será que sabe que já estou obrigado a comemorar a efeméride de minhas sensações, a efeméride daquilo que me era antes tão agradável, mas nunca existiu na realidade — é que comemoro a tal efeméride dos mesmos devaneios tolos e imateriais — e faço isto porque não tenho mais nem sequer aqueles tolos devaneios, porque não tenho com que substituí-los, pois os devaneios também são substituídos! Será que sabe que gosto agora de relembrar e de revisitar, em certas ocasiões, aqueles lugares onde estive outrora feliz à minha maneira, que gosto de adaptar meu presente àquilo que já se foi para sempre e fico amiúde andando como uma sombra, sem necessidade nem meta, andando, triste e aflito, pelas vielas e ruas petersburguenses? Quantas lembranças! Lembro, por exemplo, como andei aqui mesmo, exatamente um ano atrás, exatamente no mesmo horário, nesta hora exata, como vaguei pela mesma calçada, tão solitário e desanimado quanto agora! Lembro que meus sonhos eram também tristes àquela altura e, apesar de não ter vivido melhor, chego a sentir, o tempo todo, que então a vida parecia, de certo modo, mais fácil e mais sossegada, pois não existia essa cisma negra que me persegue agora, pois não existiam esses remorsos lúgubres e soturnos que não me deixam agora em paz, nem de dia e nem de noite. E a gente pergunta consigo: onde estão aqueles teus sonhos? E a gente responde, abanando a cabeça: como os anos voam depressa! E a gente volta a perguntar: o que foi que fizeste daqueles teus anos, onde foi que enterraste a tua melhor época? Será que viveste ou não? Olha, é o que a gente diz consigo, e vê o mundo arrefecer. Os anos irão passando, e depois virá tua solidão melancólica, e depois virá tua trêmula velhice com seu cajado, e depois virão teu desânimo e tua tristeza. Empalidecerá teu mundo fantástico; murcharão, entorpecidos, teus sonhos e cairão por terra, como as folhas amarelas caem das árvores... Oh, Nástenka, como será triste ficar ali só, totalmente só, e não ter nem mesmo o que lamentar... nada, absolutamente nada... porque tudo quanto perdi, aquilo tudo, tudo mesmo não foi nada, um zero tolo e redondo, apenas um devaneio!

— Não me apiede mais, não! — sussurrou Nástenka, enxugando uma lagrimazinha a rolar em seus olhos. — Agora está acabado! Agora ficaremos juntos; agora, aconteça o que acontecer comigo, nunca mais nos separaremos. Escute. Sou uma moça humilde, estudei pouco, embora minha avó tenha contratado um preceptor para mim; porém, juro que o compreendo, pois já vivi, eu mesma, tudo o que você me contou agorinha, vivi quando minha avó me prendeu ao seu vestido. Eu não contaria, por certo, tão bem como você contou, já que não estudei — acrescentou ela, tímida por sentir ainda uma espécie de respeito pelo meu discurso patético e pelo meu alto estilo —, mas estou muito contente de que você se tenha aberto todo comigo. Agora o conheço, conheço plenamente, no total. E sabe de uma coisa? Também quero contar para você a minha história, toda e sem omissões, e depois você me dará em troca um conselho. É um homem muito inteligente... Então promete que me dará esse conselho?

— Ah, Nástenka — respondi —, ainda que nunca tenha sido um conselheiro nem, muito menos, um conselheiro inteligente, estou vendo agora que, se vivermos sempre dessa maneira, será uma vida, digamos, muito sábia, e daremos, um para o outro, montes de conselhos sábios!

Pois bem, minha boazinha Nástenka: que conselho é que deseja? Diga-me sem rodeios: estou tão alegre, feliz, corajoso e inteligente agora que não terei papas na língua.

— Não, não! — interrompeu Nástenka, rindo. — Não preciso tão só de um conselho sábio, mas de um conselho cordial, fraterno, como se você já me amasse por toda a sua vida!

— Está bem, Nástenka, está bem! — exclamei, arroubado. — E, mesmo se a amasse havia vinte anos, não a amaria, ainda assim, mais do que agora!

— Sua mão! — disse Nástenka.

— Tome! — respondi, estendendo-lhe minha mão.

— Então comecemos esta minha história!

HISTÓRIA DE NÁSTENKA

— Você já sabe minha história pela metade, ou seja, você sabe que tenho uma avó velhinha...

— Se a outra metade for tão curta quanto essa... — ia interrompê-la, pondo-me a rir.

— Cale-se e escute. Antes de tudo, combinemos que você não me interrompa mais, senão vou perder, quiçá, o fio da meada. Pois bem: escute com calma.

"Tenho uma avó velhinha. Passei a morar com ela quando era ainda uma menina muito pequena, já que minha mãe e meu pai faleceram. É de se supor que minha avó tenha sido mais abastada antes, porque se lembra, até agora, de seus dias melhores. Foi ela mesma quem me ensinou o francês e depois contratou um preceptor para mim. Quando eu tinha quinze anos (agora tenho dezessete), a gente parou de estudar. E foi bem nesse meio-tempo que fiz uma arte; não lhe direi o que fiz precisamente: basta dizer que o deslize foi pequeno. Só que minha avó chamou por mim, certa manhã, e disse que, como estava cega, não conseguia vigiar-me; pegou então um alfinete e prendeu o meu vestido ao dela, dizendo logo que ficaríamos sentadas assim pela vida afora, salvo, bem entendido, se eu criasse juízo. Numa palavra, não era possível, logo de início, que me afastasse de minha avó nem um pouco: quer trabalhasse, quer lesse, quer estudasse, ficava ao seu lado o tempo todo. Tentei astuciar uma vez e pedi a Fiokla que se sentasse em meu lugar. Fiokla é nossa criada, ela está surda. Fiokla se sentou em meu lugar; minha avó tinha adormecido, enquanto isso, em sua poltrona, e eu fui ver uma amiga, bem pertinho. Pois tudo acabou mal. Minha avó despertou, quando eu não estava lá, e perguntou por alguma coisa, pensando que eu estivesse ainda sentada, toda quietinha, ao lado dela. E Fiokla viu que a avó estava perguntando, mas não ouviu nada; então ficou cismando, cismando no que tinha a fazer, e depois tirou o alfinete e foi correndo embora..."

Nástenka fez uma pausa e desandou a gargalhar. Eu também ri com ela. Mas ela parou logo de rir.

— Escute aí: não ria de minha avó. Eu cá estou rindo, porque dá para rir... O que fazer se minha avó é assim, de verdade, só que, apesar disso, eu gosto um pouquinho dela. Então apanhei, sim: logo me puseram no mesmo lugar, e — nem pensar! — não podia mais nem me mexer.

"Pois bem: já me esqueço de lhe dizer que nós temos, ou seja, minha avó tem uma casa própria, ou melhor, uma casinha com apenas três janelas, toda de madeira e tão velha quanto minha avó; e, lá em cima, há um mezanino. E eis que um novo morador se mudou para aquele nosso mezanino..."

— Houve, pois, um morador antigo também? — notei de passagem.

— É claro que houve — respondeu Nástenka —, e ele sabia ficar calado melhor ainda que você. Na verdade, já mal conseguia mover a língua. Era um velhinho, todo ressequido, mudo, cego e manco, tanto assim que acabou não podendo mais viver neste mundo e morreu; por isso é que estávamos precisando de um morador novo, já que não podemos viver sem inquilinos: o aluguel, junto com a pensão de minha avó, é quase toda a nossa renda. E aquele novo morador era, como que de propósito, um jovem, e não era daqui, só passava pela cidade. Como ele não barganhava, minha avó deixou que morasse conosco e depois me pergunta: 'Como é, Nástenka, esse nosso inquilino, jovem ou não?' E eu não quero mentir e digo: 'Assim, vovó, não que seja um rapaz nem tampouco um velho'. Aí minha avó torna a perguntar: 'Será que é bem-apessoado?' E eu não quero mentir outra vez e digo: 'É, sim, é bem-apessoado, vovó!' Então minha avó diz: 'Ah, que castigo, mas que castigo! Digo-te isto, minha neta, para que não olhes demais para ele. Eta, que tempos são os nossos: talvez seja um inquilino miúdo, só que também é bem-apessoado. Não é como nos velhos tempos!'

"E, para minha avó, era tudo melhor nos velhos tempos! Ela mesma estava mais nova nos velhos tempos, e o sol estava mais quente nos velhos tempos, e a nata não azedava, nos velhos tempos, tão depressa assim — tudo era melhor! Eu fico, pois, sentada ali e me calo e penso com meus botões: por que será que minha avó sugere tais ideias para si mesma e pergunta se o morador é jovem e bem-apessoado? Só que pensei naquilo apenas assim, de relance, e logo me pus a contar, outra vez, os pontos, a tricotar uma meia, e depois me esqueci completamente daquilo.

"E eis que vem aquele morador nosso, certa manhã, e pergunta se vamos colocar, como lhe prometemos, o papel de parede no quarto dele. Palavra vai, palavra vem, que minha avó é falastrona, e ela diz: 'Vai, Nástenka, ao meu quarto de dormir e traz as continhas'. E eu pulei logo fora da cadeira, fiquei, não sei por que, toda vermelha e esqueci que estava presa; e, em vez de tirar devagarinho o alfinete, para o inquilino não ver, puxei tanto que a poltrona da avó se moveu. E, quando vi que o inquilino sabia agora tudo a meu respeito, enrubesci toda, fiquei plantada, feito uma estaca, e fui de repente chorando: senti tanta vergonha e amargura naquele momento que não queria mais nem ver a luz do dia! E minha avó gritou: 'Por que estás aí plantada?', e eu chorei mais ainda... E o inquilino, quando viu que eu estava com vergonha por causa dele, saudou-nos e foi logo embora!

"Desde então, mal ouço algum barulho na antessala, fico que nem uma morta. Eis que o inquilino vem aqui, penso, e tiro devagarinho o alfinete, por via das dúvidas. Só que não era ele, não vinha mais. Então se passaram duas semanas, e nosso morador manda Fiokla dizer que ele tem muitos livros franceses, e todos aqueles livros são bons, e que daria para lê-los... Então, não queria minha avó, por acaso, que eu os lesse em voz alta, para ela não se entediar? Minha avó concordou, agradecida, só que ficou perguntando volta e meia se aqueles livros eram decentes ou não, e disse para mim:

"— Se aqueles livros forem indecentes, não podes lê-los, Nástenka, de jeito nenhum, que vais aprender coisas ruins.

"— Mas o que é que vou aprender, vovó? O que está escrito ali?

"— Ah! — disse minha avó. — É descrito neles como os moços seduzem as moças de boa conduta, como alegam que querem desposá-las para levá-las embora da casa paterna, como depois abandonam aquelas moças desgraçadas à própria sorte e como as moças perecem da maneira mais lamentável. Eu mesma — disse também minha avó — li muitos livros assim, e tudo é descrito neles tão bem que a gente fica noites inteiras lendo às escondidas. Pois tu, Nástenka, olha aí, não leias aqueles livros. Quais são — pergunta — os livros que ele mandou para nós?

"— Só há romances de Walter Scott, vovó.

"— Romances de Walter Scott? Mas será que não há alguns galanteios aí? Vê se ele não colocou, aí dentro, algum bilhetinho amoroso!

"— Não, vovó — respondo eu —, não há nenhum bilhete.

"— Mas olha embaixo da capa; eles enfiam, por vezes, embaixo da capa, aqueles bandidos!...

"— Não, vovó, não há nada, nem embaixo da capa.

"— Pois bem, melhor assim!

"Começamos então a ler Walter Scott e lemos, num mês apenas, quase metade dos livros dele. E nosso morador nos mandou ainda mais livros. Mandou os poemas de Púchkin, de modo que acabei não podendo mais ficar sem leituras e deixei de pensar como me casaria com um príncipe chinês.

"Assim iam as coisas, quando me deparei, certa vez, com nosso inquilino na escada. Minha avó me tinha mandado buscar não sei o quê. Ele parou, eu enrubesci, e ele ficou vermelho também, porém deu uma risada, cumprimentou-me, perguntou pela saúde da avó e disse: 'E aí, a senhorita leu os livros?' Eu respondi: 'Li, sim'. E ele perguntou: 'O que mais lhe agradou neles?' Então eu disse: 'Gostei mais de *Ivanhoé*[29] e de Púchkin'. E, daquela vez, não houve mais nada.

"Uma semana depois, ele me encontrou de novo na escada. Dessa vez, não foi minha avó quem me mandou, mas eu mesma precisava de alguma coisa. Eram quase três horas, e nosso morador voltava para casa nesse horário.

"— Boa tarde! — disse ele.

"— Boa tarde! — respondi.

"— Pois bem — disse ele —, será que não se entedia ficando assim, o dia inteiro, sentada com sua avó?

"Logo que ele me perguntou aquilo, fiquei, nem sei por que, toda vermelha, envergonhada, e senti outra vez mágoa, decerto porque os

---

[29] Um dos romances mais populares de Walter Scott.

outros já começavam a bisbilhotar sobre o tal assunto. Já queria ir embora sem responder, só que não tinha forças.

"— Escute — disse ele —, é uma boa moça! Desculpe por estar falando com a senhorita desta maneira, mas asseguro que desejo o seu bem ainda mais do que sua avó. Não tem porventura alguma amiga que possa ir visitar?

"Então lhe respondi que não tinha nenhuma amiga; só tinha uma, Máchenka, mas ela tinha ido para Pskov.[30]

"— Escute — disse ele —, será que gostaria de ir ao teatro comigo?

"— Ao teatro? Mas... e minha avó?

"— Mas a senhorita vai às escondidas, sem avisar sua avó...

"— Não — respondi —, não quero enganar minha avó. Adeus!

"— Adeus, pois — disse ele, e nem uma palavra a mais.

"Só que veio falar conosco, depois do jantar; ficou sentado, conversou com minha avó por muito tempo, perguntou se ela saía algumas vezes, se tinha alguns conhecidos, e, de repente, disse:

"— É que acabei de arranjar um camarote na Ópera para hoje: apresentam *O barbeiro de Sevilha*;[31] meus conhecidos queriam assistir, mas depois desistiram, então fiquei com um ingresso nas mãos.

"— *O barbeiro de Sevilha*? — exclamou minha avó. — Mas é aquele mesmo *Barbeiro* que mostravam nos velhos tempos?

"— Sim, é aquele mesmo *Barbeiro* — disse ele e, de repente, olhou para mim. E eu compreendi logo tudo, enrubesci, e meu coração ficou pulando de tanta esperança!

"— Mas como — disse então minha avó —, como é que eu não saberia? Eu mesma fiz, nos velhos tempos, o papel de Rosina, em nosso teatrinho caseiro.

"— Não queria, pois, ir lá hoje? — perguntou nosso inquilino. — Senão, meu ingresso vai perecer à toa.

"— Sim, talvez a gente vá lá — respondeu minha avó. — Por que é que não iríamos? Além do mais, minha Nástenka nunca foi ao teatro.

"Meu Deus, que alegria! Logo nos aprontamos, nos arrumamos e fomos ao teatro. Embora cega, minha avó também queria ouvir a música e, além disso, é uma velhinha bondosa: queria mais agradar a mim, já

---

[30] Cidade localizada na região noroeste da Rússia e próxima a São Petersburgo.
[31] Famosa ópera cômica do compositor italiano Gioachino Rossini (1792-1868).

que nunca iríamos ao teatro, nós duas. Não lhe falo sobre a impressão que me deu *O barbeiro de Sevilha*, só que nosso morador olhou para mim tão bem, durante aquela noite toda, e conversou comigo tão bem que logo percebi: quisera tentar-me, pela manhã, propondo que fosse sozinha com ele. Mas que alegria! Fui dormir tão orgulhosa, tão jovial, e meu coração batia tão forte que até tive uma febrícula e delirei, a noite inteira, por causa d'*O barbeiro de Sevilha*.

"Pensei que, depois daquilo, ele passaria a visitar-nos cada vez mais, só que me enganei redondamente. Ele quase parou de nos visitar. Vinha assim, uma vez ao mês, e apenas para nos convidar para o teatro. Fomos lá novamente, umas duas vezes, com ele. Mas eu cá não estava nem um pouco contente com isso. Percebia que ele tinha apenas dó de mim, porque minha avó me encurralava tanto, e nada mais. Pouco a pouco, fiquei assim: não consigo nem me quietar sentada, nem ler, nem trabalhar; só me ponho a rir umas vezes e faço algo de propósito, para irritar minha avó, ou estou, vez por outra, chorando. Emagreci, afinal, e quase caí doente. A temporada de ópera terminou, e nosso inquilino parou de vez de nos visitar; e, quando nos encontrávamos — naquela mesma escada, bem entendido —, ele me saudava assim, calado e tão sério como se nem quisesse falar comigo, e descia logo até a saída, e eu me detinha ali, no meio da escada, vermelha que nem uma cereja, porque todo o sangue vinha afluindo à minha cabeça, quando me encontrava com ele.

"Já vou acabar de contar. Exatamente um ano atrás, no mês de maio, nosso morador veio visitar-nos e disse à minha avó que tinha posto em ordem todos os seus negócios por aqui e devia ir passar um ano em Moscou. Quando o ouvi falar nisso, fiquei pálida e desabei, como morta, sobre uma cadeira. Minha avó não reparou em nada, e ele declarou que nos abandonava, cumprimentou-nos e foi embora.

"O que eu tinha a fazer? Cismava, cismava, toda aflita, e afinal me decidi. Ele partiria no dia seguinte, e eu resolvi que daria cabo de tudo à noite, quando minha avó tivesse ido dormir. E foi bem isso que aconteceu. Fiz uma trouxa de todos os vestidos que tinha e todas as roupas de baixo de que pudesse precisar, e fui com aquela trouxa nas mãos, mais morta que viva, ao mezanino de nosso morador. Gastei uma hora inteira, eu acho, para subir a escada. E, quando abri a porta, ele deu mesmo um grito ao olhar para mim. Pensou, primeiro, que eu fosse um fantasma e depois veio correndo para me servir água, já que mal me mantinha em pé. Meu coração batia tão forte que até minha cabeça doía, e minha mente se turvou. E, quando recuperei os sentidos, comecei logo por colocar minha trouxa sobre a cama dele, e me sentei por perto e me tapei o rosto com as mãos e fiquei chorando aos borbotões. Parece que ele entendeu tudo num instante: postou-se em minha frente, todo pálido, e olhou para mim com tanta tristeza que meu coração rebentou.

"— Escute — começou a falar —, escute, Nástenka: não posso fazer nada, que sou pobre; não tenho nada, por ora, nem mesmo um emprego decente. Como é que nós viveríamos, se me casasse, digamos, com você?

"Conversamos por muito tempo, só que fiquei, por fim, exaltada e disse que não podia mais viver com minha avó, que fugiria da casa dela, que não queria ficar presa com um alfinete daqueles e que, se ele quisesse, iria com ele para Moscou, porque não podia mais viver sem ele. A vergonha, o amor, o orgulho — tudo se expressava em mim de vez, e caí na cama quase tomada de convulsões. Temia tanto que ele recusasse!

"Ele ficou, por alguns minutos, sentado ali, calado, depois se levantou, chegou perto de mim e pegou minha mão.

"— Escute, minha bondosa, minha gentil Nástenka! — Também estava para chorar, quando foi falando. — Escute! Juro-lhe que, se um dia tiver condição de me casar, será você mesma, sem dúvida, quem me trará essa felicidade; asseguro-lhe que, desde agora, só você pode tornar-me feliz. Escute: vou para Moscou e ficarei lá precisamente um ano. Espero que consiga arranjar meus negócios. Quando voltar, e se você não tiver ainda deixado de me amar, juro-lhe que seremos felizes. Mas agora isso é impossível: não posso, não tenho o direito de lhe prometer qualquer coisa que seja. Mas repito: nem que isso não se faça daqui a um ano, há de se fazer, sem falta, algum dia, a não ser que você prefira outro homem a mim, bem entendido, porque não posso nem ouso amarrá-la com qualquer promessa que seja.

"Foi isso que ele me disse; no dia seguinte, foi embora. Havíamos decidido, nós dois, não dizer uma só palavra a respeito disso para minha avó. Assim ele quis. E eis que toda a minha história está quase no fim. É que se passou precisamente um ano. Ele voltou, já faz três dias que está aqui, mas... mas..."

— Mas o quê? — bradei, impaciente por ouvir o fim da história.

— Mas até agora não veio! — respondeu Nástenka, como quem estivesse juntando as forças. — Nem sinal de vida...

Então ela parou, fez uma breve pausa, abaixou a cabeça e, de repente, tapou o rosto com as mãos e desandou a soluçar, tanto assim que meu coração se revolveu todo com aquele seu pranto. De modo algum esperava por semelhante desfecho!

— Nástenka! — comecei, com uma voz tímida e insinuante. — Nástenka! Pelo amor de Deus, não chore! Como é que você sabe? Talvez ele não esteja ainda aqui...

— Está aqui, sim, está aqui! — retorquiu Nástenka. — Eu sei que ele está aqui. Combinamos, ainda então, naquela noite às vésperas de sua partida: quando já havíamos dito tudo o que eu lhe contei e chegado ao nosso acordo, saímos para passear cá mesmo, nesta avenida marginal. Eram dez horas; estávamos sentados naquele banco ali; eu não chorava mais, era tão doce ouvir o que ele me dizia... Ele disse que, tão logo voltasse, viria ver a gente e, se eu não tivesse desistido dele, diríamos tudo à minha avó. Agora ele está aqui, sei disso, mas ele não vem!

E ela tornou a prantear.

— Meu Deus! Será que não se pode acudi-la de jeito nenhum? — gritei, pulando fora do banco num desespero total. — Diga, Nástenka, será que não poderia, ao menos, eu mesmo ir falar com ele?...

— Seria possível? — perguntou ela, erguendo subitamente a cabeça.

— Não, é claro que não! — comentei, mudando de ideia. — Escreva uma carta, eis o que é.

— Não é possível, não, não posso! — respondeu ela: estava resoluta, mas já tinha abaixado a cabeça e evitava olhar para mim.

— Como não pode? Por que não pode? — continuei, agarrando-me àquela minha ideia. — Mas sabe, Nástenka, que carta seria essa? Cada carta é uma carta, e... Ah, Nástenka, é assim mesmo! Confie em mim, confie! Não lhe darei mau conselho. Tudo isso pode ser consertado! Você já deu o primeiro passo, então por que não...

— Não posso, não posso! Seria como se eu me impusesse...

— Ah, minha boazinha Nástenka! — interrompi, sem dissimular o sorriso. — Não é isso, não; você tem, afinal, seu direito, porque aquele homem lhe prometeu. Ademais, todos os indícios me mostram que ele é delicado e agiu bem — prossegui, cada vez mais empolgado com a lógica de minhas próprias alegações e exortações. — O que foi que ele fez? Amarrou-se com uma promessa. Disse que não se casaria com ninguém, a não ser com você, caso fosse mesmo casar-se, mas lhe deixou, a você, plena liberdade para desistir dele, nem que o fizesse na mesma hora... Desse modo, você pode dar o primeiro passo, você tem direito a tanto, você teria uma vantagem, na frente dele, se quisesse, por exemplo, desamarrá-lo daquela promessa...

— Escute: como é que você escreveria?
— O quê?
— Mas essa carta aí.
— Eu escreveria o seguinte: "Prezado senhor..."
— É preciso mesmo escrever assim: "Prezado senhor"?
— Sem falta! Aliás, por que não? Eu acho...
— Está bem, está bem! E depois?
— "Prezado senhor! Desculpe-me por..." Aliás, não: nada de pedir desculpas! O próprio fato justifica tudo aí, então escreva simplesmente: "Escrevo para o senhor. Desculpe-me pela minha impaciência, mas estive, durante um ano inteiro, feliz com as esperanças. Estaria culpada de não poder suportar agora nem um dia de dúvidas? Agora que o senhor está aqui, é possível que suas intenções já tenham mudado. Se for assim, esta carta lhe dirá que não estou reclamando nem o acuso. Não o acuso de não ser eu a dona de seu coração: esse é, pois, meu destino! O senhor é um homem nobre. Não vai sorrir nem se aborrecer lendo as minhas linhas ansiosas. Lembre-se de que as escreve uma moça pobre, que ela está sozinha, que não há quem lhe ensine nem a aconselhe, e que ela nunca soube, sem ninguém arrimá-la, dominar seu próprio coração. Mas perdoe-me se a dúvida se insinuou, apenas por um instante, em minha alma. O senhor não é capaz de ofender, nem sequer em seus pensamentos, aquela que o amou e ama tanto".

— Sim, sim! É justamente aquilo que eu pensava! — exclamou Nástenka, e a alegria fulgiu em seus olhos. — Oh! Você resolveu minhas dúvidas, foi Deus mesmo quem o mandou para mim! Agradeço-lhe, agradeço!

— Mas por quê? Porque Deus me mandou? — repliquei, ao olhar, extático, para a carinha risonha dela.

— Nem que seja por isso.

— Ah, Nástenka! Agradecemos a certas pessoas tão só por viverem ao nosso lado, não é? Eu cá lhe agradeço por tê-la encontrado, pois me lembrarei de você pelo resto de minha vida!

— Mas chega, chega! Agora me escute, é o seguinte: combinamos que, tão logo ele voltasse, avisaria sem demora, deixando uma carta para mim em tal lugar, na casa dos meus conhecidos, umas pessoas boas e simples, que não sabem nada a respeito disso; ou então, se não fosse possível escrever para mim, já que nem sempre dá para contar tudo numa carta, ele viria aqui, no mesmo dia de sua chegada, às dez horas em ponto, e nos encontraríamos no lugar marcado. Já sei que ele chegou, mas já vai para três dias que nem a carta nem ele mesmo aparecem. Não posso, de jeito nenhum, sair da casa de minha avó pela manhã. Entregue, pois, esta minha carta amanhã àquelas boas pessoas de quem lhe falei: vão encaminhar a carta, e, se houver alguma resposta, você mesmo a trará de noite, às dez horas.

— Mas a carta, a carta? Devemos, primeiro, escrever a carta! Então será tudo isso, quem sabe, só depois de amanhã.

— A carta... — respondeu Nástenka, um pouco confusa —, a carta... mas...

Ela não terminou a frase. Primeiro, virou seu rostinho para um lado, ficou vermelha como uma rosa, e de repente eu senti, posta em minha mão, uma carta escrita, pelo visto, havia muito tempo, toda pronta e lacrada. Uma lembrança bem familiar, meiga e graciosa surgiu, num átimo, em minha cabeça!

— R, o — Ro; s, i — si; n, a — na — comecei a cantar.

— Rosina! — cantamos nós dois: eu, prestes a abraçá-la de tão arroubado, e ela, corando tanto quanto teria podido corar e rindo através das lágrimas que tremiam, como perolazinhas, sobre os seus cílios negros.

— Mas chega, chega! Agora, adeus! — disse Nástenka rapidinho. — Aqui está a carta, aqui está o endereço para entregá-la. Adeus! Até a vista! Até amanhã!

Ela me apertou, com força, ambas as mãos, inclinou a cabeça e sumiu, rápida como uma flecha, em sua viela. Quedei-me, por muito tempo, plantado no mesmo lugar, seguindo-a com os olhos. "Até amanhã! Até amanhã!" — passou-me, voando, pela cabeça, quando já não podia mais enxergá-la.

TERCEIRA NOITE

O dia de hoje foi triste, chuvoso, sem nenhum vislumbre, como haverá de ser a minha futura velhice. Assediam-me tais pensamentos estranhos, tais sensações obscuras; tais questões, ainda vagas para mim, aglomeram-se em minha cabeça... porém não tenho, digamos, nem força nem disposição para resolvê-las. Não serei eu quem resolverá tudo isso!

Não nos veremos hoje. Ontem, na hora de nossa despedida, as nuvens vinham encobrindo o céu e a neblina se adensava. Eu disse que o dia por vir seria ruim; ela não respondeu: não queria contrariar a si própria — para ela, aquele dia seria claro, ensolarado, e nenhuma nuvenzinha eclipsaria sua felicidade.

— Se chover, não nos veremos! — disse ela. — Não virei.

Pensei que nem sequer reparara na chuva de hoje; todavia, não veio. E ontem tivéramos nosso terceiro encontro, nossa terceira noite branca...

Entretanto, como a alegria e a felicidade embelezam uma pessoa, como seu âmago fica fervendo de amor! Parece que quer transfundir todo o seu coração para outro coração, quer que tudo se alegre e ria. E como essa alegria é contagiosa! Ontem, houve tanta ternura nas falas dela, tanta bondade para comigo em seu coração... Como ela me cortejava, como me acarinhava, como animava e embalava este meu coração! Oh, como coqueteava de tão feliz! E eu... eu tomava tudo a sério; eu pensava que ela... Mas, meu Deus, como é que pude pensar desse modo? Como pude ficar tão cego, visto que tudo já pertencia a outrem, nada era meu; visto que, finalmente, até mesmo aquela ternura dela, aquele desvelo dela, aquele amor dela... sim, seu amor por mim — tudo era apenas sua alegria por estar prestes a encontrar outro homem, sua vontade de impor a felicidade que ela sentia a mim também?... Quando ele não veio, quando ficamos esperando em vão, foi ela mesma quem franziu o sobrolho, quem se intimidou e se acovardou. Todos os gestos dela, todas as palavras dela, já não eram tão leves, jocosos e alegres. E, coisa estranha: ela dobrou sua atenção por mim, como se quisesse instintivamente fazer-me compartilhar aquilo que desejava a si própria, aquilo que receava caso não se realizasse. Minha Nástenka se assustou tanto, ficou tão amedrontada que parecia ter entendido, por fim, que eu a amava, e apiedou-se de meu pobre amor. Assim, quando estamos infelizes, percebemos com mais nitidez a desgraça dos outros: o sentimento não se espedaça, mas se concentra...

Fui encontrá-la de coração transbordante, mal conseguindo esperar pelo nosso encontro. Não imaginava o que viria a sentir, não antevia que o fim disso tudo seria bem diferente. Ela irradiava alegria, ela esperava pela resposta. E a resposta seria ele próprio. Havia de atender ao apelo dela, havia de vir correndo. Ela se antecipou a mim, chegando uma hora antes. De início, rejubilava-se com tudo, ria ao ouvir cada palavra minha. Comecei a falar e logo me calei.

— Sabe por que estou tão feliz? — disse ela. — Por que me alegro tanto de olhar para você? Por que gosto tanto de você hoje?

— Por quê? — perguntei, e meu coração ficou palpitando.

— Gosto de você porque não se apaixonou por mim. Outro homem, se estivesse em seu lugar, iria apoquentar-me, importunar-me, passaria a soltar ais e uis, a sofrer... mas você é tão fofo!

Então me apertou tanto a mão que quase gritei. Ela riu.

— Meu Deus! Que bom amigo é você! — voltou a falar, um minuto depois, de modo bem sério. — Sim, foi Deus mesmo quem o mandou para mim! O que seria de mim, se você não estivesse agora comigo? Como é abnegado! Você me ama tão bem! Quando eu me casar, seremos muito amigos, seremos mais que irmãos. Amarei a você quase tanto quanto a ele...

Senti muita tristeza indefinível naquele momento, porém algo semelhante ao riso ficou despontando em minha alma.

— Está transtornada — disse eu —, está com medo; está achando que ele não virá.

— Deus lhe perdoe! — respondeu ela. — Se estivesse menos feliz, choraria, parece, por causa dessa sua desconfiança, dessas suas censuras. Aliás, você me sugere uma ideia que vou ruminar por muito tempo; pois bem, vou pensar nisso mais tarde, mas agora confesso que você diz a verdade! Sim, não estou em meu perfeito juízo; estou, diria, toda no aguardo, e minha percepção de tudo está, diria, por demais simples. Mas chega, deixemos de falar em sentimentos!...

Nesse meio-tempo, ouviram-se uns passos, e um transeunte, que vinha ao nosso encontro, apareceu na escuridão. Ficamos tremendo, nós dois; Nástenka estava prestes a gritar. Soltei a mão dela e fiz um gesto de quem fosse afastar-se. Enganamo-nos, todavia: não era ele.

— De que tem medo? Por que largou minha mão? — perguntou ela, tornando a estender-me a mão. — Vamos encontrá-lo juntos, e daí? Quero que ele veja como nos amamos.

— Como nos amamos! — exclamei. "Oh, Nástenka, Nástenka!" — pensei. — "Disseste tanta coisa com essa palavra tua! Com um amor desses, Nástenka, o coração fica gelado, *algumas* vezes, e pesa tanto na alma. Tua mão está fria, e a minha, quente que nem o fogo. Como estás cega, Nástenka!... Oh, como uma pessoa feliz se torna insuportável de vez em quando! Só que não poderia zangar-me contigo!..."
Afinal, meu coração transbordou.
— Escute, Nástenka! — gritei. — Será que sabe como passei esse dia todo?
— Mas o que houve, o quê? Conte depressa! Por que é que ficou calado até agora?
— Primeiro, Nástenka, quando cumpri todas as suas incumbências, quando entreguei sua carta, visitei aquelas boas pessoas... depois disso... depois voltei para casa e fui dormir.
— Só isso? — interrompeu ela, rindo.
— Quase só isso, sim — respondi a contragosto, sentindo que as lágrimas tolas já me subiam aos olhos. — Acordei uma hora antes do nosso encontro, mas era como se não tivesse dormido. Nem sei o que se deu comigo. Ia contar-lhe disso tudo, como se o tempo houvesse parado para mim, como se uma só sensação, um só sentimento devesse permanecer em mim, a partir desse momento, para todo o sempre, como se apenas um minutinho fosse durar uma eternidade e como se, para mim, a vida inteira se estagnasse... Pareceu-me, quando acordei, que um tema musical, familiar há muito tempo, ouvido outrora, em algum lugar, esquecido e maravilhoso, agora me vinha à memória. Pareceu-me que ele tinha pedido, a vida toda, para sair da minha alma e só agora...
— Ah, meu Deus, meu Deus! — interrompeu Nástenka. — Mas como foi tudo isso? Não entendo meia palavra.
— Ah, Nástenka, queria tanto relatar para você, de alguma forma, essa impressão esquisita... — comecei a falar, com uma voz lastimosa em que ainda se escondia uma esperança, embora muito remota.
— Chega, pare aí, chega! — disse ela: adivinhara tudo num átimo, danadinha!
Tornou-se, de súbito, loquaz, jovial e travessa de certo modo incomum. Pegou-me o braço, pôs-se a rir, querendo que eu também risse, e cada palavra minha, cheia de desconcerto, ficou repercutindo nela

com um riso tão sonoro e prolongado... Passei a zangar-me, e ela foi de repente coqueteando...

— Escute — começou —, é que estou um pouquinho aborrecida porque você não se apaixonou por mim. Vá entender, depois disso, um homem! Ainda assim, meu senhor inflexível, não pode deixar de me elogiar por ser tão simplória. Digo-lhe tudo, mas tudo mesmo, qualquer besteira que surgir nesta minha cabeça.

— Escute você! São onze horas, pelo que me parece? — disse eu, quando as badaladas do sino ressoaram, cadenciadas, vindo da longínqua torre urbana.

De chofre, ela parou de falar e de rir, e começou a contar.

— Sim, são onze — disse enfim, com uma voz tímida e indecisa.

Logo me arrependi de tê-la assustado, de fazê-la contar as horas, e amaldiçoei a mim mesmo por esse acesso de fúria. Senti pena dela, sem saber como redimiria a minha pecha. Comecei a consolá-la, buscando os motivos da ausência de seu namorado, a argumentar, a citar várias provas. Não haveria ninguém que fosse mais fácil de ludibriar que ela, naquele momento; de resto, qualquer um se compraz em escutar, num momento como aquele, qualquer consolação que seja, e fica todo feliz se houver, ao menos, sombra de justificativa.

— Seria, aliás, engraçado — disse eu, exaltando-me cada vez mais e admirando a clareza extraordinária de meus argumentos. — Ele nem podia ter vindo; você me iludiu e me seduziu, a mim também, Nástenka, de sorte que perdi a noção de tempo... Pense só: ele mal conseguiu receber essa carta; suponhamos que não tenha como vir, suponhamos que vá responder — então a resposta dele só chegará amanhã. Vou buscá-la amanhã bem cedo e logo a avisarei. Imagine, enfim, mil probabilidades: talvez ele nem estivesse em casa, quando a carta chegou; talvez nem sequer a tenha lido até agora? É que pode acontecer tudo.

— Sim, sim! — respondeu Nástenka. — Nem pensei nisso; é claro que tudo pode acontecer — prosseguiu, da maneira mais lhana possível, ainda que se ouvisse, naquele tom dela, outra ideia, um tanto mais remota e semelhante a certa dissonância aflitiva. — Eis o que você vai fazer — continuou a falar. — Vá lá amanhã, o mais cedo que puder, e, se receber alguma resposta, avise-me sem demora. Sabe onde eu moro, não sabe? — E repetiu seu endereço para mim.

A seguir, tornou-se repentinamente tão meiga, passou a tratar-me com tanta timidez... Parecia prestar atenção àquilo que eu lhe dizia, mas, quando lhe dirigi uma pergunta, não respondeu, confundiu-se e virou sua cabecinha para um lado. Olhei bem nos olhos dela: de fato, estava chorando.

— Será que pode, será que pode? Ah, que criança é você! Quanta criancice!... Mas chega!

Ela tentou sorrir, acalmar-se, porém seu queixo tremia e seu peito arfava ainda.

— Estou pensando em você — disse-me ela, após um minuto de silêncio —: é tão bondoso que eu não sentiria isso apenas se fosse de pedra. Sabe o que me veio agorinha à cabeça? Comparei vocês dois. Por que ele não é você? Por que não é como você? Ele é pior que você, embora eu goste dele mais que de você.

Não respondi nada. Ela parecia esperar que lhe dissesse alguma coisa.

— Decerto pode ser que não o compreenda ainda, a ele, que não o conheça bem. Parece que sempre tive medo dele, sabe? Ele sempre esteve tão sério, aparentou tanta altivez. Eu sei, com certeza, que só parece ser assim, que há mais ternura no coração dele que no meu... Lembro como olhou para mim daquela vez, quando fui ao quarto dele com minha trouxa. Contudo, diria que o respeito demais... isso não quer dizer que não somos iguais?

— Não, Nástenka, não — respondi. — Isso quer dizer que o ama mais que a tudo no mundo e muito mais que a si mesma.

— Sim, suponhamos que seja verdade — replicou aquela ingênua Nástenka —, mas sabe o que me veio agorinha à mente? Só que não vou falar nele, desta vez, mas assim, de modo geral; tudo isso já me vinha à cabeça antes, havia tempos. Escute: por que é que não nos tratamos, nós todos, como irmãos? Por que o melhor dos homens sempre parece esconder algo do outro e fica calado? Por que não diria às claras, logo agora, o que tem no coração, sabendo que não seria apenas uma palavra ao vento? É que cada um vem parecendo mais severo do que é na realidade, como se todo mundo temesse profanar seus sentimentos ao revelá-los na hora...

— Ah, Nástenka, você diz a verdade! Só que isso ocorre por vários motivos — interrompi, reprimindo, eu mesmo, meus sentimentos mais do que nunca naquele momento.

— Não, não! — respondeu ela, com profunda emoção. — Você, por exemplo, não é como todo mundo! Juro que não sei como lhe contar do que estou sentindo, porém me parece que você, por exemplo... nem que seja agora mesmo... parece que está sacrificando alguma coisa por mim — acrescentou, tímida, mirando-me de relance. — Perdoe-me por lhe falar desse jeito: sou uma moça bem simples, ainda vi pouco neste mundo e juro que não sei, vez por outra, falar — continuou, com uma voz a tremer de algum sentimento esconso, tentando, não obstante, sorrir. — Apenas queria dizer que lhe fico grata, que também sinto tudo isso... Oh, que Deus lhe dê felicidade por isso! Tudo quanto me contou então sobre esse seu sonhador não tem um pingo de verdade, ou melhor, quero dizer que não lhe diz respeito algum. Você está convalescendo: juro que é um homem bem diferente daquele que descreveu para mim. Se você se apaixonar um dia, queira Deus que esteja feliz com ela! Mas não desejo nada a ela mesma, pois ficará feliz ao seu lado. Sei disso, já que também sou uma mulher, e, se lhe falo assim, você deve acreditar em mim...

Ela se calou e apertou-me com força a mão. Quanto a mim, não conseguia dizer nada de tão comovido. Passaram-se alguns minutos.

— Sim, dá para ver que ele não virá hoje! — disse ela enfim, erguendo a cabeça. — Já é tarde!...

— Ele virá amanhã — respondi, com a voz mais firme e convincente possível.

— Sim — acrescentou ela, animando-se —, agora percebo, eu mesma, que só virá amanhã. Então, até a vista! Até amanhã! Se chover, talvez eu não venha. Mas virei cá depois de amanhã, virei sem falta, haja o que houver. Veja se estará aqui, você também: quero vê-lo e contarei tudo para você.

E depois, quando nos despedíamos, estendeu-me a mão e disse, olhando para mim bem de frente:

— Agora ficaremos juntos para sempre, não é verdade?

Oh, Nástenka, Nástenka! Se soubesses que solidão era a minha!

Quando soaram nove horas, não consegui mais ficar em meu quarto; vesti-me e saí, apesar do tempo chuvoso. Fui lá, sentei-me naquele nosso banco. Queria seguir até a viela onde ela morava, porém me senti envergonhado e retornei, sem olhar para as suas janelas, quando já estava a dois passos de sua casa. Retornei tão pesaroso quanto nunca

me sentira antes. Como o tempo estava úmido e entediante! Se fizesse bom tempo, continuaria passeando ali a noite toda...
　Mas até amanhã, até amanhã! No dia seguinte, ela me contaria tudo. Entretanto, nada de cartas hoje. De resto, há de ser assim mesmo. Eles já estão juntos...

QUARTA NOITE

Meu Deus, como tudo isso terminou! Em que tudo isso deu! Cheguei às nove horas. Ela já estava lá. Eu reparara nela ainda de longe: como daquela feita, da primeira vez, estava ali plantada, apoiando-se no parapeito do canal, e não me ouviu chegar perto dela.
　— Nástenka! — chamei pela moça, esforçando-me para reprimir minha emoção.
　Ela se voltou depressa para mim.
　— E aí? — perguntou. — O que há? Rápido!
　Mirei-a, perplexo.
　— E aí, onde está a carta? Você trouxe a carta? — repetiu ela, agarrando-se ao parapeito.
　— Não tenho nenhuma carta, não — disse eu, afinal. — Será que ele não veio ainda?
　Ela ficou terrivelmente pálida e, por muito tempo, fitou-me entorpecida. Eu quebrara a sua última esperança.
　— Pois bem, que Deus lhe perdoe a ele! — murmurou enfim, com uma voz entrecortada. — Que Deus lhe perdoe por me deixar dessa maneira.
　Abaixou os olhos, depois quis olhar para mim, mas não conseguiu. Passou ainda vários minutos tentando reprimir sua emoção; de repente, virou-me as costas e, debruçando-se na balaustrada da marginal, desfez-se em prantos.
　— Chega, chega! — Eu me dispunha a falar, mas não tive forças para continuar olhando para ela... e o que lhe teria dito?
　— Não me console — dizia ela, chorando —, não fale dele, não diga que há de vir, que não me abandonou tão cruel, tão desumanamente como fez isso. Por que, por quê? Será que houve alguma coisa em minha carta, naquela infeliz carta?...

61

Então os soluços interromperam a voz dela; meu coração se partia de vê-la.

— Oh, como é desumanamente cruel! — Ela tornou a falar. — E nem uma linha, nem uma! Se, pelo menos, respondesse que não precisava de mim, que me rejeitava... mas assim, nem uma linha em três dias inteiros! Como é fácil, para ele, ofender, magoar uma moça pobre e indefesa, que só é culpada de amá-lo! Oh, quanto aturei nesses três dias! Meu Deus! Meu Deus! Quando lembro como fui, eu mesma, ao quarto dele pela primeira vez, como me humilhei na frente dele, como chorei, pedindo, ao menos, uma gotinha de seu amor... E depois disso!... — Escute — disse ela, dirigindo-se a mim, e seus olhinhos negros fulgiram —: mas não é isso, não! Não pode ser assim: seria antinatural! Ou você se enganou, ou eu me enganei: talvez ele nem tenha recebido aquela carta? Talvez não saiba de nada até agora? Como se pode — julgue você aí, diga-me, pelo amor de Deus, explique-me, que não posso entender isso! — como se pode tratar alguém tão brutal, tão barbaramente como ele me tratou a mim? Nem uma palavra! Até a última pessoa do mundo é tratada com mais compaixão. Talvez ele tenha ouvido algum boato, talvez alguém lhe tenha contado algo sobre mim? — gritou, dirigindo-me essa indagação. — Como você acha, como?

— Escute, Nástenka: amanhã vou procurá-lo em seu nome.

— Ah é?

— Vou interrogá-lo acerca de tudo, contarei tudo para ele.

— Bem, e depois?

— Você escreverá outra carta. Não diga "não", Nástenka, não diga "não"! Eu o obrigarei a respeitar sua atitude, ele saberá tudo e, se acaso...

— Não, meu amigo, não — interrompeu-me ela. — Basta! Nem uma palavra a mais, nem uma palavra da minha parte, nem uma linha: basta! Não o conheço mais, não gosto mais dele e vou es... que... cê-lo...

Não terminou a frase.

— Acalme-se, acalme-se! Sente-se aí, Nástenka — disse eu, fazendo que ela se sentasse num banco.

— Mas estou calma. Chega! É bem isso! São lágrimas, vão secar! Você pensa, por acaso, que me matarei, que me afogarei?...

Meu coração transbordava; queria responder, mas não pude.

— Escute — prosseguiu ela, pegando a minha mão —, diga-me: você mesmo não teria feito a mesma coisa? Não teria abandonado aquela que tivesse vindo, de boa vontade, ao seu quarto, não teria escarnecido, com desfaçatez e a olhos vistos, aquele fraco e tolo coração dela? Teria pena dela? Imaginaria que ela estava sozinha, que não sabia controlar a si mesma, que não sabia defender-se daquele amor por você, que não tem culpa, que finalmente ela não tem culpa... que não fez nada?... Oh, meu Deus, meu Deus!

— Nástenka! — acabei gritando, sem ter mais forças para superar minha emoção. — Nástenka, você me atenaza! Você ulcera meu coração, você me mata, Nástenka! Não consigo ficar calado! Preciso falar, afinal, preciso exprimir o que tenho bem aqui, no coração...

Dizendo isso, soerguera-me sobre o banco. Segurando a minha mão, ela me fitava pasmada.

— O que tem? — articulou enfim.

— Escute! — disse-lhe, resoluto. — Escute-me, Nástenka! Tudo o que vou dizer agora é uma bobagem, é impossível, é bobo! Bem sei que isso não pode acontecer nunca, porém não consigo ficar calado. Em nome daquilo que a faz sofrer neste momento, imploro-lhe de antemão que me perdoe!...

— Mas o que tem, o quê? — dizia ela, cessando de chorar e fixando em mim seus olhinhos perplexos em que luzia uma estranha curiosidade. — O que você tem?

— É impossível, mas eu amo você, Nástenka! É isso! Bom... agora está tudo dito! — atalhei, com um gesto enérgico. — Agora vai ver se pode falar comigo assim como acabou de falar, se pode, no fim das contas, ouvir o que lhe direi...

— E daí, e daí? — interrompeu Nástenka. — E o que há nisso? Pois eu já sabia, faz tempo, que você me amava, só que me parecia ainda que me amava assim, simplesmente, de qualquer jeito... Ah, meu Deus, meu Deus!

— Foi simples no começo, Nástenka, mas agora, agora... estou igual a você, quando foi então ao quarto dele com sua trouxa. Estou pior que você, Nástenka, porque ele não amava ninguém, àquela altura, e você ama agora.

— O que é que você me diz? Feitas as contas, não entendo mais nada. Mas escute: para que você, ou melhor, por que você diz isso assim tão de repente?... Meu Deus, que bobagens é que estou dizendo! Mas você...

63

E Nástenka ficou totalmente confusa. Suas faces ardiam; ela abaixou os olhos.

— Mas o que fazer, Nástenka, o que tenho a fazer? Estou culpado, fiquei abusando... Mas não é isso, Nástenka, não estou culpado, não: percebo isso, sinto isso, porque meu coração me diz que estou com a razão, porque não tenho como magoá-la, de modo algum, não posso fazer nada que a ofenda! Era seu amigo e continuo sendo seu amigo: não houve nenhuma traição. Agora é que minhas lágrimas estão correndo, Nástenka. Que corram, pois, que corram: não atrapalham ninguém. Vão secar, Nástenka...

— Mas sente-se enfim, sente-se — disse ela, fazendo que eu me sentasse naquele banco. — Oh, meu Deus!

— Não, Nástenka, não me sentarei! Não posso mais ficar aqui, você não pode mais ver-me; direi tudo e logo irei embora. Apenas quero dizer que você nunca viria a saber que eu a amava. Teria enterrado este meu segredo. Não iria atormentá-la agora, neste momento, com meu egoísmo. Não! Só que não pude aguentar agora; foi você quem começou a falar nisso, a culpa é sua, a culpa é toda sua, e eu não estou culpado. Não pode enxotar-me de perto de você...

— Mas não, não, eu não o enxoto, não! — dizia Nástenka, ao passo que escondia como pudesse, coitadinha, a sua perturbação.

— Não me enxota? Não? E eu já queria fugir de você. Irei mesmo embora, só que primeiro direi tudo, pois não consegui aguentar, quando você falava aí, quando você chorava aí, quando se afligia porque... bem, porque (vou dizer como isso se chama, Nástenka), porque a repeliam, porque tinham rejeitado seu amor, e senti, percebi que havia, em meu coração, tanto amor por você, Nástenka, mas tanto amor!... E fiquei tão amargurado, por não poder ajudá-la com este meu amor... que meu coração se partiu, e eu, eu não pude continuar calado: precisava falar, Nástenka, precisava falar!...

— Sim, sim! Fale-me, fale comigo assim! — disse Nástenka, com um gesto indefinível. — Talvez ache estranho eu lhe falar desse modo, mas... vá falando! Direi tudo depois! Contarei tudo para você!

— Tem pena de mim, Nástenka; apenas se apieda de mim, amiguinha! O que se foi se perdeu, o que foi dito não volta mais! Não é verdade? Pois então, já sabe tudo agora. Esse é nosso ponto de partida. Pois bem, agora está tudo maravilhoso, escute só. Quando você estava aí chorando, eu cá pensava (oh, deixe-me dizer o que pensava!), eu pensava que... (mas é claro que isso não pode acontecer, Nástenka), pensava que você... enfim, pensava que você, de certa maneira... digamos, de certa maneira bem abstrata, não o amava mais. Então — já tinha pensado nisso ontem e anteontem, Nástenka —, então eu faria que... faria sem falta que você me amasse a mim; é que você disse, Nástenka, você mesma disse que quase me amava de verdade. Bom, e depois? Bom... é quase tudo o que queria dizer-lhe; resta apenas dizer o que seria, se você me amasse, só isso e nada mais! Escute, pois, minha amiga — porque é, ainda assim, uma amiga minha: sou, com certeza, um homem simples, pobre e tão insignificante, mas não se trata disso (ainda não estou dizendo o que preciso dizer, Nástenka: é por causa de meu embaraço), mas o fato é que eu a amaria tanto, mas tanto que, mesmo se você amasse ainda aquele que não conheço e continuasse a amá-lo, nem por isso perceberia que meu amor lhe pesa em qualquer grau que seja. Ouviria apenas, sentiria apenas, a cada instante, que um coração grato bate ao seu lado, um coração grato, ardente, que iria, por você... Oh, Nástenka, Nástenka! O que você fez comigo!...

— Não chore, não: eu não quero que você chore — disse Nástenka, levantando-se depressa do banco. — Vamos embora, levante-se e venha comigo, mas não chore, hein, não chore — continuava, enxugando minhas lágrimas com seu lenço. — Bem, agora vamos; talvez lhe diga alguma coisa... Sim, já que agora ele me abandona, já que se esqueceu de mim, se bem que eu o ame ainda (não quero mentir para você)... mas escute e responda-me. Se, por exemplo, eu chegasse a amar você, quer dizer, se eu apenas... Oh, meu amigo, meu amigo! Quando penso... quando penso como o ofendia então, como debochava de seu amor naquele momento em que o elogiava por não se ter apaixonado!... Oh, meu Deus, mas como eu não previ isso, como não previ, como estava boba então, mas... Está certo, eu decidi: vou dizer tudo...

— Escute, Nástenka: sabe de uma coisa? Vou embora, eis o que é. Eu a atormento, e nada mais que isso. Você está com remorsos agora, porque caçoou de mim, mas eu não quero que esteja. Não quero que, além de seu próprio pesar... é claro que tenho culpa, Nástenka, mas... Adeus!

— Espere, escute até o fim! Pode esperar um pouco?
— Esperar o que, como?

— Eu o amo a ele, mas isso vai passar, isso deve passar, isso não pode continuar; já está passando, eu sinto... Como vou saber: talvez isso passe ainda hoje, porque tenho ódio por ele, porque ele me escarneceu, enquanto você chorou aqui comigo, porque você não me teria repelido como ele me repeliu, porque você me ama e ele não me amava, porque enfim eu mesma amo você... sim, amo! Amo você como você me ama; já lhe disse isso antes, você mesmo ouviu... amo você porque é melhor que ele, porque é mais nobre que ele, porque... porque ele...

A emoção da coitadinha estava tão forte que ela não conseguiu terminar, pôs a cabeça sobre meu ombro, depois sobre meu peito, e rompeu a chorar. Eu a consolava, tentava exortá-la, mas ela não podia parar, apenas me apertava a mão e dizia, por entre os soluços: "Espere, espere, já vou parar! Quero dizer-lhe... não pense aí que este pranto... é só assim, por fraqueza; espere até que passe...". Afinal, ela parou de chorar, enxugou as lágrimas, e fomos embora. Eu queria continuar falando, mas ela me pedia, por muito tempo ainda, que esperasse. Ficamos calados... Por fim, ela reuniu suas forças e começou a falar...

— Eis o que é — começou, com uma voz fraca e trêmula em que ressoou, de repente, algo que me pungiu direto no coração e provocou nele uma doce dorzinha. — Não pense que sou tão inconstante e leviana, não pense que posso esquecer e trair tão fácil e rapidamente... Amei-o durante um ano inteiro e juro por Deus que nunca fui infiel, nunca mesmo, nem sequer em meus pensamentos. Ele fez pouco caso disso, ele me escarneceu, que Deus lhe perdoe! Contudo, ele me ulcerou e ofendeu este meu coração. Eu... eu não o amo, porque sou capaz de amar apenas a quem for magnânimo, a quem me compreender e for nobre; eu mesma sou assim, e ele não me merece... pois bem, que Deus lhe perdoe! Seria pior se depois me decepcionasse com minhas expectativas e fosse saber como ele é... Está acabado! Mas como vou saber, meu bom amigo — prosseguiu, apertando-me a mão —, como é que vou saber se todo o meu amor não foi porventura um engano de meus sentimentos, de minha imaginação, se não começou porventura com uma brincadeira, umas ninharias ali, já que eu era vigiada pela minha avó? Talvez me caiba amar outro homem, que não seja ele, um homem bem diferente que tenha piedade de mim e... e... Mas deixemos, deixemos isso de lado — interrompeu-se Nástenka, sufocada pela emoção. — Só queria dizer-lhe... queria dizer que se, muito embora eu o ame ainda (não... eu o tenha amado), se, apesar disso, você disser ainda... se você sentir que seu amor é tão grande que poderá enfim expulsar do meu coração o amor antigo... se você quiser apiedar-se de mim, se não quiser deixar-me sozinha, frente a frente com meu destino, sem consolo nem esperança, se quiser amar-me sempre, como me ama agora, então lhe juro que minha gratidão... que meu amor acabará sendo digno de seu amor... Agora tomará a minha mão?

— Nástenka! — exclamei, sufocado pelo meu pranto. — Nástenka!... Oh, Nástenka!

— Mas chega, chega! Agora já basta mesmo! — Mal se contendo, ela continuava a falar. — Agora está tudo dito, não é verdade? Não é? Então você está feliz, e eu estou feliz. Nem uma palavra a mais sobre aquilo; espere, poupe-me... Fale de qualquer outra coisa, pelo amor de Deus!...

— Sim, Nástenka, sim! Chega de falarmos naquilo; agora estou feliz, estou... Bom, Nástenka, bom... Vamos falar noutras coisas, vamos logo, vamos... Estou pronto, sim!

E nós não sabíamos mais o que dizer: estávamos rindo, chorando, dizendo milhares de palavras sem nexo nem sentido; ora andávamos pela calçada, ora voltávamos, de repente, para trás e íamos atravessando a rua, depois parávamos e regressávamos outra vez à avenida marginal; parecíamos duas crianças...

— Agora vivo só, Nástenka — tornei a falar —, mas amanhã... Mas é claro, Nástenka, que sou pobre, sabe, só tenho mil e duzentos rublos, mas isso não é nada...

— Não, com certeza, e minha avó tem uma pensão, quer dizer, ela não vai onerar a gente. Temos de levar minha avó conosco.

— É claro que temos de levá-la... Só que Matriona...

— Ah, sim, nós também temos Fiokla!

— Matriona é boa, mas tem um defeito: nenhuma imaginação, Nástenka, nem sombra de imaginação. Mas isso não é nada!...

— Tanto faz: elas duas podem ficar juntas. Mude-se, pois, amanhã para nossa casa.

— Como assim, para sua casa? Pois bem, estou pronto...

— Sim, venha alugar um quarto em nossa casa. Temos, lá em cima, um mezanino; ele está vazio: havia uma moradora, uma fidalga velhinha, mas já foi embora, e minha avó quer, que eu saiba, deixar um jovem

morar lá. Digo para ela: "Por que logo um jovem?", e ela responde: "É que já sou velha, mas não penses aí, Nástenka, que eu queira fazer que ele se case contigo". Então adivinhei que era para que...
— Ah, Nástenka!...
E nós dois rimos.
— Mas chega aí, chega. Onde é que você mora? Já esqueci.
— Ali, perto da ponte..., no prédio de Barânnikov.
— É aquele prédio grande assim?
— É... aquele prédio grande.
— Ah, sei, é um bom prédio. Mas sabe: saia dali e venha logo morar conosco...
— Amanhã mesmo, Nástenka, amanhã mesmo: estou devendo lá um pouco de aluguel, mas isso não é nada... Receberei, daqui a pouco, meu ordenado...
— E sabe: talvez eu passe a dar aulas; vou estudar, eu mesma, e passarei a dar aulas...
— Está ótimo, pois... e eu vou receber, dentro em pouco, uma gratificação, Nástenka...
— Então será, a partir de amanhã, meu inquilino...
— Sim, e vamos ouvir *O barbeiro de Sevilha*, que já, já vão reprisá-lo.
— Vamos, sim — disse Nástenka, rindo. — Não, é melhor que não ouçamos *O barbeiro* e, sim, outra coisa...
— Está bem: que seja qualquer outra coisa. É claro que será melhor: nem pensei nisso...

Falando assim, vagueávamos ambos como que imersos numa fumaça ou numa neblina, como se não entendêssemos, nós mesmos, o que se dava conosco. Ora parávamos e conversávamos, por muito tempo, no mesmo lugar, ora tornávamos a andar, indo sabia lá Deus aonde, e de novo ríamos e de novo chorávamos... Ora Nástenka queria, de chofre, voltar para casa, eu não ousava detê-la e dispunha-me a acompanhá-la até sua porta; então íamos lá e, um quarto de hora mais tarde, percebíamos subitamente que estávamos outra vez na avenida marginal, perto de nosso banco. Ora ela suspirava, e uma lagrimazinha surgia de novo em seus olhos, e eu me intimidava e ficava gelando... Mas ela me apertava logo a mão e arrastava-me novamente para andarmos, prosearmos, conversarmos...

— Agora está na hora, está na hora de voltar para casa. Acho que é tarde demais — disse enfim Nástenka —, basta a gente brincar desse jeito!

— Sim, Nástenka, só que agora não vou mais dormir: não vou para casa.

— Parece que nem eu vou dormir. Apenas me acompanhe...

— Claro!

— Mas agora vamos mesmo até meu apartamento.

— Claro, claro...

— Palavra de honra?... É que temos mesmo de voltar para casa, em algum momento!

— Palavra de honra — respondi, rindo...

— Então, vamos!

— Vamos.

— Olhe para o céu, Nástenka, olhe só! Amanhã será um dia maravilhoso: que céu azul, que lua! Olhe só: aquela nuvem amarela vem encobrindo a lua agora, olhe, olhe!... Não, ela passou perto. Mas olhe só, olhe!...

Contudo, Nástenka não olhava para aquela nuvem: parou em silêncio, como que pregada ao solo, e, um minuto depois, começou a achegar-se a mim, de certo modo tímido, mas íntimo. A mão dela passou a tremer na minha; olhei para ela... Nástenka se arrimou em mim com mais força ainda.

Naquele momento, um jovem passou ao nosso lado. Parou, de repente, olhou para nós, atento, e depois deu uns passos a mais. Meu coração ficou palpitando...

— Nástenka — perguntei a meia-voz —, quem é, Nástenka?

— É ele! — respondeu Nástenka, cochichando, e apertou-se a mim, ainda mais íntima e emocionada...

Mal me mantive em pé.

— Nástenka! És tu, Nástenka? — ouviu-se, atrás de nós, a voz daquele jovem, e no mesmo instante ele deu alguns passos em nossa direção.

Meu Deus, que grito! Como ela estremeceu, como se arrancou dos meus braços e adejou ao encontro dele!... Fiquei imóvel; fitava-os, arrasado. Entretanto, mal lhe estendeu a mão e se atirou em seus braços, ela se voltou repentinamente para mim outra vez, acorreu rápida como um vento, como um relâmpago, e, antes que eu pudesse recobrar-me, abraçou meu pescoço, segurando-o com ambas as mãos, e beijou-me forte e ardentemente. Depois, sem me dizer uma só palavra, correu de novo ao encontro dele, pegou-lhe as mãos e puxou-o atrás de si.

Fiquei lá por muito tempo ainda, seguindo-os com os olhos... E eis que, por fim, o casal desapareceu ao longe.

AMANHECER

Minhas noites redundaram no amanhecer. O dia não era nada bom. A chuva caía a tamborilar tristemente em minhas vidraças; meu quartinho estava escuro, o tempo, lá fora, estava nublado. Eu sentia tonturas e dor de cabeça, uma febre vinha rastejando pelos meus membros.

— Há uma carta para você, senhorzinho: chegou pelo correio urbano, foi o carteiro que a trouxe — disse Matriona, inclinando-se sobre mim.

— Uma carta? De quem? — exclamei, saltando fora da cadeira.

— Sei lá, senhorzinho; veja aí, talvez esteja escrito de quem.

Quebrei o lacre. Era uma carta dela!

"Ó perdoe, perdoe-me!" — escrevia Nástenka para mim. — "Imploro-lhe de joelhos que me perdoe! Enganei a você e a mim mesma. Foi um sonho, uma miragem... Fiquei tão aflita, por sua causa, hoje: perdoe-me, perdoe!

Não me acuse, que não mudei em nada ante você; disse que iria amá-lo e agora o amo, e mais do que amo. Oh, meu Deus, se pudesse amar vocês dois de uma vez! Oh, se você fosse ele!"

"Oh, se ele fosse você!" — passou, de relance, pela minha cabeça. Foram as tuas palavras, Nástenka, que rememorei!

"Deus vê tudo quanto eu faria agora por você! Sei que está angustiado e triste. Ofendi-o, mas você sabe: quem amar não se lembra por tanto tempo de suas mágoas. E você me ama!

Agradeço... sim, agradeço-lhe esse amor! É que ele ficou gravado em minha memória, como um doce sonho que a gente recorda, depois de acordar, por muito tempo ainda; é que sempre vou recordar aquele momento em que você me abriu, tão fraternamente, seu coração e recebeu, tão magnânimo, meu coração partido em troca para abrigá-lo, para cuidar dele, para curá-lo... Se você me perdoar, sua lembrança permanecerá comigo, realçada pelo sentimento de eterna gratidão que nunca se apagará da minha alma... Guardarei esta lembrança, serei fiel a ela, nunca a trairei: não trairei este meu coração que é constante demais. Ontem mesmo retornou tão depressa àquele a quem pertencia para todo o sempre.

A gente se encontrará: você virá visitar-nos, você não nos abandonará, você será sempre meu amigo e meu irmão... E, quando me vir, você me estenderá sua mão, sim? Estenderá sua mão para mim, já que me perdoa, não é verdade? Já que me ama *do mesmo jeito*?

Ó, ame-me, não me abandone, porque o amo tanto, neste exato momento, porque sou digna de seu amor, porque hei de merecê-lo... meu querido amigo! Eu me casarei com ele na semana que vem. Ele voltou apaixonado, ele nunca se esqueceu de mim... Você não se zangará comigo por escrever sobre ele. Quero fazer-lhe uma visita com ele; você vai amá-lo, não é verdade?...

Perdoe, então, não esqueça e ame

sua *Nástenka*".

Quedei-me relendo, por muito tempo, aquela carta; as lágrimas estavam prestes a jorrar dos meus olhos. Afinal, ela me caiu das mãos, e tapei o rosto.

— Queridinho, hein, queridinho? — Matriona começou a falar.

— O que quer, velha?

— É que tirei todas aquelas teias de aranha do teto; agora, nem que se case, nem que convide montes de gente, vai dar tudo certo...

Olhei para Matriona... Aquela velha estava desperta, era ainda *jovem*, porém a vi de repente, nem sei por que, decrépita, encurvada, de olhar baço e semblante cheio de rugas... Nem sei por que, vi de repente meu quarto envelhecer tanto quanto aquela velha. Desbotaram-se as paredes e o assoalho, tudo se embaciou; havia mais teias de aranha que antes. Nem sei por que, pareceu-me, quando olhei pela janela, que o prédio situado defronte também ficara decrépito e embaçado, por sua vez, que o estuque de suas colunas se descascara e estava caindo, que suas cornijas tinham enegrecido, cobertas de rachaduras, e que suas paredes, de um intenso amarelo escuro, eram todas mosqueadas...

Fora um raio de sol que, assomando de supetão por trás de uma nuvem, voltara a esconder-se embaixo de um nimbo, e tudo se escurecera de novo em meus olhos; ou, quem sabe, surgira diante de mim, tão triste e sombria, toda a perspectiva de meu futuro, e eu me vira, tal como estava ainda, precisamente quinze anos depois, envelhecido, morando no mesmo quarto, tão solitário quanto agora, em companhia daquela mesma Matriona que não ficaria nem um pouco mais inteligente em todos aqueles anos por vir.

Mas me lembraria de minha mágoa, Nástenka? Mas gostaria que uma nuvem escura encobrisse essa tua felicidade límpida e serena, gostaria mesmo de deixar, com um reproche amargo, teu coração pesaroso, de ulcerá-lo com um remorso oculto e de fazê-lo fremir de angústia em momentos de gozo, acabaria amassando, ao menos, uma daquelas suaves flores que tivesses entrançado com teus cachos negros, indo com ele até o altar?... Oh, nunca, jamais! Que esteja claro teu céu, que brilhe, sereno, teu lindo sorriso, que sejas tu mesma abençoada por aquele minuto de felicidade e bem-aventurança que deste ao coração alheio, solitário e agradecido!

Meu Deus! Um minuto inteiro de bem-aventurança! Será que não bastaria ele para toda uma vida humana?...

O ETERNO MARIDO

CONTO

I. VELTCHANÍNOV

Chegou o verão, mas, contrariamente às suas expectativas, Veltchanínov ficou em Petersburgo. Sua viagem ao sul da Rússia não dera certo, e nem se esperava que seu processo terminasse em breve. Esse processo, um pleito referente à sua propriedade, vinha tomando rumos péssimos. Parecia bastante simples, apenas três meses antes, e seu desfecho quase não gerava dúvidas; porém, tudo mudara de certo modo inopinado. "E tudo em geral foi mudando para pior!" — Veltchanínov repetia essa frase consigo mesmo, amiúde e com maldade. Contratara um advogado habilidoso, caro e renomado, e não poupava dinheiro para ele, mas, impaciente e desconfiado como estava, passara também a tratar daquele pleito pessoalmente: lia e redigia os papéis, todos reprovados pelo seu advogado, corria de repartição em repartição, colhia informações e muito atrapalhava, por certo, o trâmite todo; fato é que seu advogado reclamava e instigava-o a ir passear no campo. Só que Veltchanínov não se atreveu nem a tanto. A poeira, o abafo, as noites brancas petersburguenses, tão irritantes para os nervos — eis com que ele se deleitava em Petersburgo. O apartamento que acabara de alugar, lá nos arredores do Grande Teatro, tampouco deu certo... "Nada deu certo mesmo!" Sua hipocondria crescia dia após dia, se bem que ele fosse hipocondríaco em potência havia tempos.

Era um homem que vivera muito e à larga, um homem já entrado que tinha uns trinta e oito ou até mesmo trinta e nove anos, e toda essa "velhice", conforme ele próprio se expressava, havia chegado "quase inesperadamente"; contudo, ele próprio compreendia que não fora a quantidade, mas antes, digamos assim, a qualidade dos anos vividos que o envelhecera, e que, se começava de fato a esmorecer, não esmorecia tanto por fora quanto por dentro. Em aparência, continuava sendo um valentão. Era um moço alto e robusto, de cabelo castanho claro e muito espesso, sem um só fio branco na cabeleira nem na comprida, quase pela metade do peito, barba amarronzada; parecia, à primeira vista, um pouco desajeitado e relaxado; todavia, quem o mirasse com mais atenção, logo discerniria nele um senhor bem comedido, que recebera outrora uma educação peculiar à mais alta sociedade. Até agora as maneiras de Veltchanínov eram descontraídas, ousadas e mesmo graciosas, apesar de todas aquelas rabugice e falta de jeito que tinha adquirido. Até agora ele estava cheio daquela autoconfiança, a mais inabalável e aristocraticamente insolente, cujo tamanho nem ele próprio seria, quem sabe, capaz de avaliar, embora fosse um homem não apenas algo inteligente, mas também sensato, em certas ocasiões, quase instruído e dotado de faculdades indubitáveis. Seu rosto, aberto e corado, destacava-se outrora pela ternura efeminada de suas cores e atraía-lhe a atenção das mulheres; havia quem dissesse até agora, mal olhasse para ele: "Eta, que rapagão: sangue com leite!"[1] Entretanto, aquele "rapagão" era cruelmente afetado pela hipocondria. A expressão de seus olhos, grandes e azuis, também fora, uns dez anos antes, muito vitoriosa: esses olhos tão claros, tão alegres e despreocupados, suscitavam uma simpatia espontânea em toda e qualquer pessoa que se aproximasse dele. Atualmente, na casa dos quarenta, a claridade e a bonomia quase se extinguiram nesses seus olhos, já cercados de miúdas rugazinhas; transpareciam neles, pelo contrário, o cinismo de um homem assaz imoral e cansado, a astúcia e, sobretudo, o escárnio e um novo matiz, antes inexistente, o matiz de tristeza e dor, de certa tristeza vaga, como que indefinida, mas intensa. Essa tristeza se revelava, principalmente, quando ele ficava sozinho. E, coisa estranha: aquele homem, tão barulhento, alegre e distraído apenas uns dois anos antes, que contava tão bem suas piadas tão engraçadas, agora não gostava de nada tanto quanto de ficar totalmente só. Abandonou de propósito muitos dos seus conhecidos, que poderia manter ao seu lado mesmo agora, não obstante o desarranjo cabal de suas condições financeiras. É verdade que sua presunção o ajudou nisso: com sua índole desconfiada

---

[1] A locução russa "sangue com leite" (кровь с молоком) refere-se a quem tiver uma aparência muito saudável e cuja tez for avermelhada.

e presunçosa, não dava mais para suportar aqueles seus conhecidos antigos. Aliás, sua presunção também passou a mudar, pouco a pouco, em seu recolhimento. Não diminuiu: muito pelo contrário... mas passou a transformar-se em certa presunção especial, que antes não existira, sofrendo de vez em quando por motivos bem diferentes daqueles que costumavam pungi-la noutros tempos, por motivos inesperados e antes absolutamente impensáveis, por motivos "mais elevados" que até então, "se é que a gente pode exprimir-se dessa maneira, se houver mesmo tais motivos superiores e inferiores...". Quem acrescentava aquilo era ele próprio. Pois sim, chegara àquilo também: agora se digladiava com certos motivos superiores, em que nem teria pensado outrora. Em sua mente, e pondo a mão na consciência, chamava de superiores todos os "motivos" que não podia, de modo algum (e para sua surpresa), escarnecer em seu íntimo — o que nunca lhe havia acontecido antes — no íntimo, bem entendido: oh, escarnecê-los a olhos vistos seriam outros quinhentos! Sabia muito bem que, se apenas as circunstâncias viessem a ser propícias, ele renunciaria, logo no dia seguinte, alto e bom som, apesar de todas as misteriosas e piedosas decisões de sua consciência e com toda a tranquilidade, a todos aqueles "motivos superiores" e seria o primeiro a caçoar deles, sem reconhecer, bem entendido, a sua culpa no cartório. E, realmente, seria assim, não obstante aquele quinhão de independência de raciocínio — por sinal, bastante considerável — que ele tinha conquistado, nos últimos tempos, aos "motivos inferiores" a dominá-lo até então. E quantas vezes é que ele próprio, levantando-se pela manhã da cama, ficava envergonhado com os pensamentos e sentimentos que vivenciara durante a sua insônia noturna! (E padecia constantemente de insônia em todos esses últimos tempos). Já havia notado que sua desconfiança se tornava extrema em tudo, fossem assuntos importantes ou ninharias, e resolvera, portanto, dar o menor crédito possível a si mesmo. Mas vinham à tona os fatos que não se podia, em hipótese alguma, deixar de reconhecer como existentes na realidade. Ultimamente, sobretudo à noite, seus pensamentos e sensações mudavam, vez por outra, quase da água para o vinho, se comparados aos costumeiros, e nem um pouco se pareciam, em sua maioria, com aqueles que lhe ocorriam na primeira metade do dia. Pasmado com isso, ele foi, inclusive, pedir conselho a um médico renomado que era, de resto, um dos seus conhecidos. Entenda-se bem que lhe falou num tom jocoso. Ouviu em resposta que o fato de mudança, e até mesmo de bipartição, dos pensamentos e sensações à noite, durante uma insônia, e à noite de modo geral, era um fato universal no meio das pessoas "que vão fundo em seus pensamentos e sensações", que as convicções de toda uma vida mudavam subitamente, por vezes, sob o influxo melancólico da noite e da insônia, tomando-se de repente, sem mais nem menos, as decisões mais fatais, mas que tudo isso tinha, sem dúvida, certos limites, e que, feitas as contas, se o sujeito sentia tal bipartição em excesso, a ponto de começar a sofrer, era um sinal indiscutível de que a doença já se consolidara, sendo, por conseguinte, necessário tomar umas medidas urgentes. No entanto, o melhor a fazer seria mudar radicalmente de vida, mudar de dieta ou até mesmo empreender uma viagem. O laxante seria, com certeza, também salutar.

Veltchanínov não terminou de ouvi-lo, mas ficou bem convencido de que estava doente. "Pois então tudo isso é apenas uma doença; todas essas coisas 'superiores' são tão somente uma doença e nada mais!" — exclamava sarcástico, vez por outra, em seu âmago. Nem por sombras queria anuir a tanto.

Pouco depois, aliás, o mesmo que se passava exclusivamente nas horas noturnas começou a repetir-se também de manhã, vindo mais bilioso ainda que à noite, cheio de maldade em vez de contrição e de escárnio em vez de enternecimento. No fundo, eram uns eventos de sua vida passada e pretérita, os quais ressurgiam em sua memória cada dia mais frequentes, "de súbito e sabe lá Deus por que", e acudiam-lhe de certa maneira bem especial. Por exemplo, Veltchanínov se queixava, já havia muito tempo, de lapsos de memória: esquecia as caras de seus conhecidos, que se melindravam com isso ao encontrá-lo; um livro que tinha lido meio ano atrás ficava, por vezes, completamente esquecido nesse ínterim. E daí? Apesar dessa evidente perda de memória cotidiana (que o deixava muito preocupado), tudo quanto se referisse ao seu passado remoto, tudo quanto fora mesmo esquecido, havia dez ou quinze anos, inteiramente, aquilo tudo aflorava, de supetão, em sua memória agora e, ainda por cima, com tanta nitidez admirável das impressões e minúcias que elas lhe pareciam vivenciadas de novo. Alguns desses fatos rememorados estavam esquecidos a ponto de ele considerar como um milagre o próprio fato de ter podido rememorá-los. Ainda não era tudo... e quem é que não tem, dentre aqueles homens que viveram à larga, umas lembranças particulares? Mas o problema é que todas essas lembranças retornavam agora como que providas de uma visão totalmente nova, idealizada por alguém, inesperada e antes absolutamente impensável, de tal ou tal fato. Por que é que certas lembranças lhe pareciam agora delitos puros e rematados? E não se tratava apenas das sentenças de sua mente — ele nem sequer confiaria em sua mente lúgubre, solitária e enferma —, mas se chegava às maldições e quase aos prantos, se não manifestos, ao menos subjacentes. E, caso lhe tivessem dito, dois anos antes, que ele acabaria chorando um dia, Veltchanínov nem teria acreditado nisso!

De início, aliás, as suas recordações eram mais irritantes que sensibilizantes: ele recordava uns malogros na sociedade, umas humilhações; recordava, por exemplo, como "um intrigante o caluniara" e como tinham deixado de recebê-lo, por essa razão, em certa casa; como, por exemplo, ele tinha sido — e não fora algo de longa data — positivamente magoado em público, mas não desafiara ninguém para duelo; como se vira refreado de vez, com um epigrama espirituoso, perante umas mulheres lindíssimas e não achara o que responder. Recordava, por fim, duas ou três dívidas nunca pagas: é verdade que eram dívidas de pouca monta, só que diziam respeito à sua honra e envolviam umas pessoas com quem ele rompera e de quem já vinha falando mal. Também o atormentava (de resto, apenas em seus momentos mais cáusticos) a lembrança de dois cabedais, ambos vultosos e dilapidados da maneira mais tola possível. Contudo, as recordações "superiores" também foram surgindo em breve.

De chofre, Veltchanínov se lembrou, por exemplo, "sem mais nem menos" daquela esquecida — aliás, esquecida em altíssimo grau — figura de um servidor velhinho, bonzinho, grisalho e ridículo, que ele ofendera outrora, há muito e muito tempo, pública e impunemente, por mera fanfarrice: apenas para não se perder em vão um trocadilho bem engraçado e acertado, o qual lhe proporcionara sucesso e seria depois repetido pelos outros. Esse fato caíra tanto no esquecimento que ele nem sequer conseguia relembrar o sobrenome daquele velhinho, embora tivesse logo imaginado, com uma nitidez inimaginável, todo o ambiente daquela aventura. Lembrou vivamente que o tal velhinho defendera então sua filha, que morava com ele e demorava a casar-se, sobre a qual já se fofocava pela cidade. O velhinho já ia retrucar, zangando-se com

Veltchanínov, mas de improviso rompeu a chorar na frente de todo mundo, o que produziu até mesmo certo efeito. Embebedaram-no, afinal, com champanhe, para escarnecê-lo, e caçoaram dele até dizer chega. E quando Veltchanínov recordava agora, "sem mais nem menos", como aquele velhote soluçava e tapava o rosto com as mãos, tal e qual uma criança, parecia-lhe de repente que jamais se esquecera disso. E, coisa estranha: então achara tudo isso bem engraçado, só que agora, pelo contrário... notadamente, os pormenores, aquele tapar do rosto com as mãos. Recordou, a seguir, como denegrira, por mera brincadeira, a esposa bem bonitinha de um mestre-escola, e como o marido soubera de suas calúnias. Veltchanínov deixara logo aquela cidadezinha e não sabia em que resultara então a sua difamação, mas agora passou repentinamente a imaginar o resultado dela, e só Deus sabe aonde o levaria essa sua imaginação se não lhe tivesse acudido uma lembrança muito mais próxima: a de uma moça, uma burguesinha simplória de quem ele nem gostava, com quem, seja dita a verdade, até mesmo se envergonhava, mas a quem fizera, sem saber direito para que, um bebê, abandonando-a logo com aquele bebê e nem sequer se despedindo dela (na verdade, nem tinha tempo para se despedir) ao sair de Petersburgo. Depois passara um ano inteiro a procurar por aquela moça, mas não conseguira reencontrá-la de modo algum. Havia, de resto, quase centenas de tais lembranças, de sorte que cada uma delas parecia trazer consigo dezenas de outras. Pouco a pouco, até sua presunção começou a sofrer.

Já dissemos que essa sua presunção se tornara algo especial. E era justo. Em certos momentos (aliás, bem raros), ele se esquecia tanto de si mesmo que não se envergonhava de não ter carruagem própria, de perambular a pé de repartição em repartição, de se vestir sem muito requinte... e, se acaso um dos seus conhecidos antigos chegasse a medi-lo, no meio da rua, com um olhar irônico ou simplesmente fingisse que não o reconhecia, ele teria, por certo, bastante soberba para nem franzir o sobrolho. Nem franzi-lo com plena seriedade, para valer, e não apenas de mentirinha. Entenda-se bem que isso acontecia raras vezes, tão só quando ele se esquecia ou se irritava, porém sua presunção começou, ainda assim, a afastar-se aos poucos daquelas razões antigas e a concentrar-se numa questão que não cessava de lhe vir à mente.

"Pois então..." — punha-se, vez por outra, a refletir de forma satírica (e quase sempre se punha a pensar em si mesmo satiricamente) — "pois então alguém lá se empenha em corrigir a minha moral e manda para mim essas malditas lembranças e 'lágrimas de arrependimento'. Que seja, mas é tudo em vão, é tudo um tiro de festim! Será que não sei ao certo, e mais certamente ainda do que ao certo, que, apesar de todos esses arrependimentos lacrimejantes e autocondenações, não tenho cá nem um pingo de autonomia, e isso com todos os meus tolíssimos quarenta anos? Pois se me ocorrer amanhã a mesma tentação, se todas as circunstâncias coincidirem, por exemplo, para me ser proveitoso lançar novamente o boato de que uma esposa de mestre-escola aceitou uns presentes meus, vou lançá-lo na certa, sem pestanejar, e o negócio todo será pior ainda, será mais abjeto que da primeira vez, porquanto já não será a primeira, mas, sim, a segunda ocasião. Pois se agorinha me ofender novamente aquele principelho, o único filho de sua mãe, a quem arranquei, faz onze anos, a perna com um tiro, logo o desafiarei para um novo duelo e arranjarei outra vez uma perna de pau para ele. Não seria, então, aquele tiro ali tão só de festim, e que serventia é que teria? E por que todas aquelas lembranças, se não consigo nem me entender passavelmente comigo mesmo?"

E, posto que não se repetisse aquele caso com a esposa de mestre-escola, posto que ele não arranjasse pernas de pau para ninguém, só a ideia de que haveria tudo de se repetir, caso as circunstâncias coincidissem, estava para matá-lo... algumas vezes. Não podemos, de fato, sofrer com nossas lembranças o tempo todo: dá para descansarmos e passearmos nos intervalos.

E era isso que Veltchanínov fazia: propunha-se a passear nos intervalos; porém, à medida que o tempo decorria, sua vida em Petersburgo tornava-se cada vez menos prazenteira. Já vinha chegando o mês de julho. E ele se sentia, de vez em quando, disposto a abandonar tudo, inclusive seu pleito, e a ir embora, não importava aonde e sem olhar para trás, de algum modo espontâneo e repentino, nem que fosse, por exemplo, à Crimeia. Só que em regra, uma hora depois, ele já desprezava a sua intenção e zombava dela: "Pois esses pensamentos ruins não sumirão, nem mesmo ali no Sul, uma vez que já estão comigo, e, se eu for um homem minimamente decente, não adianta fugir deles, e não tenho por quê".

"E por que é que fugiria?" — continuava a filosofar, desgostoso. — "Há tanta poeira aqui, tanto abafo; está tudo tão sujo nesta casa; naquelas repartições, por onde tenho andado, no meio de todos aqueles homens de negócios, há tanto atropelo de ratos,[2] tanta correria azafamada; em todo esse povo que ficou na cidade, sobre todos esses rostos que pululam da manhã até a noite, percebe-se, tão ingênua e francamente, todo o seu egoísmo, toda a sua cândida insolência, toda a pusilanimidade de sua almazinha, toda a frouxidão de seu coraçãozinho de frango que um hipocondríaco acha, palavra de honra, seu paraíso aqui, e isso falando com toda a seriedade! Está tudo franco, está tudo claro; ninguém se vê obrigado a mascarar-se como isso se faz por ali, nas casas de veraneio das nossas fidalgazinhas ou então nos balneários estrangeiros; assim sendo, merece tudo o mais pleno respeito, tão só em razão de suas franqueza e simplicidade... Não vou a lugar nenhum! Nem que me arrebente aqui, não vou a lugar nenhum!..."

II. UM SENHOR COM CREPE[3] SOBRE O CHAPÉU

Era o dia três de julho. O abafo e o calor estavam insuportáveis. Veltchanínov ficou muito atarefado naquele dia: correra toda a manhã, a pé e de carro, e vislumbrava, logo a seguir, a necessidade infalível de visitar, na mesma noite, um senhor de que precisava, um negociante e servidor de quinta classe,[4] e de pegá-lo desprevenido em sua casa de veraneio que se encontrava algures no riacho Negro. Por volta das seis horas, Veltchanínov entrou, afinal, num restaurante (meio suspeito, embora francês) situado na avenida Nêvski,[5] perto da ponte Politzéiski,[6] sentou-se à sua mesinha, em seu canto habitual, e pediu seu almoço diário.

Seu almoço custava, diariamente, um rublo, sendo o vinho pago à parte, e ele tomava isso por um sacrifício sensato em prol das suas finanças desarranjadas. Surpreso de poder comer uma droga dessas,

---

[2] A locução russa "atropelo de ratos" (мышиная возня/суета) significa uma confusão tão infundada quanto inútil.
[3] Tecido de seda, lã ou algodão, de textura fina e leve, cujas fitas se usam em sinal de luto.
[4] Os servidores civis e militares do Império Russo dividiam-se em 14 classes consecutivas, sendo a 1ª (chanceler, marechal de exército ou almirante) a mais alta.
[5] A principal via pública do centro histórico de São Petersburgo.
[6] O nome da ponte significa "Policial" em russo.

devorava, ainda assim, tudo até a última migalha, e todas as vezes com tanto apetite como se não tivesse comido nada por três dias seguidos. "É algo doentio" — murmurava consigo mesmo, ao reparar, vez por outra, em seu apetite. Mas dessa vez estava extremamente mal-humorado, quando se sentou à sua mesinha: jogou, exasperado, seu chapéu para longe, fincou-se nos cotovelos e quedou-se pensando. Se porventura alguém a almoçar ao seu lado fizesse agora um gesto incomodante, ou se o rapazote a atendê-lo não o compreendesse desde a primeira palavra dita, decerto teria berrado como um cadete — e isso apesar de sua capacidade de se portar com tanta polidez e, caso necessário, com tanta soberba imperturbável! — e aprontado, quiçá, uma confusão.

Serviram-lhe sopa, ele pegou uma colher, mas de repente, sem tê-la molhado, jogou-a em cima da mesa e quase pulou fora da sua cadeira. Acudiu-lhe de supetão uma ideia inesperada: naquele momento, e sabe lá Deus com que processo mental, ele abrangeu, de vez e por completo, os motivos de seu pesar, de seu pesar pessoal e particular, que não parava de atenazá-lo havia vários dias, em todos esses últimos tempos, que o acometera Deus sabe como e não queria, Deus sabe por que, deixá-lo em paz. Mas agora ele percebeu e compreendeu tudo de vez, como se olhasse para a palma de sua mão.

— É tudo por causa daquele chapéu! — murmurou, como que inspirado. — É tão somente aquele maldito chapéu redondo, com aquele nojento crepe de luto, que é a causa de tudo!

Começou a cismar e, quanto mais cismava, tanto mais se ensombrava, e tanto mais pasmoso se tornava, aos olhos dele, "o acidente todo". "Mas enfim... que acidente é que seria aquele?" — tentava protestar, sem acreditar em si mesmo. — "Haveria naquilo, ao menos, algo parecido com um acidente?"

O problema todo era o seguinte: fazia quase duas semanas (na verdade, Veltchanínov não lembrava mais, porém já fazia, pelo visto, cerca de duas semanas) que ele encontrara pela primeira vez no meio da rua, algures na esquina da Podiátcheskaia e da Mechtchânskaia,[7] um senhor com crepe sobre o chapéu. Aquele senhor era igual a todo mundo, não tinha nada de muito especial e passara depressa, mas olhara

---

[7] Rua dos Escrivães e Rua dos Burgueses (em russo).

para Veltchanínov de certa maneira por demais atenta e logo lhe suscitara, por alguma razão, um interesse extraordinário. Pelo menos, sua fisionomia lhe parecera familiar. Já a tinha visto, obviamente, alguma vez em algum lugar. "Aliás, quantos milhares de fisionomias é que já vi nesta vida: não dá para me lembrar de todas!" Dando uns vinte passos, já aparentava ter esquecido aquele encontro, apesar de toda a sua primeira impressão. Contudo, essa impressão durara um dia inteiro, tomando, por sinal, uma forma assaz original, a de uma fúria abstrata e singular. Agora, duas semanas depois, ele se lembrava perfeitamente daquilo tudo; lembrava-se também de não ter entendido, na ocasião, de onde lhe vinha tamanha fúria, a ponto de não ligar nem confrontar nenhuma vez seu mau humor, em toda aquela noite, com o encontro matinal. Entretanto, o próprio senhor apressou-se a refrescar a sua memória, voltando a deparar-se, no dia seguinte, com Veltchanínov na avenida Nêvski e a encará-lo de certo modo estranho. Veltchanínov cuspiu e, tendo cuspido, logo se surpreendeu com sua cuspida. É verdade que há fisionomias a provocarem imediatamente uma aversão sem causa nem consequência. "Sim, realmente o encontrei em algum lugar" — murmurou ele, pensativo, meia hora depois do encontro. Em seguida, tornou a passar uma noite inteira de péssimo humor; até mesmo teve um sonho ruim, mas, nada obstante, nem lhe ocorreu a ideia de que todo o motivo dessa sua melancolia nova e peculiar era apenas aquele senhor enlutado, conquanto o tivesse recordado, naquela noite, mais de uma vez. Até se zangou, de relance, porque "uma droga dessas" ousava permanecer tanto tempo em sua memória; quanto a atribuir àquele senhor toda a sua perturbação, decerto teria achado tal intento humilhante, se ele tivesse surgido, tão só de passagem, em sua cabeça. Dois dias depois, eles se encontraram de novo, na multidão a descer de um vapor que circulava pelo rio Neva. Daquela terceira vez, Veltchanínov estava prestes a jurar que o senhor do chapéu lutuoso o reconhecera e correra em sua direção, carregado pela multidão que se espremia em sua volta, que até mesmo "se atrevera" aparentemente a estender-lhe a mão, que acabara, talvez, dando um grito, chamando-o pelo nome. De resto, Veltchanínov não ouviu claramente aquele grito, mas... "quem é, afinal, aquele canalha e por que não se aproxima de mim, se é que me reconhece mesmo e quer tanto chegar perto?" — pensou, furioso, pegando um carro de aluguel e partindo rumo ao monastério Smólny.

Meia hora depois, já discutia e altercava com seu advogado, mas, pelo fim da tarde e à noite, mergulhou de novo em sua melancolia abjeta e fantástica em extremo. "Será que minha bílis está por se derramar?" — perguntou, cheio de cismas, a si mesmo, mirando-se no espelho.

Fora o terceiro encontro. Depois, por uns cinco dias a fio, ele não encontrara decididamente "ninguém", nem tivera qualquer alusão que fosse àquele "canalha". Todavia, lembrava-se, vez por outra, do senhor com crepe sobre o chapéu. E era com certo pasmo que Veltchanínov se surpreendia a pensar nele. "Estou com saudades dele, é isso? Hum!... Mas ele também deve ter muita coisa a fazer em Petersburgo... e por causa de quem é que usa aquele crepe? É óbvio que ele me reconheceu, mas eu cá não o reconheço. E por que aquelas pessoas usam crepe? Diria que não lhes cai bem a elas... Parece-me que, se o vir bem de perto, vou reconhecê-lo...".

E tinha a impressão de que algo começava a despontar em meio às suas lembranças, tal e qual uma palavra familiar, mas esquecida de chofre, por alguma razão, que a gente se esforça tanto para rememorar: ela é bem conhecida, aquela palavra, e sabe-se muito bem o que, exatamente, ela significa, e anda-se ao redor de seu significado, só que ela não quer, de jeito nenhum, retornar à memória, por mais esforços que a gente faça!

"Aquilo foi... Aquilo foi há muito tempo... e foi em algum lugar... Foi aqui... foi acolá... mas tanto faz mesmo se foi ou não foi, que o diabo o carregue!" — gritou ele de improviso, com raiva. — "Será que vale a pena sujar-me e humilhar-me assim com aquele canalha?..."

Ficou terrivelmente zangado, porém à noite, lembrando de súbito que acabara de se zangar e, ainda por cima, "terrivelmente", sentiu um desgosto enorme, como se alguém o tivesse acusado de alguma coisa. Então se embaraçou e se espantou todo: "Há, pois, motivos pelos quais fico tão zangado... sem mais nem menos... só com uma lembrança...". Mas não chegou ao cabo de seu pensamento.

E, no dia seguinte, ficou mais zangado ainda, só que lhe pareceu dessa vez que havia mesmo motivos, tendo ele toda a razão de ficar zangado; "a ousadia foi inaudita": aconteceu o quarto encontro. Aquele senhor com crepe surgiu de novo, como que brotando do solo. Veltchanínov acabava de apanhar, em plena rua, o tal servidor de quinta classe de quem precisava agora e que tentaria pegar, ao menos fortuitamente, em sua casa de veraneio, porquanto o tal servidor, que Veltchanínov mal conhecia, mas de quem precisava a fim de resolver um problema, não se deixava apanhar em ocasião alguma e evidentemente se escondia, fazendo de tudo, por sua parte, para se esquivar do encontro com Veltchanínov. Entusiasmado por se ter afinal deparado com ele, Veltchanínov caminhava ao seu lado, apertando o passo, fitando-o bem nos olhos e juntando todas as forças para levar aquele espertalhão grisalho a abordar certo assunto, a encetar certa conversa durante a qual ele viesse talvez a desamarrar a língua, escapando-lhe, de algum jeito, uma palavrinha requisitada e, havia muito tempo, esperada, porém o espertalhão grisalho não se deixava embromar como sempre, soltando risadinhas e calando-se a seguir... e foi justamente nesse momento por demais trabalhoso que o olhar de Veltchanínov distinguiu de repente, na calçada oposta da rua, o senhor com crepe sobre o chapéu. Estava plantado ali e olhava com atenção para eles dois; espiava-os — isso dava na vista — e até mesmo parecia rir deles.

"Diabos!" — enraiveceu-se Veltchanínov, que já se despedira do servidor e atribuía todo o fracasso de sua conversa com ele à aparição inesperada daquele "afoito". — "Diabos! Será que ele me espiona mesmo? Pois é óbvio que está de olho em mim! Será que alguém o contratou, e... e... e juro por Deus que ele estava rindo! Juro por Deus que o espancarei... Só é pena que eu ande sem bengala! Vou comprar uma! Não deixarei para lá! Quem é ele? Quero saber sem falta quem ele é!"

Enfim, precisamente três dias após aquele (quarto) encontro, a gente acaba de flagrar Veltchanínov em seu restaurante, conforme já foi descrito, e ele está alarmado, completa e gravemente, e até mesmo um tanto perdido... Nem ele próprio, por mais orgulhoso que fosse, poderia deixar de reconhecê-lo. Fora obrigado, no fim das contas, a intuir, cotejando todas as circunstâncias, que a causa de toda a sua melancolia, de toda essa melancolia particular e de toda a sua inquietação a durar já por duas semanas, não era outra pessoa senão aquele mesmo senhor enlutado, "apesar de toda a insignificância dele".

"Que seja eu hipocondríaco" — pensava Veltchanínov — "e que esteja, por conseguinte, prestes a transformar uma mosca num elefante, mas será que fico aliviado por saber que tudo isso não passa, talvez, de um devaneio? Pois, se cada safadão desses for capaz de pôr qualquer um de cabeça para baixo, isso é... mas isso é...".

De fato, na ocasião desse último (quinto) encontro, que se dera no mesmo dia e alarmara tanto Veltchanínov, o elefante apareceu praticamente como uma mosca: aquele senhor passou rapidinho, como de hábito, perto dele, mas dessa vez sem olhar para Veltchanínov nem demonstrar, também como de hábito, que o conhecia, mas, pelo contrário, abaixando os olhos e ansiando, pelo visto, que não reparassem em sua passagem. Então Veltchanínov se virou e gritou-lhe com todas as forças:

— Ei, você, crepe no chapéu! Agora se esconde, hein? Pare aí! Quem é você?

A pergunta (bem como o grito todo) foi muito disparatada, mas Veltchanínov adivinhou isso só depois de gritar. Ouvindo seu grito, o senhor se voltou, parou por um minutinho, ficou confuso, sorriu, querendo já dizer, ou então fazer, algo, quedou-se, por um minutinho, numa indecisão desmedida e manifesta, e, de repente, virou-lhe as costas e foi correndo embora. Perplexo, Veltchanínov seguia-o com os olhos. "E se..." — pensava — "se não for ele, na realidade, quem me importuna? Se, pelo contrário, sou eu que tenho bulido com ele, e se for esse o problema todo?"

Depois de almoçar, foi rápido à casa de veraneio daquele servidor. Não o encontrou lá: responderam-lhe que "está fora, desde a manhã, e decerto não voltará hoje antes das três ou das quatro horas da manhã, porque ficou na cidade com o aniversariante". Aquilo ali já era tão "ofensivo" que Veltchanínov logo se dispôs, com sua primeira fúria, a ir à casa do tal aniversariante e foi lá de fato, porém, ao entender pelo caminho que ia longe demais, libertou o cocheiro no meio do percurso e foi palmilhando até o Grande Teatro, ou seja, até sua casa. Sentia a necessidade de se locomover. Para acalmar seus nervos à flor da pele, necessitava dormir bem à noite, custasse o que custasse, apesar de sua insônia; e, para dormir, necessitava ao menos ficar cansado. Destarte, quando voltou para casa, já eram dez e meia da noite, tendo a caminhada sido bastante longa, e ele estava, realmente, muito cansado.

Alugado no mês de março, seu apartamento, que ele criticava e xingava com tanta maldade, pedindo desculpas a si próprio por "ser tudo isso coisa de nômade" e por "ter atolado" em Petersburgo sem querer, só devido àquele "maldito processo" — esse seu apartamento nem por sombra era tão ruim e indecente como Veltchanínov em pessoa chegava a adjetivá-lo. A entrada, logo ao pé do portão, era realmente um tanto escura e "sujinha"; contudo, o apartamento em si, que ficava no segundo andar, compunha-se de dois quartos grandes e claros, de teto alto, separados um do outro por uma antessala escura, e cujas janelas davam, portanto, uma para a rua e a outra para o pátio. Ao lado daquele quarto cuja janela dava para o pátio, havia um pequeno gabinete, destinado também a servir de dormitório; porém, no caso de Veltchanínov, os livros e papéis amontoavam-se nele em plena desordem, enquanto ele dormia num dos quartos grandes, a saber, naquele cuja janela dava para a rua. Era um sofá que lhe servia de cama. Seus móveis eram passáveis, embora usados; além do mais, encontravam-se em seus aposentos uns artigos caros, as sobras de seu bem-estar antigo: bibelôs de porcelana e de bronze, grandes e autênticas alcatifas de Bucara[8] e até mesmo duas pinturas nada más que ele conservara, mas tudo isso estava desordenado, obviamente fora de lugar e, ainda por cima, empoeirado depois de Pelaguéia, sua jovem criada, ter ido visitar os parentes, que moravam em Nóvgorod, e deixado Veltchanínov sozinho. O estranho fato de uma moça solteira trabalhar para um homem mundano e também solteiro, que ainda fazia questão de se comportar como gentil-homem, quase o levava a enrubescer, conquanto estivesse muito contente com a tal de Pelaguéia. Aquela moça trabalhava para ele desde a primavera, desde o momento em que viera ocupar aquele apartamento, tendo antes servido a uma família de seus conhecidos, que acabara de se mudar para o estrangeiro, e mantinha sua casa bem arrumada. Com a partida dela, Veltchanínov não se dispunha a procurar por outra criadagem feminina, achando que tampouco valia a pena contratar, por um prazo curto, um lacaio homem, além de não gostar de lacaios. Assim, tudo se arranjou de maneira que a irmã do zelador, chamada Mavra, vinha toda manhã arrumar seus aposentos e que Veltchanínov lhe deixava mesmo a chave, quando saía de casa, embora ela não arrumasse coisa nenhuma, cobrasse pelo serviço e, pelo visto, até lhe furtasse dinheiro. Todavia, ele já não se importava mais com nada, satisfeito apenas com o fato de ficar agora sozinho em casa. Mas... está tudo bem até certo limite: de vez em quando, em seus momentos biliosos, seus nervos se recusavam categoricamente a suportar toda aquela "nojeira", e, voltando para casa, ele sentia asco quase todas as vezes que entrava em seus aposentos.

---

[8] Antiga cidade uzbeque, famosa por seus tapetes e artigos de lã.

Dessa vez, mal teve tempo para se despir: tombou sobre a cama e, irritado como estava, decidiu não pensar em nada e, custasse o que custasse, adormecer "num piscar de olhos". E, coisa estranha, adormeceu instantaneamente, tão logo sua cabeça tocou no travesseiro: fazia quase um mês inteiro que isso não se dava com ele.

Dormiu cerca de três horas, mas um sono inquieto; teve uns sonhos estranhos, como quem estivesse com febre. Tratava-se, nesses sonhos, de um crime que ele teria cometido e ocultado, e do qual o acusavam, em coro, muitas pessoas que vinham não se sabia de onde e entravam, o tempo todo, em seu quarto. Reunira-se uma turba enorme, mas aquelas pessoas continuavam a entrar, de sorte que nem sequer sua porta se fechava mais, permanecendo escancarada. E eis que o interesse todo se concentrou, afinal, numa pessoa estranha, numa pessoa bem próxima, que ele tinha conhecido outrora muito bem e que já morrera, mas também estava agora, sabia lá Deus por que, no quarto dele. A tortura maior é que Veltchanínov ignorava quem era aquela pessoa, tendo esquecido seu nome e não conseguindo mais recordá-lo; sabia apenas que outrora a amara muito. Parecia que todas as demais pessoas esperavam, ao entrar, que aquela pessoa dissesse a palavra mais importante, condenando ou então absolvendo Veltchanínov, e estavam todas impacientes. Mas ela estava sentada à mesa, imóvel e silenciosa, e não queria falar. O barulho não cessava, a irritação aumentava, e de repente Veltchanínov, tomado de fúria, esmurrou aquela pessoa por não querer falar e sentiu, feito isso, um estranho prazer. Seu coração se espasmou de terror e de contrição por tê-la golpeado, mas era bem nesse espasmo que consistia o prazer. Enraivecido até perder a cabeça, ele desferiu o segundo e o terceiro murros, e depois, como que ébrio de furor e de medo a beirar uma loucura, mas também cheio de infinito prazer, não contava mais suas pancadas, mas batia sem trégua. Queria destruir tudo, mas tudo mesmo. De súbito, houve um sobressalto: a multidão toda gritou pavorosamente e voltou-se, expectante, para a entrada, e nesse exato momento a campainha tilintou três vezes, bem alto e com tanta força como se alguém quisesse arrancá-la da porta. Veltchanínov acordou, recobrou-se num átimo, saltou fora da sua cama e arrojou-se às portas: estava totalmente convicto de que não ouvira o toque da campainha em sonho e que alguém acabara realmente de tocá-la. "Seria por demais antinatural se um tilintar tão nítido, tão real, tal palpável tivesse soado apenas num sonho meu!"

Contudo, para sua surpresa, o toque da campainha também soara em seu sonho. Ele abriu a porta e passou para o patamar, chegando até a examinar a escadaria, mas não havia lá decididamente ninguém. A campainha pendia imóvel. Pasmado e, ao mesmo tempo, aliviado, ele retornou ao seu quarto. Lembrou, enquanto acendia uma vela, que a porta não estava trancada nem aferrolhada, mas tão só encostada. Ainda antes, ao voltar para casa à noite, ele se esquecia amiúde de trancar a porta, já que não se importava sobremodo com isso. Pelaguéia já o admoestara, algumas vezes, por essa razão. Foi novamente à antessala para trancar a porta; abriu-a de novo, deu uma olhada no patamar e limitou-se a aferrolhá-la por dentro, sem se dar, entretanto, ao trabalho de girar a chave na fechadura. O relógio soou duas horas e meia, querendo isso dizer que ele dormira três horas.

Veltchanínov ficara tão perturbado com aquele seu sonho que não lhe apetecia mais deitar-se no mesmo instante; resolveu, pois, andar pelo quarto por meia horinha, "o tempo de fumar um charuto". Vestindo-se às pressas, aproximou-se da janela, soerguou um grosso reposteiro de estofo e depois uma cortina branca. Lá fora, já havia quase amanhecido. As claras noites de verão petersburguense sempre lhe causavam uma irritação nervosa e, ultimamente, apenas contribuíam para a sua insônia, tanto assim que, umas duas semanas antes, ele pendurara adrede esses grossos reposteiros de estofo, os quais, uma vez abaixados, impediam a luz de passar. Deixando, então, passar a luz e esquecendo a velinha acesa em cima de sua mesa, Veltchanínov se pôs a andar de lá para cá, ainda dominado por uma sensação penosa e mórbida. A impressão do sonho continuava a influenciá-lo. Ainda se arrependia, bem seriamente, de ter podido agredir aquela pessoa e de bater nela.

— Só que aquela pessoa não existe nem jamais existiu, foi apenas um sonho! Por que é que ando lamuriando então?

Enfurecido, como se nisso convergissem todas as preocupações dele, começou a pensar que decididamente adoecia, que se tornava "um homem doente". Sempre lhe pesava reconhecer que vinha envelhecendo ou definhando, e por mera maldade ele exagerava, em seus maus momentos, ambas as aflições, fazendo isso propositalmente, a fim de desafiar a si mesmo.

— Senilidade! Estou caducando — murmurava a andar pelo quarto —: perdendo a memória, vendo fantasmas, tendo pesadelos, ouvindo as campainhas tilintarem ali... Diabos! Já sei por experiência: tais sonhos sempre significam que estou com febre... Decerto aquela "história" toda, com aquele crepe, não passa também de um sonho. Sem dúvida, pensei direitinho ontem: sou eu, sou eu mesmo quem está bulindo com ele, não ele comigo! Compus todo um poema em cima disso e depois me escondi, de tão medroso, embaixo da mesa. E por que o chamo de canalha? Talvez seja um homem muito decente. É verdade que sua cara é desagradável, se bem que não tenha nenhuma feiura especial... está vestido como todo mundo. Só o olhar dele é assim... De novo a mesma coisa; de novo pensando nele! E que diabos tenho a ver com o olhar dele? Será que não consigo mais viver sem aquele... facínora?

Um dos pensamentos que pululavam em sua cabeça pungiu-o dolorosamente: ficou de chofre como que persuadido de que aquele senhor do crepe fizera, noutros tempos, amizade com ele e agora, ao reencontrá-lo, zombava dele por saber algum segredo, grande e antigo, a seu respeito e por vê-lo agora em tal situação humilhante. Maquinalmente se achegou à janela para abri-la e respirar o ar noturno, e... e de repente estremeceu todo: pareceu-lhe que se passara, em sua frente, algo inesperado, inaudito e insólito.

Tão logo abriu a janela, esgueirou-se por trás da parede em declive para se esconder: na deserta calçada oposta, avistou de súbito, em face do prédio onde morava, aquele senhor com crepe sobre o chapéu. Plantado na calçada, de frente para as suas janelas, o senhor parecia não ter reparado nele e observava o prédio cheio de curiosidade, como quem estivesse cismado. Em aparência, refletia em algo antes de tomar alguma decisão, soerguendo o braço e colocando um dedo na testa. Decidiu-se, por fim: lançou uma rápida olhadela ao seu redor e de mansinho, nas pontas dos pés, foi atravessando depressa a rua. Era bem isso: entrou pelo portão, ou melhor, pela portinhola (que às vezes não se trancava, no verão, até as três horas da madrugada). "Está vindo para cá" — passou pela cabeça de Veltchanínov, e de improviso, rapidamente e, da mesma maneira, nas pontas dos pés, ele correu à antessala, até a entrada, e ficou imóvel defronte à porta, silencioso e ansioso, roçando de leve, com sua trêmula mão direita, no ferrolho que encaixara havia pouco e focando toda a sua atenção naquele ruído dos passos que já, já se ouviria na escada.

Seu coração batia tão forte que ele receava nem ouvir o desconhecido subir nas pontas dos pés. Não entendia o que era aquilo, mas o intuía por inteiro e com o décuplo de lucidez, como se seu recente sonho se tivesse fundido com a realidade. Veltchanínov era corajoso por natureza. Gostava de levar, vez por outra, sua temeridade à espera de algum perigo até uma espécie de gabolice, mesmo quando ele admirava a si próprio sem que ninguém o visse. Mas agora tinha outras sensações também. Aquele hipocondríaco cheio de cismas, que acabara de lamuriar tanto assim, transformara-se totalmente: não era mais o mesmo homem. Um riso nervoso estava para jorrar, inaudível, do seu peito. Detrás da porta fechada, ele adivinhava cada movimento do desconhecido.

"Ah, sim! Eis que está subindo... subiu... olha ao redor... escuta, atento, o que se ouve lá embaixo, na escadaria; mal respira, vem pé ante pé... Ah, sim! Pegou na maçaneta, está puxando, tentando! Esperava que minha porta não estivesse trancada! Então sabia que me esquecia, por vezes, de trancar a porta! Puxa de novo a maçaneta... será que pensa que o ferrolho vai sair do encaixe? Lamenta ter de ir embora, hein? É pena que tenha de ir embora de mãos abanando?"

E tudo havia, realmente, de ocorrer dessa exata maneira, assim como ele imaginava: alguém estava, de fato, do outro lado da porta e tentava, cautelosa e silenciosamente, destrancá-la, puxando devagarinho a maçaneta e "tendo, bem entendido, seu objetivo". Contudo, Veltchanínov já estava pronto a resolver aquele enigma, esperando, com certo arroubo, pelo momento oportuno, preparando-se para agir de modo hábil e certeiro; sentia uma irresistível vontade de tirar, de supetão, o ferrolho, de escancarar repentinamente a porta e de encarar, face a face, aquele "monstro". "Pois então: o que está fazendo aí, prezado senhor?"

E foi isso que aconteceu: ao escolher um momento certo, ele tirou de repente o ferrolho, empurrou a porta e... quase derrubou o senhor com crepe sobre o chapéu.

III. PÁVEL PÁVLOVITCH TRUSSÓTSKI

Este parecia ter engolido a língua. Ambos estavam sobre a soleira, um defronte ao outro, e ambos se fitavam reciprocamente, olho no olho. Assim se passaram alguns instantes, e de repente Veltchanínov reconheceu aquele seu visitante!

Ao mesmo tempo, o visitante também percebeu, pelo visto, que Veltchanínov o reconhecera: isso se vislumbrara em seu olhar. Num átimo, seu rosto como que se desfez todo num sorriso dulcíssimo.

— Tenho, sem dúvida, o prazer de falar com Alexei Ivânovitch? — quase cantou, com uma voz por demais terna e discordante, até a comicidade, das circunstâncias.

— Será que o senhor é mesmo Pável Pávlovitch Trussótski? — balbuciou enfim Veltchanínov, com ares de desconcerto.

— A gente se conhecia, há uns nove anos, em T.,[9] e, caso o senhor me permita lembrar aquilo, éramos amigos.

— Sim... suponhamos... mas... agora são três horas da manhã, e o senhor passou dez minutos inteiros puxando esta minha porta para saber se estava trancada ou não...

— Três horas! — exclamou o visitante, tirando o relógio e mesmo ficando tristemente perplexo. — Exatamente: três horas! Desculpe-me, Alexei Ivânovitch: devia ter pensado nisso, quando entrava; até estou com vergonha. Vou passar outra vez, dia desses, para me explicar, mas agora...

— Ih, não! Se quiser explicar-se comigo, digne-se a falar agora mesmo! — retorquiu Veltchanínov. — Tenha a bondade: por aqui, através da soleira, para meus aposentos. É que o senhor veio, com certeza, para entrar em meus aposentos e não apenas para sondar à noite minhas fechaduras...

Estava emocionado e, ao mesmo tempo, como que atônito, sentindo que não conseguia juntar suas ideias. Até se envergonhou, pois nada lhe sobrara de toda a fantasmagoria, nem mistério e nem perigo; aparecera tão só essa tola figura do tal de Pável Pávlovitch. De resto, nem por sombras acreditava que fosse tudo tão simples assim; um pressentimento vago, mas temível, tomara conta de Veltchanínov. Fazendo que seu visitante se sentasse numa poltrona, ele se sentou, impaciente como estava, em sua cama, a um passo dessa poltrona, inclinou-se um pouco para frente, pôs as mãos nos joelhos e ficou esperando, com irritação, pelas falas daquele homem. Olhava para ele, sôfrego, e forçava a memória.

---

[9] Dostoiévski se refere a Tver, cidade localizada na parte central da Rússia onde ele passou alguns meses em 1859, na volta de seu exílio siberiano.

Mas, coisa estranha: o homem permanecia calado e parecia nem sequer entender, de jeito nenhum, que lhe "cumpria" falar de imediato; pelo contrário, olhava por sua parte, com um olhar algo expectante, para o dono da casa. Talvez estivesse apenas sem graça, levando, logo de início, um susto, feito um rato na ratoeira. Então Veltchanínov se zangou.

— E aí? — exclamou. — Acredito que o senhor não seja uma fantasia nem um sonho! Será que veio brincar de mortos vivos, é isso? Explique-se, meu querido!

O visitante se moveu, sorriu e começou a falar com cautela:

— Pelo que vejo, o senhor se espanta, antes de tudo, por eu ter vindo numa hora dessas e nessas circunstâncias algo peculiares... Entretanto, ao lembrar-me de todo o passado e de como nos separamos, até agora acho estranho... Aliás, nem tinha a intenção de visitá-lo, e, se estou mesmo aqui, é por mero acaso...

— Como assim, por acaso? Mas eu vi o senhor da janela, quando corria, nas pontas dos pés, através da rua!

— Ah, o senhor viu? Pois agora está sabendo, talvez, disso tudo mais que eu mesmo! Não faço, pois, outra coisa senão irritá-lo... É o seguinte: faz umas três semanas que estou na cidade, com um negócio meu... É que sou Pável Pávlovitch Trussótski, é que o senhor mesmo me reconheceu. Meu negócio consiste em requerer que me transfiram para outra província e outro serviço, para um cargo com grande promoção... Aliás, tudo isso também é desimportante!... O principal, se quiser, é que já estou andando por aqui há umas três semanas, e parece que fico delongando de propósito este meu negócio, quer dizer, esta minha transferência, e, nem que ela dê certo, juro que posso até esquecer que a consegui e continuar nessa sua Petersburgo, devido ao meu humor de hoje. Ando por aqui como quem perdeu a sua meta e até mesmo se alegra de tê-la perdido... com este meu humor atual...

— Que humor é esse? — Veltchanínov carregou o cenho.

O visitante ergueu os olhos, pegou seu chapéu e, com firme dignidade, apontou-lhe para o crepe.

— Pois com este humor aqui!

Confuso, Veltchanínov mirava ora o crepe ora o semblante do homem. De súbito, um rubor se espalhou instantaneamente pelas suas faces, e ele ficou todo agitado.

— Será que Natália Vassílievna...?

— Ela mesma! Natália Vassílievna! Agora em março... A tísica,[10] e quase fulminante... apenas em dois ou três meses! E assim fiquei só... como o senhor está vendo!

Dito isso, o visitante escancarou os braços, tomado de forte emoção e segurando, com a mão esquerda, seu chapéu lutuoso, e inclinou bem baixo, ao menos por uns dez segundos, sua cabeça calva.

O aspecto do homem e esse seu gesto como que refrescaram, de súbito, Veltchanínov; um sorriso jocoso e até mesmo desafiador surgiu nos lábios dele, mas, por enquanto, apenas por um instante: a notícia de que aquela dama (que ele conhecera havia tanto tempo e, havia tanto tempo, já esquecera) tinha falecido causou-lhe agora uma impressão inesperadamente aterradora.

— Será possível? — murmurava as primeiras palavras que lhe vinham à ponta da língua. — Então por que o senhor não falou disso às claras, assim que entrou?

— Agradeço-lhe a compaixão, que percebo e aprecio. Apesar de...

— Apesar de...?

— Apesar de tantos anos de ausência, o senhor acaba de tratar minha desgraça, bem como a mim mesmo, com tanta plenitude de compaixão que lhe fico, bem entendido, grato. Era só isso que queria declarar para o senhor. E não que eu venha a duvidar de meus amigos — posso encontrar, aqui e agora mesmo, os mais sinceros dos meus amigos (basta tomarmos, como exemplo, Stepan Mikháilovitch Bagaútov) —, mas o fato é que este nosso conhecimento mútuo, Alexei Ivânovitch (aliás, esta nossa amizade, pois me recordo dela com gratidão), já completou nove anos, e o senhor não voltou para as nossas plagas, e não escrevíamos um para o outro...

O visitante cantava como quem lesse uma partitura, mas olhava o tempo todo, ao passo que se explicava, para o chão, embora visse, sem dúvida, tudo quanto se passava em sua frente. Aliás, o dono da casa também já se recobrara um pouco.

Com certa impressão bastante estranha, a qual não parava de recrudescer, ele atentava nas falas e na aparência de Pável Pávlovitch, e de improviso, quando este fez uma pausa, as ideias mais variegadas e inopinadas invadiram-lhe a cabeça.

---

[10] Antiga denominação da tuberculose pulmonar.

— Mas por que é que não o reconheci até hoje? — exclamou, animando-se. — É que já nos encontramos umas cinco vezes, no meio da rua!

— Pois sim, eu também me lembro disso: deparava-me volta e meia com o senhor... umas duas vezes ou, quem sabe, umas três...

— Quer dizer, eu é que me deparava volta e meia com o senhor, e não o senhor comigo!

Veltchanínov se levantou e, de repente, deu uma risada sonora e totalmente inesperada. Pável Pávlovitch fez outra pausa, mirou-o com atenção, mas logo tornou a falar:

— Não me reconheceu porque, em primeiro lugar, pode ter esquecido, e, além disso, porque tive até mesmo varíola, nesse meio-tempo, e fiquei com umas marcas no rosto...

— Varíola? Pois o senhor, realmente, teve varíola! Mas como foi...

— ... que peguei essa merda? Tudo se dá com a gente, Alexei Ivânovitch, qualquer coisa pode acontecer!

— Mas, ainda assim, é engraçado demais. Continue, pois, continue, meu caro amigo!

— Muito embora eu também o tenha encontrado...

— Espere! Por que o senhor disse agorinha "essa merda"? Eu teria usado uma expressão bem mais polida. Mas continue, vá adiante!

Ele ficava, sem saber por que, cada vez mais alegre. Sua recente impressão aterradora cedera lugar a outra impressão. A passos rápidos, Veltchanínov andava, de lá para cá, pelo quarto.

— Muito embora eu também o tenha encontrado e muito embora me tenha disposto, quando de minha partida para Petersburgo, a procurar sem falta pelo senhor aqui, repito-lhe que estou agora num estado de espírito tão... e tão desfalcado, mentalmente, desde o mês de março...

— Ah, sim, desfalcado desde o mês de março... Espere aí: o senhor não fuma?

— É que, sabe, na presença de Natália Vassílievna...

— Sei, sim, sei... E desde o mês de março?

— Só se for um cigarrozinho.

— Eis aqui um cigarrozinho. Pode fumar e... continue! Continue, que me deixou muito...

E, acendendo um charuto, Veltchanínov voltou a sentar-se depressa em sua cama. Pável Pávlovitch interrompeu-se.

— Mas o senhor mesmo parece tão perturbado assim... Está bem de saúde?
— Arre! Que o diabo carregue minha saúde! — De chofre, Veltchanínov ficou zangado. — Continue!
Observando a inquietude do anfitrião, o visitante se tornava, por sua parte, cada vez mais contente e seguro de si.
— Continuar o quê? — retomou seu discurso. — Imagine primeiro, Alexei Ivânovitch, um homem destruído, ou seja, não só destruído como, digamos, radicalmente; um homem que, após vinte anos de matrimônio, mudou de vida e anda, sem respectiva meta, por essas ruas empoeiradas, como por uma estepe, que quase se esqueceu de si mesmo e até acha, nesse seu esquecimento, certa volúpia. Destarte é natural que, ao encontrar, vez por outra, algum conhecido meu ou mesmo um verdadeiro amigo, eu acabe por evitá-lo propositalmente, para não me aproximar dele num momento assim, ou seja, num momento de esquecimento. Em outra ocasião, aí sim: a gente se lembra de tudo e anseia tanto por ver, ao menos, alguma testemunha ou algum cúmplice de um passado recente, mas irrecuperável, e o coração bate então com tamanha força que não apenas de dia, mas também de noite, a gente se aventura a arrojar-se nos braços daquele amigo, nem que seja preciso, para isto, acordá-lo pelas quatro da madrugada. Errei tão somente de horário, mas não de amizade, porquanto estou, neste exato momento, recompensado à farta. E, quanto ao horário, pensava, por causa deste meu humor atual, que era tão só meia-noite, palavra de honra. A gente bebe sua própria tristeza e como que se embriaga com ela. E nem sequer a tristeza, mas precisamente meu novo estado é que me golpeia...
— Mas que expressões é que o senhor emprega! — notou, de certo modo sombrio, Veltchanínov, que reouvera de supetão toda a sua seriedade.
— Pois é: emprego, de fato, umas expressões esquisitas...
— Mas será que... não está brincando?
— Brincando? — exclamou Pável Pávlovitch, com pesarosa perplexidade. — E bem no momento em que proclamo...
— Ah, não fale mais nisso, faça favor!
Outra vez em pé, Veltchanínov se pôs a andar pelo quarto.
Assim se passaram uns cinco minutos. O visitante também queria levantar-se, mas Veltchanínov gritou: "Fique sentado, fique!", e ele retomou, logo e com docilidade, seu lugar na poltrona.

— Mas como é que o senhor mudou! —Veltchanínov voltou a falar, parando abruptamente em sua frente, como se essa ideia acabasse de assombrá-lo. — Mudou muitíssimo! Demasiadamente! É outra pessoa!

— Não é de admirar: já faz nove anos.

— Não, não, não: os anos não têm nada a ver! Sua aparência não mudou sabe lá Deus como... O senhor mudou de outra maneira!

— Também já faz nove anos, quem sabe...

— Ou apenas desde o mês de março!

— He-he — Pável Pávlovitch sorriu com malícia —, que ideia leviana é a sua... Mas, se é que ouso perguntar, em que consiste, notadamente, essa tal de mudança?

— Como assim? Antes era aquele Pável Pávlovitch respeitável e decente, aquele cabeção de Pável Pávlovitch, mas este Pável Pávlovitch de hoje é um *vaurien*[11] rematado.

Ele chegara àquele grau de irritação em que até mesmo as pessoas mais equilibradas passam, de vez em quando, a falar demais.

— Um *vaurien*? O senhor acha? E não é mais um cabeção? Não é mais? — Pável Pávlovitch comprazia-se em soltar risadinhas.

— Que diabos de cabeção? Agora é mais para um cabecilha.[12]

"Eu cá sou insolente, mas esse canalha é mais insolente ainda! E... e qual seria seu objetivo?" — continuava a cismar Veltchanínov.

— Ah, meu caríssimo, ah, meu preciosíssimo Alexei Ivânovitch! — De súbito, o visitante ficou sobremaneira inquieto e começou a remexer-se em sua poltrona. — O que é que temos, nós dois? Não estamos agora na alta-roda, naquela alta sociedade resplandecente! Somos dois companheiros, sinceríssimos e antiquíssimos; encontramo-nos, digamos assim, com plena franqueza e recordamos juntos aquela valiosa ligação em que a finada compunha um elo tão valiosíssimo de nossa amizade!

E ele se empolgou tanto com a exaltação de seus sentidos que inclinou de novo, como da última vez, a cabeça, só que agora tapou o rosto com seu chapéu. Veltchanínov examinava-o com asco e angústia.

"E se for simplesmente um palhaço?" — passou-lhe, de relance, pela cabeça. — "Mas n-não, n-não! Não parece que esteja bêbado... talvez

---

[11] Malandro, patife, alguém que não vale nada (em francês).
[12] Líder de um grupo de delinquentes, ladrões armados, salteadores.

esteja, aliás, que a cara dele está vermelha. E, nem que esteja bêbado, dá na mesma. A que vem aludindo? O que está querendo esse canalha?"

— O senhor se lembra, hein... — exclamava Pável Pávlovitch, afastando aos poucos o chapéu e parecendo cada vez mais animado com suas recordações — o senhor se lembra de nossas idas ao campo, de nossos serões e saraus, com danças e jogos inócuos, na casa de Sua Excelência Semion Semiônovitch, nosso anfitrião hospitaleiríssimo? E das leituras noturnas que nós três fazíamos? E de nosso primeiro encontro, quando o senhor veio falar comigo pela manhã, para se informar sobre um assunto seu, e passou até mesmo a gritar, e de repente entrou Natália Vassílievna, e o senhor se tornou, dez minutos depois e por um ano inteiro, o amigo mais sincero de nossa família, exatamente como na peça do senhor Turguênev[13] *A provinciana*...

Veltchanínov andava devagar pelo quarto, olhava para o chão, escutava impaciente e enojado, mas escutava com atenção.

— Nem me vinha à cabeça a tal d'*A provinciana* — interrompeu, um pouco desconcertado —, e o senhor nunca falou antes com essa voz guinchante e nesse... estilo artificial. Por que será?

— De fato: antes eu me calava, principalmente... ou seja, era menos prolixo — replicou, apressado, Pável Pávlovitch. — Antes gostava mais de ouvir a finada falar, sabe? Lembra como ela conversava, com tanta graça? E, no tocante à tal d'*A provinciana* e a Stupêndiev propriamente dito, o senhor está com a razão, nesse caso também, porque nós cá, eu e minha queridíssima finada, lembrávamos disso mais tarde, em certos momentos serenos, lembrávamos do senhor, quando já tinha ido embora, e comparávamos nosso primeiro encontro com aquela peça teatral... pois se parecem mesmo. E, quanto a Stupêndiev propriamente dito...

— Mas quem é Stupêndiev, que o diabo o carregue? — gritou Veltchanínov e mesmo bateu o pé, confundindo-se por completo, com a palavra "Stupêndiev", por causa de uma lembrança inquietadora que essa palavra fizera surgir em seu âmago.

— É que Stupêndiev é um papel, um papel teatral, o papel do marido na peça *A provinciana* — guinchou Pável Pávlovitch, com uma vozinha

---

[13] Ivan Serguéievitch Turguênev (1818-1883): grande romancista e contista russo, oponente literário de Dostoiévski, cuja comédia *A provinciana*, datada de 1851, considera-se como uma das obras em que se inspirou o enredo d'*O eterno marido*.

melosa —, só que isso já se refere a outra classe de nossas lembranças valiosas e belas, das que sucederam à partida do senhor, quando Stepan Mikháilovitch Bagaútov nos presenteou com sua amizade, justamente como o senhor, mas por cinco anos inteiros.

— Bagaútov? Quem é? Que Bagaútov é esse? — De chofre, Veltchanínov parou como que pregado ao chão.

— Bagaútov, Stepan Mikháilovitch, que nos presenteou com sua amizade exatamente um ano após o senhor e... da mesma maneira.

— Ah, meu Deus, mas eu sei disso! — exclamou Veltchanínov, acabando por entender. — Bagaútov! Mas ele servia com o senhor...

— Servia, sim, servia na governadoria! Um jovem de Petersburgo, refinadíssimo e provindo da mais alta sociedade! — vociferava Pável Pávlovitch, decididamente arrebatado.

— Sim, sim, sim! Pois eu... pois ele também...

— Ele também, sim, ele também! — repetia, com igual arrebatamento, Pável Pávlovitch, aproveitando-se da palavrinha imprudente de seu anfitrião. — E ele também! E foi então que encenamos *A provinciana* no teatro caseiro de nosso hospitaleiríssimo Semion Semiônovitch: Stepan Mikháilovitch fazia o papel do conde, eu, o papel do marido, e minha finada, o da provinciana, só que me tomaram o papel do marido, por insistência de minha finada, e foi assim que não fiz o papel do marido, como que por ser incapaz...

— Mas que diabos de Stupêndiev é que seria o senhor? Não é nenhum Stupêndiev aí, mas, antes de tudo, Pável Pávlovitch Trussótski! — retrucou Veltchanínov de forma grosseira, sem cerimônias e quase tremendo de irritação. — Mas espere: esse Bagaútov está aqui, em Petersburgo; eu mesmo o vi na primavera! Por que é que não vai, pois, visitá-lo também?

— Vou lá todo santo dia, já faz três semanas. Não me recebem! Está doente, não pode receber-me! E imagine só: fiquei ciente, pelas fontes mais confiáveis, de que tem realmente uma doença bem perigosa! Aquele nosso amigo de seis anos! Ah, Alexei Ivânovitch, digo-lhe e repito que, com tal estado de espírito, a gente deseja, de vez em quando, afundar nessa terra e afundar de verdade! Mas parece também, noutras ocasiões, que abraçaria algum daqueles antigos, digamos assim, cúmplices e testemunhas, e que o faria unicamente para chorar, ou seja, sem nenhum outro intuito senão o de chorar!...

— Contudo, já lhe basta por hoje, não basta? — atalhou Veltchanínov.
— Basta, basta até demais! — Pável Pávlovitch levantou-se logo da sua poltrona. — São quatro horas, e, o principal, eu o incomodei de maneira tão egoísta...
— Escute, pois: eu mesmo vou visitá-lo sem falta; espero que então... Diga-me às claras, diga sinceramente: não está bêbado hoje?
— Bêbado? Nem um tiquinho...
— Não bebeu antes de vir para cá ou mais cedo ainda?
— Sabe, Alexei Ivânovitch: está completamente febril.
— Vou visitá-lo amanhã mesmo, pela manhã, até uma da tarde...
— E tenho notado, já faz muito tempo, que o senhor está quase em delírio — Pável Pávlovitch interrompia-o, com prazer, e insistia em abordar esse tema. — Juro que estou tão envergonhado de ter... com este meu jeito desastrado... Mas já vou embora, já vou! Deite-se, pois, e durma!
— E por que não me disse onde morava? — gritou Veltchanínov, recordando-se disso enquanto o visitante saía.
— Será que não disse? Moro no hotel Pokróvski...
— Que hotel Pokróvski é esse?
— O que fica perto da praça Pokróvskaia, lá, num beco... não lembro que beco é aquele, nem que número é, mas fica perto da praça Pokróvskaia...
— Vou achar!
— Seja bem-vinda a cara visita.
Estava já passando para a escadaria.
— Espere! — voltou a gritar Veltchanínov. — O senhor não vai fugir?
— Mas como assim, "fugir"? — Pável Pávlovitch arregalou os olhos, virando-se, no terceiro degrau da escada, e sorrindo para Veltchanínov.
Em resposta, este fechou ruidosamente a porta, trancou-a com todo o esmero e inseriu o ferrolho em seu encaixe. Retornando ao quarto, cuspiu como quem acabasse de se sujar. Por uns cinco minutos, ficou imóvel no meio do quarto; a seguir, desabou sobre a cama, sem ter tirado as roupas, e adormeceu num instante. A velinha, da qual se esquecera, consumiu-se toda em cima de sua mesa.

IV. MULHER, MARIDO E AMANTE[14]

Ele dormiu a sono solto e despertou exatamente às nove horas e meia; num instante, soergueu-se, ficou sentado em sua cama e logo se pôs a pensar na morte "daquela mulher".

A impressão aterradora que tivera na noite passada, com a inesperada notícia daquela morte, causava-lhe ainda perturbação e até mesmo dor. Essas perturbação e dor só tinham sido atenuadas nele, temporariamente, por uma estranha ideia que lhe viera na presença de Pável Pávlovitch. Mas, agora que ele estava acordado, tudo o que ocorrera nove anos antes reaparecia em sua frente de supetão e com extraordinária clareza.

Ele amara aquela mulher, a finada Natália Vassílievna, a esposa "daquele Trussótski", e fora o amante dela, permanecendo então, a negócios (e também por causa do processo judicial referente a uma herança), em T. por um ano inteiro, se bem que o processo em si não exigisse sua presença durante um prazo tão longo assim: a verdadeira razão daquilo era seu envolvimento com ela. Tal envolvimento e o amor dele dominavam-no a ponto que ele parecia escravo de Natália Vassílievna e decerto teria ousado, sem muita demora, empreender alguma das ações mais absurdas e monstruosas, se o menor capricho daquela mulher o tivesse impelido a tanto. Nunca sentira antes, nem sentiria depois, nada semelhante. Pelo fim do ano, quando a separação já estava iminente, Veltchanínov se desesperou tanto com a chegada do momento fatal — desesperou-se, muito embora a separação fosse durar bem pouco — que propôs a Natália Vassílievna raptá-la, levá-la para longe de seu marido, abandonar tudo e ir com ela para o estrangeiro. Tão só as zombarias e a persistente firmeza daquela mulher (a qual aprovara, aliás, seu projeto de início, mas o fizera, provavelmente, por mero enfado ou para rir dele) puderam detê-lo e fazer que partisse sozinho. E daí? Nem dois meses haviam decorrido após a separação, e Veltchanínov já ruminava, em Petersburgo, uma questão que jamais se resolveria para ele: amara mesmo aquela mulher, ou fora tudo apenas uma "alucinação"? E essa questão não despontara em sua mente devido à sua leviandade nem

---

[14] Dostoiévski cita, ironicamente, o romance *La femme, le mari et l'amant* (1830), de Paul de Kock (1793-1871), em que é descrita, na opinião dele, uma típica situação familial da burguesia francesa.

sob o influxo de uma nova paixão que estaria vivendo: passara aqueles primeiros dois meses em Petersburgo numa espécie de frenesi e, posto que tivesse logo aderido à sua sociedade antiga e visto, nesse ínterim, uma centena de mulheres, nem sequer reparara em mulher alguma. De resto, sabia muito bem que, se porventura regressasse a T., voltaria imediatamente a ser dominado pelo sufocante encanto daquela mulher, e isso a despeito de todas as questões que haviam surgido. Até cinco anos depois, ele continuava tendo a mesma convicção. Só que, cinco anos depois, já confessava isso, para si próprio, com indignação e mesmo se lembrava "daquela mulher" com ódio. Tinha vergonha daquele ano passado em T.; nem conseguia entender como uma paixão tão "boba" assim podia ter sido possível para ele, Veltchanínov! Todas as lembranças daquela paixão deixavam-no envergonhado; ele enrubescia, estava para chorar e sofria de remorsos. É verdade que, mais alguns anos depois, chegou a acalmar-se um pouco, tratando de esquecer aquilo tudo e quase conseguindo esquecê-lo. E eis que de chofre, ao cabo de nove anos, tudo aquilo ressuscitava em sua frente, de modo tão súbito e estranho, com a notícia da morte de Natália Vassílievna que ele recebera na véspera.

    Agora que estava sentado em sua cama, e que as ideias confusas se acoplavam, caóticas, em sua cabeça, ele sentia e compreendia distintamente uma só coisa: apesar de toda a "impressão aterradora" que tivera na véspera com essa notícia, estava por demais tranquilo em relação à morte de sua amante. "Será que não sentirei nem sequer pena dela?" — perguntava a si mesmo. Aliás, não sentia mais ódio por ela e podia julgá-la agora com mais imparcialidade e justiça. Em sua opinião, a qual se formara havia muito tempo, naqueles nove anos de separação, Natália Vassílievna integrava a categoria das mais ordinárias damas provincianas, pertencentes à "boa" sociedade provinciana, e... "quem sabe se não era assim mesmo, e se não fui só eu quem a transformou, sozinho, numa fantasia dessas?" De resto, ele sempre suspeitara que tal opinião pudesse ser igualmente errônea; sentia isso agora também. E os fatos estavam contradizendo: aquele Bagaútov tivera, por sua vez, um caso com ela, durante alguns anos, e parecia ter sucumbido "a todo aquele encanto" por sua vez. Bagaútov era, de fato, um jovem do melhor meio petersburguense e, sendo "um homem inutilíssimo" (conforme o rotulava Veltchanínov), só podia, por consequência, seguir a sua carreira em Petersburgo. Mas eis que fizera pouco caso de Petersburgo, ou seja, da sua maior vantagem, e acabara perdendo cinco anos, lá em T., unicamente por causa daquela mulher! E retornara afinal para Petersburgo, quiçá, pela única razão de ter sido também jogado fora, tal e qual "um velho sapato gasto". Havia, pois, naquela mulher algo extraordinário: um dom de atrair, cativar e governar!

No entanto, pelo que parecia, ela nem tinha meios de atrair e cativar: "não era tão bonita assim ou talvez fosse simplesmente feia". Veltchanínov a conhecera já com vinte e oito anos de idade. O rosto dela, não muito bonito, podia animar-se, por vezes, de modo agradável, mas seus olhos não eram bons: havia uma firmeza demasiada em seu olhar. Era uma mulher muito magra. Sua instrução mental deixava a desejar: ela possuía certa inteligência incontestável e perspicaz, mas quase sempre se mostrava limitada. Portava-se como uma dama da alta-roda provinciana, embora tivesse, ao mesmo tempo, bastante tato; se ostentava donaire, era principalmente na elegância de seus trajes. Sua índole era resoluta e dominante; ela não aceitava coisa nenhuma pela metade: "ou tudo ou nada". Em assuntos melindrosos, revelava perseverança e determinação espantosas. Dotada de magnanimidade, quase sempre demonstrava, apesar disso, uma injustiça descomedida. Era impossível discutir com aquela fidalga: "duas vezes dois" nunca significavam nada para ela. Não se considerava nunca injusta ou culpada de qualquer coisa que fosse. Suas traições conjugais, recorrentes e inumeráveis, não lhe pesavam nem um pouco na consciência. Veltchanínov em pessoa chegara a compará-la àquela Santa Virgem dos *khlysts*[15] que acredita, no mais alto grau, ser realmente uma Santa Virgem: assim é que Natália Vassílievna acreditava, no mais alto grau, em toda e qualquer ação sua. Estava fiel a cada um dos seus amantes, porém só até que se entediasse com ele. Gostava de atormentar o amante, mas também gostava de gratificá-lo. Era daquele tipo passional, cruel e sensual. Detestava a libertinagem, condenava-a com incrível obstinação e era, ela mesma, uma libertina. Não havia fatos que pudessem levá-la, um dia, a conscientizar-se de sua própria devassidão. "Talvez não saiba mesmo daquilo" — pensava Veltchanínov a seu respeito, ainda quando estava em T. (e participava, diga-se de passagem, em sua libertinagem). "É uma daquelas mulheres"

---

[15] Alusão à seita religiosa dos *khlysts*, cujos membros praticavam ascetismo e transe místico, e titulavam suas dirigentes de Santas Virgens.

— pensava — "que parecem ter nascido para serem esposas infiéis. Tais mulheres nunca se depravam antes do casamento; a lei de sua natureza é serem sem falta casadas para se depravarem. O marido é o primeiro amante, mas só depois de trocarem alianças. Não há quem se case com mais habilidade e facilidade do que elas. A culpa de terem o primeiro amante de verdade é sempre do marido. E tudo se faz com a maior sinceridade possível: elas se sentem, até o fim, justas no mais alto grau e, com certeza, bem inocentes".

Veltchanínov não duvidava de que esse tipo de mulheres existia na realidade, mas estava, em compensação, persuadido de que existia também certo tipo de maridos correspondentes àquelas mulheres, cuja única destinação consistia em corresponderem ao referido tipo feminino. Em sua opinião, a essência de tais maridos se restringia a serem, por assim dizer, "maridos eternos" ou, melhor dito, a serem, nesta vida, apenas maridos e ninguém mais. "Um homem desses nasce e se desenvolve unicamente para se casar, transformando-se, uma vez casado, no apêndice de sua mulher, inclusive se ele tiver por acaso seu próprio caráter incontestável. O principal indício de um marido desses é certo atavio na cabeça. Ele não pode deixar de ser chifrudo, da mesma forma que o sol não pode deixar de luzir; entretanto, não só desconhece sempre essa sua condição, como nem sequer pode vir a conhecê-la, um dia, pelas leis da própria natureza". Veltchanínov estava profundamente convicto de existirem esses dois tipos de pessoas e de Pável Pávlovitch Trussótski ter sido, em T., um representante perfeito de um deles. O Pável Pávlovitch da véspera não era, bem entendido, aquele mesmo Pável Pávlovitch que Veltchanínov conhecera em T. Achou-o incrivelmente mudado, embora soubesse que não podia deixar de sofrer tais mudanças, sendo elas todas naturais em absoluto: o senhor Trussótski podia ser tudo quanto já fora antes tão somente em vida de sua mulher, mas agora não passava de uma parte da totalidade, que de repente ficara solta, ou seja, algo pasmoso que não se assemelhava a nada.

E no que dizia respeito àquele Pável Pávlovitch de T., Veltchanínov memorizara então e rememorava agora o seguinte: "Sem dúvida, Pável Pávlovitch era, lá em T., apenas um marido" e nada além disso. Se, por exemplo, era ainda um servidor público, isso ocorria unicamente porque até mesmo seu serviço se transformava para ele, digamos, num dos deveres conjugais: ele servia para sua esposa e para assegurar a posição dela na alta-roda de T., se bem que fosse, ele próprio, um servidor assaz diligente. Na época, tinha trinta e cinco anos e possuía um cabedal, e nem tão pequeno assim. Quanto ao seu serviço, não demonstrava nem aptidão especial nem tampouco inépcia. Relacionava-se com tudo o que houvesse de superior naquela província, e suas relações passavam por ser boníssimas. Natália Vassílievna via-se respeitada por todos em T.; de resto, não se importava tanto com isso, aceitando-o como algo que lhe cabia por direito, porém sabia receber visitas em sua casa com todo o requinte, sendo Pável Pávlovitch tão adestrado por ela que conseguia patentear maneiras enobrecidas até na presença das mais altas autoridades locais. Talvez tivesse, além do mais (era o que Veltchanínov achava), certa inteligência, mas, como Natália Vassílievna não gostava muito que seu esposo falasse em excesso, aquela inteligência dele quase não dava na vista. Talvez tivesse várias qualidades inatas, tão boas quanto ruins; todavia, suas boas qualidades estavam como que presas numa redoma, e seus impulsos ruins, abafados praticamente em definitivo. Veltchanínov lembrava, por exemplo, que o senhor Trussótski tinha, de vez em quando, a pretensão de escarnecer seu próximo, mas isso lhe era estritamente proibido. Também gostava, por vezes, de contar alguma coisa, mas isso também era monitorado, permitindo-se apenas contar algo que fosse o mais breve e insignificante possível. Ele tendia a reunir-se com seus companheiros fora de casa e até mesmo a tomar um drinque com algum desses companheiros, mas essa última tendência acabou sendo desarraigada. E, um detalhe importante: ao vê-lo do lado de fora, ninguém teria dito que aquele marido estava sob o sapato,[16] ainda mais que Natália Vassílievna parecia ser uma esposa perfeitamente dócil e talvez estivesse persuadida, por sua parte, de sê-la. Podia até ser que Pável Pávlovitch amasse apaixonadamente Natália Vassílievna, só que ninguém podia reparar nisso, e provavelmente isso nem teria sido possível em razão de uma ordem íntima que Natália Vassílievna em pessoa havia dado. Veltchanínov perguntara diversas vezes a si próprio, enquanto morava em T.: será que aquele marido o suspeitava, pelo menos um pouco, de ter um caso com sua mulher? Diversas vezes fizera, com seriedade, essa pergunta a Natália Vassílievna, recebendo sempre a mesma resposta,

---

[16] A expressão russa "estar sob o sapato/sob o salto de alguém" (*быть под башмаком/под каблуком*) usa-se para designar um marido totalmente dominado por sua mulher.

formulada com certo aborrecimento, de que o marido não sabia coisa nenhuma nem chegaria nunca a saber qualquer coisa que fosse, e que "tudo isso não era de sua conta". E, mais um detalhe concernente a ela: nunca zombava de Pável Pávlovitch nem o achava, de forma alguma, ridículo ou ordinário, e até mesmo o teria defendido veementemente caso alguém o tivesse tratado com o mínimo desrespeito. Sem ter filhos, ela havia de se transformar, bem naturalmente, numa mulher mundana por excelência; contudo, sua própria casa também lhe era necessária. As diversões mundanas nunca a tinham dominado: quando estava em casa, gostava muito de se ocupar dos afazeres domésticos e de seus bordados. Pável Pávlovitch se lembrara, na véspera, de suas leituras caseiras em T.; lia-se realmente, à noite: Veltchanínov lia e Pável Pávlovitch também lia, deixando Veltchanínov pasmado com sua habilidade para ler em voz alta. Natália Vassílievna costumava bordar, nesse meio-tempo, e sempre os escutava lerem com uma calma imperturbável. Liam-se os romances de Dickens, algo publicado em revistas russas e, vez por outra, também algo mais "sério". Natália Vassílievna apreciava muito a erudição de Veltchanínov, mas nunca falava nela, sendo um assunto encerrado de uma vez por todas, um assunto que não se discutia mais, e, de modo geral, tratava tudo quanto fosse livresco e erudito com indiferença, como se fosse algo que não lhe dizia respeito, conquanto pudesse, quiçá, ser útil, ao contrário de Pável Pávlovitch que admirava, às vezes, a cultura alheia.

Aquela paixão de T. interrompeu-se de supetão, tendo chegado, por parte de Veltchanínov, ao paroxismo mais rematado e quase o levando à loucura. Ele foi expulso, simples e repentinamente, mas tudo se tramara de maneira que partisse absolutamente ignorante de ter sido jogado fora "com um velho sapato imprestável". É que aparecera em T., cerca de um mês e meio antes de sua partida, um jovem oficialzinho de artilharia: acabando de sair de uma escola militar, passara a frequentar a casa dos Trussótski, e eis que não havia mais lá três pessoas e, sim, quatro. Natália Vassílievna acolhia o moço com benevolência, porém o tratava como um rapazote que era. Veltchanínov não se dava conta decididamente de nada, nem se importava, aliás, com isso em dado momento, já que lhe fora participada, de chofre, a necessidade de ir embora. Um dos cem motivos daquela sua partida obrigatória e imediata, que Natália Vassílievna lhe citara, era o de ela ter, pelo jeito, engravidado; portanto, seria natural que ele sumisse, sem falta e o mais depressa possível, ao menos por uns três ou quatro meses, para ambos evitarem que, se houvesse mais tarde algumas calúnias, o marido dela ficasse desconfiado com tanta facilidade. Esse argumento era bastante forçado. Ao propor-lhe, extático, fugirem para Paris ou então para a América, Veltchanínov partiu para Petersburgo só e, "sem dúvida, por um só minutinho", ou seja, no máximo por três meses, senão, fossem quais fossem os motivos e argumentos, não teria partido em hipótese alguma. Exatamente dois meses depois, recebeu em Petersburgo uma carta em que Natália Vassílievna pedia que não voltasse nunca mais, pois ela já amava outro homem, e, quanto à sua suposta gravidez, comunicava que se enganara. Tal aviso era, de resto, desnecessário: ele se lembrara daquele oficialzinho e compreendera tudo. Assim seus amores acabaram para todo o sempre. Ouviu dizerem posteriormente, já passados alguns anos, que Bagaútov também se insinuara naquela casa e lá passara cinco anos inteiros. Explicou para si mesmo esse caso por demais longo, notadamente, com o fato de Natália Vassílievna já ter decerto envelhecido, e muito, razão pela qual se tornara mais constante em seus afetos.

Veltchanínov ficou ali, sentado em sua cama, quase uma hora inteira; recobrou-se, por fim, tocou a campainha para Mavra lhe trazer seu café, engoliu-o às pressas, vestiu-se e, às onze horas em ponto, saiu rumo à praça Pokróvskaia, procurando pelo hotel Pokróvski. Já havia formado, no tocante àquele hotel como tal, uma opinião particular, diferente da que tinha na véspera. Estava, aliás, um tanto envergonhado com o tratamento que dispensara então a Pável Pávlovitch e precisava agora resolver esse problema. Justificava toda a fantasmagoria da noite anterior, aquela das portas e trancas, com uma casualidade, com a aparência de bêbado que exibia Pável Pávlovitch e, talvez, com outras coisas ainda, mas, no fundo, não sabia muito bem por que ia agora atar novas relações com o marido antigo, visto que tudo acabara entre eles de modo tão espontâneo e natural. Havia algo que o atraía; havia uma impressão singular, e aquilo que o atraía era a consequência dessa impressão...

V. LISA

Pável Pávlovitch nem pensava em "fugir", e sabe lá Deus por que Veltchanínov lhe indagou, na véspera, acerca disso: decerto estava, ele próprio, meio transtornado. Assim que perguntou, numa lojinha de quinquilharias próxima à praça Pokróvskaia, onde se encontrava o hotel Pokróvski, indicaram-lhe esse hotel situado a dois passos dali, numa viela. E, no hotel, explicaram-lhe que o senhor Trussótski "se acomodava" agora por perto, na casinha dos fundos que dava para o pátio, nos quartos mobiliados de Maria Syssóievna. Subindo a escada de alvenaria, estreita, molhada e muito desasseada, daquela casinha dos fundos, até o primeiro andar onde ficavam aqueles quartos mobiliados, Veltchanínov ouviu de repente um choro. Parecia que chorava uma criança de sete ou oito anos; chorava com desespero, ouvindo-se mesmo seus soluços, abafados, mas, não obstante, irrompentes, além de patadas e gritos, também como que abafados, mas, não obstante, furiosos, que uma pessoa adulta soltava com um falsete enrouquecido. Aquela pessoa adulta parecia acalmar a criança, pois nem por sombras queria que ouvissem o choro dela, mas acabava fazendo mais barulho do que ela. Seus gritos eram inclementes, enquanto a criança como que clamava pelo perdão. Enveredando por um corredorzinho, com duas portas de cada lado, Veltchanínov se deparou com uma mulheraça bem gorda e alta, desgrenhada como quem estivesse em casa, e perguntou-lhe onde estava Pável Pávlovitch. Ela apontou para a porta detrás da qual se ouvia o choro. O semblante gordo e rubro daquela mulher quarentona denotava certa indignação.

— Olha só, que brinquedo para ele! — disse em voz grossa, ainda que baixa, e foi descendo a escada.

Veltchanínov já queria bater à porta de Pável Pávlovitch, porém mudou de ideia e abriu-a de par em par. No meio de um pequeno quarto equipado, grosseira, mas copiosamente, de toscos móveis pintados, estava plantado Pável Pávlovitch, vestido apenas pela metade, sem paletó nem colete, de rosto vermelho e irritado, que acalmava, com gritos, gestos e, quem sabe (assim é que parecera a Veltchanínov), até mesmo com pontapés, uma menina em torno de oito anos, cujo vestido de lã, curtinho e negro, era pobre, mas aparentava ser nobre. A menina parecia tomada de uma verdadeira histeria, soluçando espasmodicamente e estendendo as mãos para Pável Pávlovitch como se buscasse abraçá-lo, agarrar-se a ele, dirigir-lhe, suplicante, algum pedido. Tudo mudou num instante: ao ver a visita, aquela menina deu um grito e esgueirou-se para o cubículo adjacente, e Pável Pávlovitch, por um instante atônito, logo se desfez todo num sorriso, exatamente como na véspera, lá na escadaria, quando Veltchanínov abrira de supetão sua porta na frente dele.

— Alexei Ivânovitch! — exclamou, decididamente surpreso. — De modo algum poderia esperar... mas por aqui, venha por aqui! Sente-se cá, no sofá, ou ali, na poltrona, e eu... — E ele foi correndo vestir seu paletó, esquecendo-se do colete.

— Nada de cerimônias, fique como está... — Veltchanínov se sentou numa cadeira.

— Não, permita-me uma cerimoniazinha: eis que estou mais decente agora. Por que é que se sentou bem no canto? Venha cá, sente-se na poltrona, pertinho da mesa... Não esperava, pois, não esperava!

Ele também se sentou na borda de uma cadeira de vime, só que não a colocara ao lado de sua visita "inesperada", mas de viés, a fim de ficar defronte a Veltchanínov.

— Não esperava por quê? Não marquei ontem esta hora exata para visitá-lo?

— Pensava que o senhor não viesse e, quando refleti, acordando, em tudo o que se passara, perdi toda a esperança de vê-lo... perdi, quer dizer, para sempre.

Nesse ínterim, Veltchanínov olhava ao seu redor. O quarto estava desarrumado: a cama desfeita, as roupas largadas por toda parte, umas xícaras com restos de café em cima da mesa, bem como migalhas de pão e uma garrafa de champanhe, meio esvaziada, sem rolha e com um copo ao lado. Mirou de esguelha o quarto vizinho, mas lá estava tudo silencioso: a menina se escondera e não se movia mais.

— Será que bebe isso agora? — Veltchanínov apontou para o champanhe.

— São sobras... — respondeu Pável Pávlovitch, confuso.

— Mas como o senhor mudou!

— Criei, de repente, maus hábitos. Foi então mesmo que aconteceu, não estou mentindo! Não consigo segurar-me. Mas não se preocupe, Alexei Ivânovitch: agora não estou bêbado e não vou dizer besteiras, como fiz ontem em sua casa... E digo-lhe francamente: foi então que tudo aconteceu! Se alguém me tivesse dito, apenas meio ano atrás, que ficaria de vez tão abalado como estou agora, se alguém me mostrasse esta minha cara no espelho, eu não teria acreditado!

— Pois então, estava bêbado ontem?

— Estava — confessou Pável Pávlovitch a meia-voz, abaixando os olhos com embaraço — e, veja se me entende, não acabava de beber, mas tinha bebido antes. Quero explicar isto porque fico pior mais tarde: já não estou tão ébrio assim, porém a crueldade, digamos, e a insensatez permanecem comigo, e minha desgraça se torna mais sensível ainda. E bebo, talvez, para sentir esta minha desgraça. Então posso aprontar umas, por mera tolice, e faço questão de magoar as pessoas. Decerto me apresentei bem estranhamente para o senhor ontem?

— Será que não se lembra mais?

— Como não me lembraria? Lembro-me de tudo...

— Veja bem, Pável Pávlovitch: eu cá pensei justamente o mesmo e foi dessa forma que expliquei tudo para mim — disse Veltchanínov, num tom conciliador. — Além disso, eu também o tratei ontem com certa irritação e... impaciência demasiada, o que reconheço com todo o gosto. Às vezes, não me sinto muito bem, e sua inesperada visita noturna...

— Noturna, sim, noturna! — Pável Pávlovitch passou a abanar a cabeça, como se estivesse pasmado e condenasse a si próprio. — E o que foi que me impeliu? Não teria entrado em sua casa, de jeito nenhum, se o senhor mesmo não tivesse aberto a porta; teria ido embora daquele seu patamar. Já fui vê-lo, Alexei Ivânovitch, há uma semana, só que não o encontrei em casa, e depois nem teria voltado, quem sabe, nunca mais... Ainda assim, Alexei Ivânovitch, eu também sou um pouco orgulhoso, se bem que me dê conta... deste meu estado presente. Já cruzei com o senhor na rua também, mas pensei: e se ele não me reconhecer, se me virar as costas, pois nove anos não são uma brincadeira lá... e não ousei abordá-lo. E ontem vinha cambaleando do Lado Petersburguense e acabei esquecendo que horas eram. É tudo por causa disso (ele apontou para a garrafa) e do meu sentimento. Tolice, muita tolice! E, não fosse uma pessoa como o senhor — já que veio aqui, para me visitar, apesar daquilo que se dera ontem conosco, tão só por relembrar o passado —, teria perdido toda e qualquer esperança de renovarmos nossa amizade.

Veltchanínov escutava com atenção. Tinha a impressão de que aquele homem falava sinceramente e até mesmo com certa dignidade; todavia, não acreditava em nada desde o momento em que entrara em seu quarto.

— Diga, Pável Pávlovitch: não está, pois, aí sozinho? Quem é aquela menina que acabei de encontrar com o senhor?

Pável Pávlovitch até ficou surpreso, erguendo as sobrancelhas, mas olhou para Veltchanínov de modo sereno e agradável.

— Como assim, aquela menina? Mas é Lisa! — respondeu, com um afável sorriso.

— Que Lisa é essa? — murmurou Veltchanínov, parecendo-lhe que algo estremecera de chofre em seu íntimo.

Sua impressão foi repentina demais. Quando entrara, havia pouco, e vira Lisa, ele se surpreendera um pouco, mas não tivera, decididamente, nenhum palpite, nenhuma ideia especial.

— Mas é nossa Lisa, nossa filha Lisa! — Pável Pávlovitch continuava sorrindo.

— Como assim, sua filha? Será que o senhor teve filhos com Natália... com a finada Natália Vassílievna? — perguntou Veltchanínov, com uma voz por demais baixa em que se ouviam desconfiança e timidez.

— Mas o que é isso? Ah, meu Deus, mas realmente... quem é que poderia ter contado para o senhor? O que tenho, hein? Foi já depois de sua partida que Deus nos abençoou!

Tomado de certa emoção, a qual também chegava, de resto, a ser agradável, Pável Pávlovitch até se soergueu em sua cadeira.

— Não ouvi falarem de nada — disse Veltchanínov e... ficou pálido.

— Realmente, realmente: quem poderia ter contado para o senhor? — repetiu Pável Pávlovitch, e sua voz estava suavemente enternecida. — É que já perdemos a esperança, eu e minha finada — o senhor mesmo se lembra disso —, e eis que Deus nos abençoa de repente, e o que se deu então comigo... só Ele é que sabe como fiquei! Parece que foi exatamente um ano depois de sua partida... mas não, não foi um ano depois, longe disso... espere: o senhor partiu então, se minha memória não falha, em outubro ou até mesmo em novembro?

— Saí de T. em princípios de setembro, no dia doze de setembro; lembro-me bem disso...

— Será que foi em setembro? Hum... o que estou dizendo? — Pável Pávlovitch ficou atarantado. — Pois se for assim, espere aí: o senhor havia partido no dia doze de setembro, e Lisa nasceu no dia oito de maio, quer dizer, setembro — outubro — novembro — dezembro — janeiro — fevereiro — março — abril... oito meses e pouco depois, é isso! E se o senhor soubesse apenas como minha finada...

— Então me mostre... então chame por ela...— balbuciou Veltchanínov, com uma voz amiúde entrecortada.

— Sem falta! — Azafamado, Pável Pávlovitch interrompeu logo o que queria dizer, como se fosse algo completamente dispensável. — Agora vou apresentá-la, agora! — E, apressado, foi ao quartinho de Lisa.

Passaram-se, talvez, três ou quatro minutos, cochichando-se rapidamente naquele quartinho e soando bem baixo os sons da voz de Lisa ("Está pedindo que não a tirem de lá" — pensou Veltchanínov). Por fim, ambos saíram.

— Está com vergonha — disse Pável Pávlovitch. — É assim: pudica, orgulhosa... bem como foi a finada!

Saindo do quarto, Lisa não chorava mais, porém abaixava os olhos; seu pai conduzia-a pela mão. Era uma menina altinha, magrinha e bem bonitinha. Ergueu depressa seus grandes olhos azuis, fitou o recém-chegado com curiosidade, embora sombriamente, e logo tornou a abaixar os olhos. Havia, em seu olhar, aquela imponência infantil com que as crianças, ficando a sós com uma pessoa estranha, recolhem-se num canto e lançam dali miradas sérias e desconfiadas para quem veio à sua casa pela primeira vez; havia também, ao que parecera a Veltchanínov, outro pensamento que já não tinha, quiçá, nada de infantil. O pai fez que a menina se achegasse a ele.

— Esse tiozinho conhecia tua mamãe e era antes nosso amigo. Não te acanhes, estende a mãozinha para ele.

A menina se inclinou um pouco e, tímida, estendeu-lhe a mão.

— É que Natália Vassílievna não quis ensiná-la a fazer reverências à guisa de saudação, mas apenas a inclinar-se de leve, assim à inglesa, e a estender sua mão à visita — explicou Pável Pávlovitch, examinando Veltchanínov com muita atenção.

Veltchanínov sabia que ele o examinava, mas já não fazia questão de esconder sua emoção; sentado numa cadeira, não se movia, segurando a mão de Lisa, e olhava, absorto, para a menina. Contudo, Lisa estava, por alguma razão, toda preocupada e, deixando a sua mão na do recém-chegado, não desviava os olhos de seu pai. Atentava, intimidada, em tudo quanto ele dissesse. Veltchanínov logo reconhecera aqueles grandes olhos azuis, porém o que mais o arrebatara tinham sido a espantosa, incomumente terna, brancura de seu rosto e a cor de seus cabelos, sendo esses indícios por demais significativos para ele. A forma do rosto e a comissura dos lábios lembravam-lhe nitidamente, pelo contrário, Natália Vassílievna. Enquanto isso, Pável Pávlovitch já vinha contando algo e parecia contá-lo com ardor e arroubo excepcionais, só que Veltchanínov não lhe dava a mínima atenção. Captou apenas a última frase dele:

— ... de maneira que o senhor nem sequer pode imaginar, Alexei Ivânovitch, como nos alegramos com esse presente de Deus! Ela me deu tudo com sua aparição, tanto assim que, mesmo se sumisse, por vontade divina, a minha serena felicidade, pensava que me restaria, nada obstante, Lisa. Disso é que tinha, pelo menos, toda a certeza!

— E Natália Vassílievna? — perguntou Veltchanínov.

— Natália Vassílievna? — Pável Pávlovitch fez uma careta. — Pois o senhor a conheceu e deve lembrar que ela não gostava de falar muito, mas, ainda assim, quando se despedia da filha no leito de morte... foi então que tudo se expressou! E eis que acabo de lhe dizer "no leito de morte"... mas, na verdade, apenas um dia antes de falecer, ela ficou de repente alvoroçada, zangada, disse que queriam matá-la com aqueles remédios, que só tinha uma febrezinha à toa, que nossos dois doutores não entendiam de nada e que, tão logo voltasse Koch (lembra-se de nosso médico-mor, daquele velhinho?), ela se levantaria da cama em duas semanas! E, mais ainda, só cinco horas antes de se ir, lembrou que devia visitar sem falta, em sua fazenda, uma tia dela, que é a madrinha de Lisa e que festejaria seu aniversário três semanas depois...

De súbito, Veltchanínov se levantou da cadeira, ainda sem largar a mãozinha de Lisa. Parecia-lhe, entre outras coisas, que naquele olhar cálido, que a menina fixava em seu pai, havia algum reproche.

— Ela não está doente? — perguntou, com estranha precipitação.

— Acho que não, mas... nossas circunstâncias se juntaram aqui de um jeito que... — disse Pável Pávlovitch, entristecido e preocupado. — É uma criança estranha e, mesmo sem tudo aquilo, nervosa; ficou doente, por duas semanas, após a morte da mãe, teve histeria. Quanto choro é que houve aqui, quando o senhor estava entrando — ouves bem, Lisa, ouves? — e por que motivo? Tudo porque vou embora e a deixo sozinha, quer dizer, porque não a amo mais tanto quanto em vida de sua mãe — é disso que ela me acusa. E uma fantasia dessas vem à cabeça de uma criança que só tem ainda de brincar com seus brinquedos. Só que ela não tem nem com quem brinque aqui.

— Mas como o senhor... será que só vocês dois moram aí?

— Moramos sós, sim; apenas uma criada vem, uma vez por dia, para nos atender.

— E, quando o senhor sai, deixa a menina sozinha assim?

— E como não a deixaria? E, quando saí ontem, até a tranquei naquele quartinho ali; por isso é que estava chorando hoje. Mas o que eu tinha a fazer, julgue o senhor mesmo: ela desceu anteontem, sem mim, ao pátio, e um garoto jogou uma pedra bem na cabeça dela. E, outras vezes, fica chorando e vai perguntar a todos, naquele pátio, onde é que eu estou, mas isso não é bom. Aliás, eu mesmo não sou melhor: saio por uma horinha e volto no dia seguinte, pela manhã, e foi isso que aconteceu ontem. Ainda bem que nossa locadora a tenha soltado, em minha ausência: até chamou um serralheiro para abrir a porta... e é tamanha vergonha que até me sinto, deveras, um ogro. E é tudo por causa de meu transtorno...

— Paizinho! — disse a menina, tímida e inquieta.

— De novo, hein? Começas de novo a mesma conversa? O que foi que eu te disse ontem?

— Não vou mais, não vou... — Amedrontada, Lisa juntou apressadamente as mãos na frente do pai.

— Não podem continuar desse modo, nessa sua situação — De improviso, Veltchanínov se pôs a falar, todo impaciente, com a voz de quem fosse investido de poder. — O senhor é... pois o senhor é um homem abastado. Como é que pode, em primeiro lugar, viver nessa casa dos fundos e com essa mobília?

— Na casa dos fundos? Mas a gente talvez vá embora, daqui a uma semana, e já gastei, digamos assim, muito dinheiro, ainda que seja abastado...

— Chega, chega — interrompeu-o Veltchanínov, cada vez mais impaciente, como se deixasse bem claro: "Não tens nada a dizer, já sei tudo quanto me dirás e com que intuito estás aí proseando!" — Escute o que lhe proponho: o senhor acaba de dizer que passará na cidade uma semana e talvez passe duas. Conheço uma casa por aqui, ou melhor, uma família que me trata, já faz vinte anos, como um parente. É a família dos Pogorêltsev. Alexandr Pávlovitch Pogorêltsev é um servidor de terceira classe; quem sabe se não poderia, inclusive, ser útil para o senhor nesses seus negócios. Eles moram agora em seu sítio. Têm um sítio próprio, riquíssimo. E Klávdia Petrovna Pogorêltseva é como se fosse minha irmã ou então minha mãe. Eles têm oito filhos. Permita-me levar Lisa, agora mesmo, para o sítio deles... Eu faria isso para não perder tempo. Eles vão acolhê-la com alegria, durante esse tempo todo, vão mimá-la como sua filha, como sua filha de sangue!

Extremamente ansioso, não escondia mais sua ansiedade.

— Só que isso, digamos, é impossível — respondeu Pável Pávlovitch, fazendo caretas e olhando, pelo que parecia a Veltchanínov, em seus olhos com astúcia.

— Por quê? Por que é impossível?

— Mas como assim: deixar a criança ir, de repente, para uma casa alheia?... Vamos supor que vá lá com um benfeitor tão sincero quanto o senhor, não é disso que estou falando, mas para uma casa desconhecida e tão aristocrática, ainda por cima, onde nem sei como vão recebê-la...

— Pois eu lhe disse que me tratavam naquela casa como um parente! — gritou Veltchanínov, quase enfurecido. — Klávdia Petrovna ficará feliz de atender ao menor pedido meu. Como se Lisa fosse minha filha... mas que diabos: o senhor mesmo sabe que só vem dando com a língua nos dentes... então por que fala da boca para fora?

Chegou mesmo a bater o pé.

— Falo porque seria, talvez, estranho demais. Porque eu também deveria ir, uma ou duas vezes ao menos, visitá-la naquela casa, senão como é que ela ficaria ali sozinha, sem pai... he-he, e numa família tão imponente assim?

— Mas é uma família simplicíssima, que não tem nada de "imponente"! — voltou a gritar Veltchanínov. — Digo-lhe que há muitas crianças naquela casa. Ela vai ressuscitar lá, é tudo para isso... E, quanto ao senhor, posso apresentá-lo amanhã, se quiser. Aliás, deverá sem falta ir àquela casa, para agradecer aos anfitriões... Vamos lá todos os dias, se quiser...

— Mas é tudo assim...

— Bobagem! O principal é que o senhor mesmo sabe disso! Escute: venha à minha casa hoje à noite e... tudo bem, fique dormindo lá, e amanhã, o mais cedo possível, iremos àquele sítio para chegarmos ao meio-dia.

— Meu benfeitor! Até dormir em sua casa... — concordou de repente Pável Pávlovitch, todo enternecido. — Está fazendo o bem de verdade... E onde fica o sítio deles?

— O sítio deles fica em Lesnóie.

— Mas o que é que faríamos com as vestes dela? Está indo para uma casa tão aristocrática e, ainda por cima, para um sítio daqueles, o senhor sabe... Meu coração paterno...

— E o que têm essas vestes dela? Está de luto. Será que poderia usar outras vestes? Seu traje é o mais decente de todos os que se pode imaginar! Só se tivesse roupas de baixo mais limpas e um lencinho melhor... (Tanto o lencinho da menina quanto suas roupas de baixo, que dava para entrever, estavam realmente bem sujos).

— Agora mesmo, sem falta... precisa trocar de roupas! — Pável Pávlovitch ficou azafamado. — E, quanto às outras vestes de que ela pode necessitar, também vamos arranjá-las depressa: é Maria Syssóievna quem as lava agora.

— E seria bom que mandasse chamar uma caleça[17] — interrompeu-o Veltchanínov —, e mais rápido, se possível.

Entretanto, surgiu um obstáculo: Lisa se opôs resolutamente àqueles planos; intimidada como estava, prestara, o tempo todo, muita atenção à conversa dos adultos, e, se Veltchanínov tivesse tido, ao passo que exortava Pável Pávlovitch, um minutinho para fixar seu olhar nela, teria visto, sobre o seu rostinho, uma expressão totalmente desesperada.

— Eu não vou — disse, com uma voz baixa, mas firme.

— Puxou toda à mamãe, está vendo?

— Não puxei à mamãe, não puxei! — exclamava Lisa, torcendo com desespero seus bracinhos e como que procurando rebater o terrível reproche de ter puxado à mãe que lhe dirigira o pai dela. — Paizinho, paizinho, se o senhor me abandonar...

Voltou-se, de súbito, contra Veltchanínov que levou um susto.

— Se o senhor me levar, eu...

Contudo, não conseguiu dizer mais nada: Pável Pávlovitch pegou-a pelo braço, quase lhe agarrou o pescoço e, com uma fúria já indisfarçável, arrastou-a para o quartinho adjacente. Lá se ouviram, por alguns minutos a mais, um cochicho e um choro abafado. Veltchanínov estava prestes a entrar no quartinho também, mas Pável Pávlovitch saiu logo de lá e declarou, com um sorriso amarelo, que a menina não demoraria a vir. Veltchanínov tentava não olhar para ele: olhava para um lado qualquer.

---

[17] Carruagem com dois assentos e quatro rodas, também denominada "caleche".

Apareceu, outrossim, Maria Syssóievna, aquela mesma mulheraça que ele tinha cruzado ao entrar, pouco antes, no corredor, e foi colocando numa pequena bolsa bem bonitinha, que pertencia a Lisa, suas roupas limpas.

— É você, senhorzinho, quem vai levar a menina? — dirigiu-se a Veltchanínov. — Será que tem uma família? Pois o que está fazendo é bom, senhorzinho: é uma criança dócil, e vai tirá-la dessa pocilga.

— Mas a senhora, Maria Syssóievna... — pôs-se a murmurar Pável Pávlovitch.

— O que tem Maria Syssóievna? Todo mundo me chama assim, e daí? Não seria uma pocilga, esse seu quarto? Seria decente uma criancinha, que já entende de tudo, ver uma porcaria dessas? E sua caleça já chegou, senhorzinho... Vai até Lesnóie, não vai?

— Vou, sim.

— Então, boa viagem!

Palidazinha, de olhos baixos, Lisa saiu do quartinho e pegou sua bolsa. Não lançou sequer uma olhada para Veltchanínov; conteve-se e não correu, como havia pouco, abraçar o pai, nem para se despedir dele: decerto não queria nem vê-lo. O pai lhe beijou convenientemente a cabecinha e alisou seus cabelos; se bem que nesse momento seu labiozinho se entortasse e seu queixo passasse a tremer, a menina se manteve cabisbaixa. Pável Pávlovitch estava pálido, e suas mãos tremiam: por mais que se esforçasse para desviar o olhar, Veltchanínov se apercebeu disso com plena clareza. Queria uma só coisa: ir embora o mais depressa possível. "E depois, o que há, qual é minha culpa?" — pensava. — "Havia de ser assim". Eles desceram a escada, Maria Syssóievna beijou várias vezes Lisa, e, só quando já estava dentro da caleça, a menina reergueu os olhos, fitou seu pai e, de repente, agitou os braços e deu um grito. Mais um instante, e saltaria fora da caleça e correria ao encontro dele, porém os cavalos já iam trotando.

VI. A NOVA FANTASIA DO HOMEM DESOCUPADO

— A senhorita não está passando mal, está? — Veltchanínov ficou assustado. — Mandarei parar a caleça, mandarei que lhe tragam água...

Erguendo os olhos, a menina encarou-o com uma reprovação calorosa.

— Aonde é que me leva? — Sua pergunta foi brusca e entrecortada.
— É uma família maravilhosa, Lisa. Agora estão num belo sítio, há muitas crianças ali; eles todos vão amá-la, eles são bons... Não se zangue comigo, Lisa: desejo o seu bem...

Qualquer um dos seus conhecidos haveria de achá-lo estranho naquele momento, caso qualquer um deles pudesse vê-lo.

— Como são... como são... como são... uh, como vocês são maus! — disse Lisa, sufocando-se com os prantos que reprimia e fixando nele seus lindos olhos a faiscarem de raiva.

— Lisa, eu...

— São maus, maus, maus! — Ela torcia os braços, e Veltchanínov ficou totalmente perdido.

— Lisa, minha querida, se você soubesse quanto desespero me causa!

— É verdade que ele virá amanhã? É verdade? — questionou ela, imperiosa.

— É verdade, sim! Eu mesmo vou trazê-lo. Vou buscá-lo e depois o trarei ali.

— Ele enganará — sussurrou Lisa, abaixando outra vez os olhos.

— Será que não a ama, Lisa?

— Não me ama, não.

— Ele a magoou, é isso?

Lisa olhou sombriamente para ele, mas não disse nada. Então lhe virou as costas e quedou-se, teimosa, de olhos baixos. Veltchanínov começou a exortá-la: falava-lhe com ardor, estava, ele próprio, febril. Lisa o escutava — desconfiada, até hostil, mas escutava. Ele se alegrou sobremodo com sua atenção, passando mesmo a explicar-lhe o que era um homem que bebia. Dizia que gostava dela e que ficaria de olho em seu pai. Afinal, Lisa reergueu os olhos e fixou nele um olhar atento. Ao perceber que a menina se empolgava com suas falas, Veltchanínov se pôs a contar que conhecera ainda a mamãe dela. Pouco a pouco, Lisa foi respondendo às suas perguntas, se bem que teimasse em dar-lhe respostas cautelosas e monossilábicas. No entanto, não respondeu nada às perguntas mais importantes: calava-se, obstinada, no tocante a tudo o que concernisse às suas relações com o pai. Enquanto falava com a menina, Veltchanínov pegara, como havia pouco, a mãozinha dela e não a soltava mais; de resto, nem ela mesma lhe retirava a mão. E não se calava tanto assim: dera a entender, com suas respostas vagas, que antes gostava do pai mais que de sua mamãe, porque ele sempre gostara dela mais e sua mamãe gostara dela menos, só que, quando sua mamãe estava para morrer, beijava-a muito e chorava, tendo todos já saído do quarto e ficando elas duas a sós... e agora ela a amava mais que a todos, mais que a todos no mundo, e lembrava-se da mamãe, com tanto amor, todas as noites. A menina era, porém, realmente orgulhosa: dando-se conta de que falara demais, retraiu-se de novo e ficou caladinha; até mesmo olhou para Veltchanínov com ódio, por tê-la feito falar demais. Pelo fim do caminho, seu estado histérico quase se esvaiu, mas ela ficara bem pensativa e mirava tudo como uma criatura selvagem, sombria e cheia de pertinácia lúgubre e premeditada. E, quanto a ser levada agora para uma casa desconhecida, aonde nunca fora antes, parecia não se importar muito, ao menos por ora, com isso. Veltchanínov percebia que a menina se incomodava com outra coisa: adivinhava que se sentia envergonhada em sua presença e que se envergonhava, notadamente, porque o pai a deixara, tão facilmente assim, ir embora com aquele homem estranho, como se lhe entregasse sua filha de mão em mão.

"Ela está doente" — refletia Veltchanínov —, "talvez muito doente; foi torturada... Oh, aquele vilão bêbado! Agora o compreendo!" Estava apressando o cocheiro; pensava, com esperança, no sítio, no ar fresco, no jardim, nas crianças, naquela vida nova que a menina ainda desconhecia, e lá, depois... E já não tinha a mínima dúvida acerca daquilo que viria depois: depositava esperanças plenas e claras em seu futuro. Sabia perfeitamente de uma só coisa: ainda nunca experimentara o que estava sentindo agora e continuaria a senti-lo ao longo de toda a sua vida! "Este é meu objetivo, esta é minha vida!" — pensava, extasiado.

Muitos pensamentos surgiam agora em sua mente, mas ele não se detinha nesses pensamentos e evitava teimosamente quaisquer pormenores: tudo se esclarecia, na ausência dos pormenores, tudo se tornava indestrutível. Seu essencial projeto formara-se de modo bem natural: "Poderemos influenciar aquele canalha" — sonhava Veltchanínov — "juntando as nossas forças, e ele deixará Lisa em Petersburgo, na casa dos Pogorêltsev, nem que seja por um tempinho, logo de início, e irá embora sozinho. E Lisa ficará comigo, e ponto-final: será que eu precisaria de outras coisas? E... e, sem dúvida, ele mesmo quer isso; senão, por que é que a torturaria?" Enfim eles chegaram. O sítio dos Pogorêltsev era, de fato, um lugarzinho encantador, e quem os recebeu, antes de todos os moradores, foi um ruidoso grupinho de crianças que apareceu a correr no terraço de entrada. Fazia já muito tempo que Veltchanínov não vinha ali, e a alegria daquelas crianças estava infrene por gostarem dele. As crescidinhas gritaram-lhe logo, antes mesmo que descesse da caleça:

— E como vai seu processo... e seu processo, como vai?

As menorzinhas também se juntaram àquele coro e, rindo, pipilavam imitando as mais velhas. Importunavam-no, naquela casa, com seu processo. Contudo, ao avistarem Lisa, as crianças logo a rodearam e passaram a examiná-la com toda a silenciosa e concentrada curiosidade infantil. Klávdia Petrovna saiu da casa, seguida pelo seu marido. Ambos também começaram, desde a primeira palavra dita e às risadas, por indagar-lhe sobre o tal processo.

Klávdia Petrovna era a dama de uns trinta e sete anos de idade, uma morena rechonchudinha e ainda bonita, cujo semblante estava fresco e corado. Seu marido tinha uns cinquenta e cinco anos, sendo um homem inteligente e astucioso, mas, antes de tudo, um bonachão. A casa deles era, em plena acepção da palavra, "um cantinho familiar" para Veltchanínov, conforme ele próprio se expressava. Mas havia nisso também uma circunstância peculiar: essa Klávdia Petrovna quase se casara, uns vinte anos antes, com Veltchanínov que era, na época, um estudante e não passava de um garotinho. Aquele primeiro amor fora ardente, engraçado e belo. Todavia, no fim das contas, ela se casara com Pogorêltsev. Uns cinco anos depois, eles se encontraram de novo, e tudo redundou numa amizade serena e sossegada. Restara para sempre, em suas relações, um afeto mútuo, como se uma luz singular as iluminasse. Estava tudo puro, imaculado, naquelas lembranças de Veltchanínov, e quem sabe se não as prezava ainda mais pela única razão de só elas serem irrepreocháveis. Lá, junto àquela família, ele era simples, ingênuo e bondoso, cuidava das crianças, nunca se fazia de rogado, reconhecia e confessava todos os erros. Jurara, diversas vezes, aos Pogorêltsev que viveria mais um pouquinho só e depois se mudaria para a casa deles, e que acabariam todos morando juntos, sem se separarem dali em diante. No íntimo, cogitava essa sua intenção com plena seriedade.

Contou-lhes, assaz detalhadamente, de tudo quanto precisariam saber a respeito de Lisa; aliás, nenhuma explicação especial era necessária: bastaria apenas um pedido seu. Klávdia Petrovna beijou a "orfãzinha" e prometeu fazer tudo o que pudesse por ela. As crianças vieram buscar Lisa e levaram-na ao jardim para brincarem. Após meia hora de conversa animada, Veltchanínov se levantou para se despedir. Estava tão impaciente que todos repararam nisso. Todos se pasmaram: não vinha havia três semanas e agora se despedia ao cabo de meia horinha. Ele jurava, rindo, que voltaria no dia seguinte. Disseram-lhe então que estava inquieto em demasia; repentinamente, ele pegou nas mãos de Klávdia Petrovna e, pretextando ter esquecido dizer-lhe algo bem importante, conduziu-a para outro cômodo.

— Você se lembra do que lhe contei — só a você, sem que seu marido soubesse — sobre aquele ano de minha vida que passei em T.?

— Até demais, pois falou várias vezes daquilo.

— Não falei, mas confessei e confessei tudo para você, apenas para você! Nunca lhe disse o sobrenome daquela mulher: era Trussótskaia, a esposa deste Trussótski. Foi ela quem morreu, e Lisa, a filha dela, é minha filha!

— Você tem certeza? Não está enganado? — perguntou Klávdia Petrovna, um tanto angustiada.

— Estou totalmente, mas totalmente certo disso! — respondeu Veltchanínov, embevecido.

E ele contou tudo: tão brevemente como podia, tão apressado e alvoroçado como estava. Klávdia Petrovna, que já sabia disso tudo antes, desconhecia o sobrenome daquela dama. Veltchanínov ficava sempre tão apavorado com a própria ideia de algum dos seus conhecidos acabar encontrando, um dia qualquer, a *Madame* Trussótskaia, e pensando que ele pudera amá-la tanto assim, que nem sequer a Klávdia Petrovna, sua única amiga, ousara revelar, até então, como se chamava "aquela mulher".

— E o pai dela não sabe de nada? — perguntou ela, ao ouvir seu relato.

— Ssim, ele sabe... É bem isso que me atormenta, pois ainda não enxerguei a história toda! — continuou Veltchanínov, enlevado. — Ele sabe, sabe mesmo: percebi isso hoje e ontem. Mas eu cá preciso descobrir o quanto, notadamente, ele sabe. É por isso que estou agora com pressa. Ele virá esta noite. Não compreendo, aliás, como ele pode saber, ou seja, saber de tudo. Quanto a Bagaútov, está a par de tudo, sim: nenhuma dúvida disso. Mas quanto a mim? Você sabe como as mulheres podem, num caso desses, persuadir seus maridos! Nem que um anjo descesse dos céus, o marido não acreditaria nele e, sim, em sua mulher! Não fique abanando a cabeça, não me condene: eu mesmo me condeno e já me condenei, em todos os pontos, há muito, muito tempo!... Ontem eu estava tão convencido de que ele sabia de tudo que acabei por me comprometer em sua frente, está vendo? Ando tão envergonhado e atormentado que ontem o recebi sem a mínima cortesia, será que acredita em mim? (Depois lhe contarei tudo com mais detalhes ainda!) E, se ele veio ontem à minha casa, foi por causa de seu irresistível desejo maldoso de me dar a entender que sabia daquela ofensa e conhecia o ofensor! Este é todo o motivo de sua tola visita naquele estado de embriaguez. Mas é tão natural da parte dele! Veio com o propósito de me censurar! E eu cá me comportei, em geral, com muito ardor hoje e ontem! Estive imprudente, aparvalhado! Assim me delatei para ele. Por que é que se insinuou num momento de tanta angústia? Digo-lhe, pois, que até mesmo judiava de Lisa, judiava de uma criança e decerto fazia isso também para censurar, para descarregar sua fúria, pelo menos, numa criança! Sim, ele está furioso: por mais pífio que seja, está furioso, e muito. É claro que não passa de um palhaço, embora antes, juro por Deus, aparentasse ser, na medida do possível, uma pessoa decente, mas é tão natural que tenha caído na vagabundagem! Aí, minha amiga, precisa-se de uma visão cristã! E sabe, minha querida, minha boazinha: eu quero tratá-lo agora de uma maneira bem diferente, quero amimá-lo. Será até mesmo uma "boa ação" por minha parte. É que, afinal de contas, eu tenho culpa para com ele! Escute, pois, que lhe direi outra coisa ainda: certa vez, estava precisando, lá em T., de quatro mil rublos, e ele me entregou aquele dinheiro num instante, sem nenhum recibo, com sincera alegria por poder agradar-me, e eu peguei o dinheiro todo, peguei-o então das mãos dele... eu lhe peguei o dinheiro, peguei como se fosse um amigo meu, está ouvindo?

— Mas tome cuidado — respondeu àquilo tudo Klávdia Petrovna, toda preocupada. — E como está arrebatado: juro que chego a temer por você! É claro que Lisa é agora minha filha também, mas quanta coisa, quanta coisa ainda por resolver, é que há nisso! E, o principal, aja com maior sensatez; precisa, sem falta, agir com maior sensatez quando está feliz ou exaltado assim... Está por demais magnânimo, quando está feliz — acrescentou, sorridente.

Toda a família veio para se despedir de Veltchanínov; as crianças trouxeram Lisa, com quem estavam brincando no jardim. Pareciam mirá-la agora com um espanto maior ainda do que havia pouco. Lisa se retraiu completamente, quando Veltchanínov a beijou na frente de todos e repetiu, despedindo-se dela, sua promessa acalorada de voltar, no dia seguinte, com seu pai. Até o último minuto, ela permaneceu calada, sem olhar para ele, mas, de repente, pegou-o pela manga e puxou-o, atrás de si, para um lado, fixando nele um olhar suplicante: queria dizer-lhe algo. Veltchanínov levou-a logo para outro cômodo.

— O que há, Lisa? — perguntou, num tom meigo e animador, mas ela o arrastou, lançando tímidas olhadelas ao seu redor, para um canto mais distante ainda. Queria esconder-se de todo mundo.

— O que há, Lisa, o que tens?

Calada, ela não se atrevia a responder; imóvel, fitava-o, bem nos olhos, com aqueles seus olhos azuis, e todos os traços de seu rostinho exprimiam somente um medo insano.

— Ele... se enforcará! — sussurrou, como que delirante.

— Quem se enforcará? — perguntou Veltchanínov, assustado.

— Ele, ele! Queria enforcar-se, à noite, com um laço! — A menina falava apressada e ofegante. — Eu mesma vi! Ele queria enforcar-se, agora há pouco, com um laço, e disse isso para mim, disse! E já quis antes, sempre quis... Eu vi, à noite...

— Não pode ser! — sussurrou Veltchanínov, perplexo.

De súbito, ela acorreu para lhe beijar as mãos; estava chorando, mal conseguia respirar com os soluços, pedia-lhe, implorava-lhe, mas ele não podia entender nada a escutar seu balbucio histérico. E depois ficaria, para sempre, em sua memória, passaria a surgir em sua frente, quer estivesse acordado quer dormisse, aquele olhar exausto da criança extenuada que o mirava, louca de medo, com sua última esperança.

"Será, será mesmo que o ama tanto assim?"— pensava ele, enciumado e cheio de inveja, ao passo que regressava, com impaciência febril, à cidade. — "Pois ela disse agorinha que mais amava sua mãe... talvez não o ame, de fato, mas o deteste!... E o que quer dizer 'se enforcará'? O que foi que ela disse? Aquele imbecil se enforcará?... Preciso saber, preciso saber sem falta! Tenho que resolver tudo o mais depressa possível, resolver em definitivo!"

VII. O MARIDO E O AMANTE BEIJAM-SE

Veltchanínov ansiava muito por "saber". "Fiquei agorinha atordoado; não tive, agorinha, tempo para refletir" — pensava, rememorando seu primeiro encontro com Lisa —, "porém está na hora de saber". Para vir a sabê-lo o mais depressa possível, mandou ansioso que o levassem diretamente ao hotel de Trussótski, mas logo mudou de ideia: "Não, seria melhor que ele mesmo viesse à minha casa; enquanto isso, vou acabar rapidinho com esses malditos negócios".

Atacou seus negócios, febricitante como estava, mas dessa vez reparou, ele próprio, em sua demasiada distração e percebeu que nesse dia não poderia resolver questão alguma. Às cinco horas, indo já almoçar, teve de chofre, pela primeira vez, uma ideia ridícula: talvez não fizesse mesmo outra coisa senão impedir o processo de avançar, intrometendo-se pessoalmente em seu fluxo, azafamando-se e correndo de repartição em repartição, tentando apanhar seu advogado que passara a esconder-se dele. Ficou rindo, alegre, com essa sua suposição. "Mas, se tal ideia tivesse vindo à minha cabeça ontem, eu teria ficado muito triste" — acrescentou, mais alegre ainda. Apesar dessa alegria toda, sentia-se cada vez mais distraído e ansioso; por fim, quedou-se meditativo e, se bem que sua reflexão buliçosa se prendesse a vários assuntos, não conseguia, de modo geral, chegar a nenhuma daquelas conclusões que lhe eram necessárias. "Preciso dele, daquele homem ali!" — decidiu finalmente. — "Preciso desvendá-lo para depois achar uma solução. Então haverá um duelo!"

Voltando para casa às sete horas, não encontrou Pável Pávlovitch e ficou, portanto, estupefato, em seguida furioso, depois abatido e, afinal, assustado. "Só Deus sabe, só Deus sabe como isso vai terminar!" — repetia, ora andando pelo seu quarto, ora se estendendo sobre o sofá, e olhando o tempo todo para o relógio. Enfim, já por volta das nove horas, Pável Pávlovitch compareceu. "Se aquele sujeito estivesse tramando algo contra mim, não me apanharia num momento melhor do que este, tanto é que estou perturbado agora" — pensou Veltchanínov, animando-se de repente e alegrando-se em demasia.

À sua pergunta desenvolta e jovial — por que demorara a vir? — Pável Pávlovitch respondeu com um torto sorriso, sentando-se, ao contrário da véspera, com todo o desembaraço e jogando, de certo modo negligente, seu chapéu encimado com crepe sobre uma cadeira vizinha. Veltchanínov reparou logo nesse desembaraço e levou-o em consideração.

Tranquilamente, sem termos supérfluos nem sua recente agitação, contou, em forma de um relatório, como levara Lisa àquela casa, de que maneira carinhosa ela fora recebida ali, como isso seria salutar para ela, e pouco a pouco, parecendo ter tirado Lisa da cabeça, passou sutilmente a falar tão só na família dos Pogorêltsev, ou seja, disse que eram pessoas muito boas, que ele as conhecia havia tempos, que Pogorêltsev era um homem bondoso e até mesmo influente, e assim por diante. Pável Pávlovitch escutava-o com distração e, de vez em quando, olhava para o narrador de soslaio, com um sorrisinho a denotar suas rabugice e marotice.

— O senhor é um homem passional — murmurou, sorrindo de uma maneira particularmente ruim.

— Pois o senhor está algo maldoso hoje — notou Veltchanínov, aborrecido.

— E por que não estaria maldoso, igual a todos os outros? — retorquiu de improviso Pável Pávlovitch, como quem surgisse detrás de uma moita; até parecia ter esperado apenas por essa ocasião para retorquir.

— É seu pleno direito — Veltchanínov sorriu —, mas eu cá pensava se não lhe acontecera alguma coisa.

— E acontecera, sim! — exclamou o outro, como quem se gabasse do acontecido.

— O que foi, então?

Antes de responder, Pável Pávlovitch fez uma curta pausa:

— É que nosso Stepan Mikháilovitch não para de malinar... Bagaútov, um jovem refinadíssimo de Petersburgo e da mais alta sociedade...

— Será que não o recebeu outra vez, é isso?

— Ssim, foi justamente desta vez que me receberam, que me deixaram entrar pela primeira vez, e contemplei, pois, as feições dele... só que depois de morto!...

— O quê-ê-ê? Bagaútov morreu? — Veltchanínov ficou assombrado, embora não houvesse lá, pelo visto, nada que pudesse assombrá-lo tanto assim.

— Ele! Meu permanente amigo durante seis anos! Morreu ontem ainda, por volta do meio-dia, e eu nem sabia disso! Talvez fosse então, naquele exato momento, perguntar pela saúde dele. O saimento do féretro e o enterro serão amanhã, já está deitado ali em seu caixãozinho. O caixão está forrado com veludo da cor *massaka*,[18] tem passamanes de ouro... foi de febre nervosa que ele morreu. Deixaram-me entrar, deixaram, e contemplei as feições dele! Declarei, entrando, que era tido como seu verdadeiro amigo, por isso é que me deixaram entrar. E o que foi que ele se dignou agora a fazer de mim, aquele meu verdadeiro amigo durante seis anos? É isso que pergunto ao senhor! Quem sabe se não vim a Petersburgo unicamente por causa dele?

— Mas por que é que se zanga com ele? — Veltchanínov se pôs a rir. — Não foi de propósito que morreu!

— Mas eu falo assim, lamentando, pois foi um amigo precioso... pois era isto que significava para mim.

De súbito, Pável Pávlovitch fez um gesto absolutamente inesperado, colocando dois dedos, como se fossem os chifres, em cima de sua testa calva e dando uma risada baixinha, mas prolongada. Quedou-se sentado assim, mostrando os chifres e rindo, por cerca de meio minuto, enquanto fitava Veltchanínov, bem nos olhos, e parecia deliciar-se com o sarcasmo mais insolente possível. Veltchanínov ficou petrificado, como se tivesse visto um fantasma. Mas esse seu estupor durou apenas um instante brevíssimo; um sorriso jocoso e calmo, também a beirar uma insolência, transpareceu devagar em seus lábios.

— Mas o que significava isso aí? — perguntou, negligente, arrastando as palavras.

— Isto significava os chifres — atalhou Pável Pávlovitch, afastando enfim seus dedos da testa.

— Quer dizer... seus chifres?

— Meus próprios, honestamente aquistos! — Pável Pávlovitch tornou a exibir uma careta horripilante.

Ambos se calaram.

— Com efeito, o senhor é um homem corajoso! — replicou Veltchanínov.

— Só porque lhe mostrei os chifres? Sabe, Alexei Ivânovitch, seria melhor que o senhor me servisse alguma coisa! É que eu lhe servia

---

[18] Certa cor vermelha escura à qual Dostoiévski em pessoa se referiu várias vezes em suas obras, sem se propor, todavia, a defini-la.

quitutes, ali em T., por um ano inteiro e todo santo dia... Mande, pois, trazer uma garrafinha, que minha garganta está seca.

— Com todo o gosto: já devia ter dito. O que deseja?

— O que o senhor quiser me fará prazer. Pois vamos beber juntos, não vamos? — Pável Pávlovitch encarava-o, face a face, com desafio e, ao mesmo tempo, com uma inquietude bem esquisita.

— Quer champanhe?

— Por que não? Já que a vez da vodca não chegou ainda...

Veltchanínov se levantou sem pressa, tocou a campainha para que Mavra subisse e deu-lhe suas ordens.

— À alegria deste feliz encontro após nove anos de separação! — Pável Pávlovitch soltava risadinhas intempestivas e inúteis. — Agora o senhor, e tão só o senhor, é o único verdadeiro amigo que me resta. Foi-se Stepan Mikháilovitch Bagaútov! Como diz o poeta: "Morto Pátroclo, heroico; vivo Térsites, mordaz!"[19]

Pronunciado o nome "Térsites", cravou o dedo em seu peito.

"Por que não desembuchas logo, seu porco? Detesto as alusões..." — pensava, com seus botões, Veltchanínov. Estava fervendo de fúria e, já havia muito tempo, mal se continha.

— Diga-me o seguinte — começou a falar, desgostoso —: se vem acusando, tão abertamente assim, Stepan Mikháilovitch (agora não o chamava mais simplesmente de Bagaútov), deve alegrar-se, pelo que me parece, por seu ofensor ter morrido. Então por que está zangado?

— Mas que alegria seria essa? Por que me alegraria?

— Estou julgando pelos seus sentimentos.

— He-he, neste caso está enganado a respeito de meus sentimentos, conforme proferiu um sábio: "O inimigo morto é bom, mas o vivo é melhor ainda", hi-hi!

— Só que já viu aquele vivo, creio eu, por uns cinco anos, todos os dias, e teve bastante tempo para admirá-lo — notou Veltchanínov, maldoso e insolente.

— Mas será que... será que eu sabia então? — voltou a retorquir Pável Pávlovitch, novamente como quem surgisse detrás de uma moita,

---

[19] Cita-se *O triunfo dos vencedores* (tradução livre da homônima obra de Schiller), poema de Vassíli Jukóvski (1783-1852) em que são mencionados, além de Pátroclo e Térsites, os mais diversos participantes da lendária guerra de Troia.

parecendo todo alegre por ter ouvido, afinal, uma pergunta esperada havia tanto tempo. — Por quem é que, pois, o senhor me toma, Alexei Ivânovitch?

E fulgurou, em seu olhar, uma expressão repentina, completamente nova e inopinada, que pareceu transformar por inteiro seu rosto maldoso e, até agora, só entortado por vis esgares.

— Será mesmo que o senhor não sabia de nada? — disse Veltchanínov, perplexo, com o pasmo mais súbito.

— E será que sabia? Será que sabia, hein? Oh, essa laia de nossos Júpiteres! Para vocês aí, o homem é como um cachorro, e julgam de todo mundo pela sua própria naturezazinha! Tome, pois, tome! Engula essa!

Enraivecido, ele deu uma punhada na mesa, mas logo se assustou com sua punhada e olhou para Veltchanínov com medo. Veltchanínov aprumou-se.

— Escute, Pável Pávlovitch: não ligo, decididamente, nenhuma importância, concorde o senhor mesmo, ao fato de ter lá sabido ou não. Se não sabia, isso o honra em todo caso, embora... Aliás, nem sequer entendo por que o senhor me escolheu como seu confidente...

— Mas não falo do senhor... não se zangue, que não falo do senhor... — murmurava Pável Pávlovitch, olhando para o chão.

Mavra entrou trazendo uma garrafa de champanhe.

— Ei-lo aí! — bradou Pável Pávlovitch, obviamente entusiasmado com o desfecho. — Dois copinhos, titia, dois copinhos... Maravilha! Não lhe exigiremos mais nada, minha querida. E a garrafa já está destapada? Honra e glória para você, criatura amável! Vá embora, vá!

E, outra vez animado, tornou a encarar Veltchanínov com ousadia.

— Mas reconheça — deu, de repente, uma das suas risadinhas — que está muitíssimo curioso em saber disso tudo, em vez de "não ligar, decididamente, nenhuma importância", segundo se dignou a dizer, de sorte que até mesmo se entristeceria caso eu me levantasse agora e saísse daqui sem nada lhe ter explicado.

— Juro que não me entristeceria.

"Oh, que mentira!" — dizia o sorriso de Pável Pávlovitch.

— Bom... vamos lá! — E ele encheu os copos de vinho.

— Brindemos — proclamou, erguendo seu copo — à saúde de nosso amigo Stepan Mikháilovitch, que Deus o tenha!

Ergueu o copo e despejou-o.

— Não aceito um brinde desses — Veltchanínov colocou seu copo na mesa.

— Por quê? Um brindezinho agradável.

— Eis o que é: o senhor não estava bêbado, quando entrou aqui?

— Tinha bebido um pouco. O que há?

— Nada de especial, mas me pareceu que ontem e, sobretudo, hoje pela manhã o senhor lamentava sinceramente a finada Natália Vassílievna.

— E quem é que lhe diz que não a lamento sinceramente até agora? — Pável Pávlovitch não demorou a retorquir de novo, como se lhe puxassem outra vez a cordinha.

— Não é isso, não, mas concorde o senhor mesmo que podia enganar-se a respeito de Stepan Mikháilovitch, e esse assunto é importante.

Pável Pávlovitch sorriu, finório, e lançou uma piscadela.

— Mas como o senhor gostaria de saber de que jeito eu mesmo apanhei Stepan Mikháilovitch!

Veltchanínov enrubesceu:

— Repito-lhe que não me importo com isso.

"E se o jogasse fora, bem rapidinho e junto com a garrafa?" — pensou com furor, enrubescendo ainda mais.

— Tanto faz! — respondeu Pável Pávlovitch, como se o alentasse, e encheu novamente seu copo. — Vou explicar-lhe agora como me inteirei de "tudo" e satisfazer, desse modo, seus ardentes desejos... porquanto é um homem ardoroso, Alexei Ivânovitch, um homem terrivelmente ardoroso, he-he! Só me dê um cigarrozinho, já que, desde o mês de março...

— Tome aí seu cigarrozinho.

— Depravei-me desde o mês de março, Alexei Ivânovitch, e foi assim que tudo isso aconteceu: preste atenção. A tísica, como o senhor mesmo sabe, caríssimo amigo — ele se tornava cada vez mais desenvolto —, é uma doença esquisita. Por toda parte, os tísicos morrem quase sem suspeitarem que vão morrer amanhã. Digo-lhe que, apenas cinco horas antes de falecer, Natália Vassílievna se dispunha a ir, umas duas semanas depois, visitar sua tia que morava a umas quarenta verstas[20] de lá. Além do mais, o senhor deve conhecer aquele hábito ou, melhor dito, aquela mania inerente a muitas damas e, quem sabe, até cavalheiros, a

---

[20] Antiga medida de comprimento russa, equivalente a 1067 metros.

de guardarem consigo as velharias que tangem à sua correspondência amorosa. O mais seguro seria jogá-las ao forno, não é verdade? Mas não: cada pedacinho de papel é guardado, com todo o desvelo, em suas bolsinhas e gavetinhas, e mesmo enumerado por anos, dias e classes. Será que se consolam demais com isso? Não sei, mas as lembranças devem ser boas. Enquanto se dispunha, cinco horas antes de falecer, a ir para uma festa de sua tia, Natália Vassílievna nem imaginava, naturalmente, até a última hora que fosse morrer e esperava, o tempo todo, por Koch. Aconteceu, pois, que Natália Vassílievna faleceu, e uma caixeta de ébano, incrustada de nácar e de prata, ficou na escrivaninha dela. E era uma caixeta assim, bonitinha, com chave: herança familiar que ela recebera de sua avó. E foi, pois, naquela caixeta ali que encontrei tudo, ou seja, tudo mesmo, sem exceção alguma, classificado, dia após dia, durante todos aqueles vinte anos. E, como Stepan Mikháilovitch tinha uma inclinação acentuada para a literatura e até enviara uma novela passional para uma revista, encontrei naquela caixeta quase uma centena de suas obras, acumuladas, aliás, havia cinco anos. E algumas daquelas obras tinham até mesmo notas que Natália Vassílievna fizera com sua própria mão. Seria isso agradável para um esposo, como o senhor acha?

Veltchanínov pensou rápido e lembrou que jamais escrevera uma só carta, nem um só bilhete, para Natália Vassílievna pessoalmente. Vindo a Petersburgo, escrevera duas cartas, mas endereçadas ao casal, como havia sido combinado. E, quanto à última mensagem de Natália Vassílievna, com a qual ela o despedia, nem sequer respondera àquela carta.

Ao terminar a sua narração, Pável Pávlovitch ficou calado por um minuto inteiro, sorrindo com impertinência e como que insistindo em levar a conversa adiante.

— Por que é que não respondeu nada à minha pergunta? — inquiriu, afinal, com evidente tormento.

— Mas que pergunta foi essa?

— Foi sobre as sensações agradáveis de um esposo abrindo uma caixeta.

— Eh, o que tenho a ver com isso? — Com um gesto colérico, Veltchanínov se levantou e começou a andar pelo quarto.

— E aposto que o senhor está pensando agora: "Como és porco, tu que apontaste para teus próprios chifres", he-he! Mas o senhor é... enjoadíssimo.

— Não estou pensando nada disso. Pelo contrário, o senhor é que está irritado demais com a morte de seu ofensor e, ainda por cima, bebeu muito vinho. Não vejo em todas essas coisas nada que seja extraordinário: entendo perfeitamente por que precisava de Bagaútov, sendo ele vivo, e estou pronto a respeitar seu desgosto, mas...

— Então por que eu precisava de Bagaútov, em sua opinião?

— O senhor é que sabe.

— Aposto que estava subentendendo um duelo?

— Diabos! — Veltchanínov se encolerizava cada vez mais. — Achava que todo homem de fibra... não se rebaixe, em semelhantes casos, até esse palavrório cômico, até essas bobas caretas, esses queixumes ridículos e essas abjetas alusões com que se suja mais ainda, porém aja clara, direta, abertamente, como um homem de fibra!

— He-he, mas pode ser que eu não seja um homem de fibra, hein?

— É também o senhor que sabe... Aliás, por que diabos é que precisava então daquele Bagaútov vivo?

— Nem que fosse só para ver aquele meu amiguinho. Teríamos arranjado uma garrafinha e bebido juntinhos.

— Ele nem teria bebido com o senhor.

— Por quê? *Noblesse oblige?*[21] Mas o senhor mesmo está bebendo comigo aí... Seria ele melhor?

— Não bebemos juntos.

— De onde, pois, vem tamanho orgulho?

De chofre, Veltchanínov rompeu a gargalhar, nervoso e irritadiço:

— Eta, diabo, mas o senhor é, decididamente, um "tipo feroz", mas eu cá pensava que fosse apenas um "eterno marido" e nada além disso!

— Como assim, um " ", o que é isso? — De súbito, Pável Pávlovitch ficou apurando os ouvidos.

— É assim, um tipo de maridos ali... leva muito tempo para contar. É melhor que o senhor vá embora daqui: está bem na hora, e já me aborreceu!

— E o que é que seria feroz? Acabou de dizer "feroz"?

— Eu disse que era um "tipo feroz" para escarnecê-lo.

— Como assim, um "tipo feroz", hein? Conte-me, por favor, Alexei Ivânovitch, conte pelo amor de Deus ou então por Cristo.

---

[21] Nobreza obriga? (em francês): alusão a certa ação que pode ser considerada indigna de uma pessoa nobre.

— Mas chega, pois, chega! — gritou de supetão Veltchanínov, outra vez tomado de fúria. — Está na hora de ir, fora daqui!

— Chega não, chega não! — Pável Pávlovitch também se alvoroçou. — Nem que o senhor esteja farto de mim, não basta coisa nenhuma, porque devemos ainda beber e brindar, antes que eu vá! Quando bebermos, irei embora, mas agora não chega, não!

— Pável Pávlovitch... será que não pode ir hoje para o diabo, pode?

— Posso ir para o diabo, sim, só que primeiro bebamos! O senhor disse que não queria beber precisamente comigo, mas eu quero que o senhor beba precisamente comigo!

Não fazia mais caretas, não soltava mais risadinhas. Todo o seu aspecto voltou repentinamente a transfigurar-se e ficou tão oposto a toda a figura e todo o tom que Pável Pávlovitch patenteara ainda agorinha que Veltchanínov se sentiu decididamente atônito.

— Ei, bebamos, Alexei Ivânovitch; ei, não recuse! — prosseguiu Pável Pávlovitch, pegando com força em sua mão e encarando-o de maneira algo estranha.

Era óbvio que não se tratava apenas de beberem.

— Sim, talvez — murmurou Veltchanínov. — Onde está?... Só há sobras aqui...

— Dá para encher dois copos ainda: sobras puras... contudo, a gente vai beber e brindar! Eis aí seu copo, digne-se a tomá-lo.

Eles ergueram os copos e beberam.

— E se for assim, se for assim... ah!

De súbito, Pável Pávlovitch apertou sua mão à testa e permaneceu, por alguns instantes, nessa posição. Veltchanínov achou que estivesse prestes a dizer sua derradeira palavra. Mas Pável Pávlovitch não lhe disse nada: apenas olhou para ele e, calado como estava, escancarou novamente a boca em seu recente sorriso manhoso e alusivo.

— O que é que quer de mim, beberrão? Está zombando de mim, é isso? — Veltchanínov passou a gritar desenfreadamente, batendo os pés.

— Não grite, não grite... por que gritar? — Pável Pávlovitch agitou apressadamente a mão. — Não estou zombando, não! Será que o senhor sabe quem é para mim agora?

Agarrou, de repente, a mão de Veltchanínov e beijou-a. Veltchanínov nem teve tempo para reagir.

— É isso que o senhor se tornou para mim! E agora... vou para todos os diabos!

— Espere, pare aí! — gritou, recobrando-se, Veltchanínov. — Esqueci-me de lhe dizer...

Já perto das portas, Pável Pávlovitch se virou para ele.

— É o seguinte — Veltchanínov se pôs a murmurar bem depressa, corando e olhando, o tempo todo, para um lado —: o senhor deveria ir amanhã, sem falta, à casa dos Pogorêltsev para conhecê-los e agradecer... sem falta...

— Sem falta mesmo, sem falta: como é que não entenderia? — respondeu Pável Pávlovitch, com uma disposição extraordinária, agitando rapidamente a mão para sinalizar que nem se precisava lembrá-lo disso.

— Além do mais, Lisa também está esperando pelo senhor. Eu prometi.

— Lisa — Pável Pávlovitch achegou-se outra vez a ele —, Lisa? Será que sabe o que Lisa foi para mim, foi e continua sendo? Foi e continua sendo! — vociferou subitamente, quase frenético. — Mas... he! Que isso fique para depois; que tudo fique para depois, e agora... já acho pouco, Alexei Ivânovitch, ter bebido com o senhor e necessito de outra satisfação!...

Colocou seu chapéu em cima de uma cadeira e passou a fitá-lo, como havia pouco, um tanto ofegante.

— Beije-me, Alexei Ivânovitch — propôs de repente.

— Está bêbado? — gritou o outro, recuando.

— Estou, mas me beije ainda assim, Alexei Ivânovitch... beije-me, ei! É que lhe beijei agorinha a mãozinha!

Alexei Ivânovitch ficou, por alguns instantes, calado, como se acabassem de atordoá-lo com uma cacetada na testa. De supetão, inclinou-se sobre Pável Pávlovitch, que lhe chegava tão só ao ombro, e beijou-lhe os lábios que cheiravam demais a vinho. Não tinha, de resto, plena certeza de tê-los beijado.

— Mas agora, agora... — tornou a gritar, em seu arroubo etílico, Pável Pávlovitch, e seus olhos embaciados fulgiram — eis o que é agora... Tenho pensado aqui: "Será que ele também? Pois se fosse ele também, tenho pensado, se fosse ele também, em quem é que se poderia então acreditar?"

E, de improviso, Pável Pávlovitch desfez-se em prantos:

— Entende, pois, que amigo é que se tornou para mim agora?

Pegando seu chapéu, ele saiu correndo do quarto. Veltchanínov ficou de novo, por alguns minutos, plantado no mesmo lugar, bem como após a primeira visita de Pável Pávlovitch.

"Eh, mas não passa mesmo de um palhaço bêbado!" — E ele agitou a mão. — "Decididamente não passa!" — arrematou, de forma enérgica, quando já se despira e fora para a cama.

VIII. LISA ESTÁ DOENTE

Na manhã seguinte, esperando por Pável Pávlovitch que prometera chegar cedo para irem juntos à casa dos Pogorêltsev, Veltchanínov andava pelo quarto, bebia, golinho sobre golinho, o seu café, fumava e confessava, a cada minuto, consigo mesmo que se assemelhava a quem tivesse acordado de manhãzinha e recordasse, instante após instante, uma bofetada que levara na véspera. "Hum... ele entende perfeitamente de que se trata e vai usar Lisa para se vingar de mim!" — pensava, amedrontado.

A terna imagem daquela pobre criança ressurgiu, tristonha, em sua frente. Seu coração passou a bater mais forte com a ideia de que no mesmo dia, em pouco tempo, dentro de duas horas, ele voltaria a ver sua Lisa. "Eh, o que teria a dizer?" — resolveu, entusiasmado. — "Agora toda a minha vida e todo o meu objetivo consistem nisso! Às favas com todas aquelas bofetadas e recordações!... Por que é que vivi até hoje? Confusão e tristeza... mas agora... tudo é diferente, tudo se faz de outro jeito!"

Entretanto, apesar de sua exaltação, ele ficava cada vez mais pensativo. "Está claro que há de me torturar com Lisa! E torturará Lisa também. É bem com isso que ele acabará de me destruir, por tudo o que fiz. Hum... não posso, sem dúvida, permitir tais rasgos como o de ontem, por parte dele" — enrubesceu repentinamente. — "Mas... mas eis que ele não vem, e já são mais de onze horas!"

Ficou esperando por muito tempo, até o meio-dia e meia, ao passo que sua angústia não cessava de aumentar. Pável Pávlovitch não vinha. Por fim, a ideia de que não viria adrede, unicamente para lhe pregar uma peça semelhante à da véspera, a qual já se revolvia em sua mente, deixou Veltchanínov completamente fora de si: "Ele sabe que estou dependendo dele, e o que se dará agora com Lisa! Como é que vou vê-la sem seu pai?"

Não aguentou, afinal, e foi voando de carruagem, a uma hora da tarde, rumo à praça Pokróvskaia. Declararam-lhe no hotel que Pável Pávlovitch não tinha pernoitado ali, mas chegara apenas de manhã, por volta das nove horas, demorara só por um quarto de horinha e saíra de novo. Plantado na soleira de Pável Pávlovitch, Veltchanínov escutava uma criada que lhe falava e girava maquinalmente a maçaneta da porta trancada, empurrando-a para frente e depois a puxando para trás. Ao recobrar-se, deixou a fechadura em paz e, aborrecido como estava, pediu que o levassem até Maria Syssóievna. Mas esta se dispôs espontaneamente a falar com ele, assim que soube de sua chegada.

Era uma mulher bondosa, "uma mulher de sentimentos nobres", conforme se expressaria Veltchanínov quando fosse, mais tarde, relatar sua conversa com ela para Klávdia Petrovna. Ao perguntar brevemente como ele havia levado "a menininha" no dia anterior, Maria Syssóievna começou logo a contar sobre Pável Pávlovitch. Afirmava que, não fosse aquela criancinha, já o teria posto, havia muito tempo, no olho da rua.

— Pois ele foi expulso do hotel e veio morar naquele quartinho porque vivia fazendo desfeitas. Não é, realmente, um pecado vir à noite, com uma rapariga, quando uma criança, que já entende de tudo, está ali mesmo? Gritou: "Esta daqui será tua mãe, se eu desejar!" E, veja se acredita em mim, até uma rapariga daquelas também cuspiu no carão dele. E ele gritou: "Não és minha filha, és um aborto!"

— O que é? — assustou-se Veltchanínov.

— Eu mesma ouvi. Nem que esteja bêbado, como que sem sentidos, mas não dá para dizer, na frente de uma criança, uma coisa dessas: nem que seja pequena, vai entender lá, com sua cabecinha! E a menina, pois, fica chorando, e vejo que não aguenta mais. E houve, dia desses, um pecado aqui conosco: dizem os inquilinos que um comissário, parece, alugou um quarto no hotel, à noitinha, e depois, de madrugada, enforcou-se. Torrou o dinheiro todo, dizem. Juntou-se um mundaréu; Pável Pávlovitch não estava, e a criancinha andava sem ninguém vigiar; e eis que a vi lá no corredor, no meio do povo, olhando, por trás das pessoas, para o enforcado, olhando assim, meio esquisita. Então a trouxe rapidinho para cá. E o que é que você pensa aí? Ficou toda tremendo, enegreceu toda e, logo que eu a trouxe para cá, teve um troço. Caiu, debatendo-se, e mal se recuperou. Deve ter sido um *rodímtchik*,[22] eu acho, e eis que ficou doentinha desde aquela hora. E ele soube disso e veio, e beliscou sua filha todinha, já que não é de espancar, mas antes de beliscar, e depois encheu a cara com aquele seu vinhozão e veio de novo, e foi ameaçando: "Eu, disse, também me enforcarei, e me enforcarei por tua causa: é com este mesmo cordão, disse, que me enforcarei na cornija" — e fazendo um laço na frente da filha. E ela ficou como que possessa, gritando e apertando o pai com seus bracinhos: "Não vou mais, gritou, não vou nunca mais!" Que pena!

Ainda que Veltchanínov já esperasse por algo muito estranho, essa denúncia deixou-o tão abismado que nem acreditou nela. Então Maria Syssóievna lhe contou muitas outras coisas: houvera, por exemplo, um momento em que, não fosse Maria Syssóievna, Lisa teria pulado, quiçá, da janela. "Vou matá-lo, feito um cachorro, com uma paulada na cabeça!" — pensou Veltchanínov, indo embora dali, como se estivesse, ele próprio, embriagado. E continuou repetindo isso, no íntimo, por muito tempo ainda.

Pegou uma caleça e foi à casa dos Pogorêltsev. Antes mesmo de sair da cidade, a caleça teve de parar num cruzamento, perto da pequena ponte a atravessar um córrego, pela qual passava rastejando uma longa procissão fúnebre. Espremiam-se, de ambos os lados da ponte, várias carruagens paradas; os transeuntes também se detinham por lá. Era um enterro pomposo, a fila dos coches que seguiam o féretro estava muito comprida, e de repente surgiu defronte a Veltchanínov, no postigo de um desses coches, o rosto de Pável Pávlovitch. Ele nem teria acreditado em seus olhos, se Pável Pávlovitch não tivesse feito questão de assomar naquele postigo para saudá-lo, sorrindo, com uma mesura. Estava, pelo visto, rejubilante por ter reconhecido Veltchanínov; até se pôs a acenar-lhe do coche. Veltchanínov saltou fora da sua caleça e, apesar do aperto, dos gendarmes[23] e de que a carruagem de Pável Pávlovitch já ia entrando na ponte, foi correndo até sua portinhola. Pável Pávlovitch estava, lá dentro, sozinho.

— O que tem? — bradou Veltchanínov. — Por que é que não veio? Por que está aí?

---

[22] Nome coloquial das convulsões que acometem as crianças (em russo).
[23] Na Rússia do século XIX, militares da corporação policial encarregada de manter a ordem pública.

— Vim prestar homenagens — não grite, não grite! — vim prestar homenagens — Pável Pávlovitch começou a rir, entrefechando jovialmente os olhos. — Vim acompanhar os restos mortais de meu verdadeiro amigo Stepan Mikháilovitch.

— Mas que disparate é tudo isso, seu bêbado, seu maluco! — bradou, ainda mais alto, Veltchanínov que ficara, por um instante, atarantado.

— Saia agora e entre na minha caleça, agora!

— Não posso: vim prestar homenagens...

— Vou tirá-lo daí! — berrou Veltchanínov.

— E eu vou gritar! E eu vou gritar! — Pável Pávlovitch continuava a soltar suas risadinhas alegres, como se estivessem brincando com ele; recolhera-se, aliás, no canto traseiro do coche.

— Cuidado, cuidado, que o esmagam! — gritou um gendarme.

De fato, bem na descida da ponte, uma carruagem alheia acabava de furar a fila e de provocar um tumulto. Veltchanínov teve de saltar para trás; outras carruagens, a par da multidão, obrigaram-no logo a recuar mais ainda. Ele cuspiu e retornou, aos empurrões, para a sua caleça. "Em todo caso, não daria para levá-lo comigo naquele estado!" — pensou, com um pasmo angustiante que se prolongava.

Levando ele o relato de Maria Syssóievna e o estranho encontro naquele enterro ao conhecimento de Klávdia Petrovna, esta ficou gaguejando: "Temo por você" — disse a Veltchanínov. — "Deve romper quaisquer relações com ele, e quanto mais rápido, melhor".

— É um palhaço bêbado e nada mais! — explodiu Veltchanínov.

— Será que vou ter medo dele? E como eu romperia as relações, visto que Lisa está no meio? Lembre-se de Lisa!

Entrementes, Lisa estava acamada: fora acometida, na noite anterior, por uma febre, e a família esperava por um doutor renomado de Petersburgo, que um mensageiro fora buscar ao amanhecer. Tudo isso deixou Veltchanínov completamente desnorteado. Klávdia Petrovna conduziu-o ao quarto da doente.

— Prestei ontem muita atenção nela — comentou, parando em frente à porta. — É uma criança orgulhosa e sisuda; tem vergonha de estar em nossa casa e de que seu pai a tenha abandonado. Creio que sua doença está toda nisso.

— Como assim, "abandonado"? Por que você acha que seu pai a abandonou?

— O próprio fato de tê-la deixado vir, desse modo, para cá, para uma casa totalmente desconhecida e com uma pessoa... também quase desconhecida, ou com quem mantém esse tipo de relações...

— Mas fui eu que a trouxe para cá, à força... Não acredito que...

— Ah, meu Deus, mas até Lisa, uma criança, acredita nisso! E eu acho que ele não virá simplesmente jamais.

Ao ver Veltchanínov entrar sozinho, Lisa não se surpreendeu: apenas esboçou um sorriso tristonho e virou sua cabecinha queimante de febre para a parede. Não respondeu nada às tímidas frases consoladoras de Veltchanínov nem às suas impetuosas promessas de trazer infalivelmente seu pai no dia seguinte. Ele saiu do seu quarto chorando.

O doutor veio tão só ao anoitecer. Logo que examinou a doente, apavorou todo mundo notando que fora um erro não tê-lo chamado antes. Quando lhe explicaram que a menina adoecera apenas na noite anterior, demorou a acreditar nisso. "Tudo depende de como passará esta noite" — concluiu e, feitas todas as prescrições, foi embora, prometendo que voltaria pela manhã, tão cedo quanto pudesse. Veltchanínov queria pernoitar, sem falta, naquela casa, mas Klávdia Petrovna implorou-lhe que "tentasse, mais uma vez, trazer aquele facínora para cá".

— Mais uma vez? — repetiu Veltchanínov, frenético. — Mas agora é que vou amarrá-lo e carregá-lo nestes meus braços!

A ideia de amarrar e carregar Pável Pávlovitch apoderou-se subitamente dele, causando-lhe uma tremenda ansiedade. "Não me sinto agora nem um pouco culpado para com ele, de jeito nenhum!" — disse a Klávdia Petrovna, quando se despedia dela. — "Renego todas aquelas palavras baixas e lacrimosas que foram ditas ontem aqui!" — acrescentou com indignação.

Lisa estava deitada, de olhos fechados, e parecia dormir; talvez se sentisse um tanto melhor. Quando Veltchanínov se inclinou, todo cauteloso, sobre a menina, para se despedir beijando, ao menos, a bordinha de seu vestido, ela abriu de repente os olhos, como se estivesse esperando por ele, e sussurrou: "Leve-me embora daqui". Foi um pedido sereno e pesaroso, sem a menor nuança daquela irritabilidade da véspera, porém se ouviu nele, ao mesmo tempo, uma espécie de plena certeza de que seu pedido não viria a ser, em caso algum, atendido. Tão logo Veltchanínov passou a assegurar-lhe, totalmente desesperado, que não seria possível, ela fechou, caladinha, os olhos e não articulou nem uma palavra a mais, como se já não o escutasse nem mesmo o visse.

Voltando para a cidade, ele mandou que o levassem diretamente à praça Pokróvskaia. Já eram dez horas da noite, mas Pável Pávlovitch não estava em seu quarto. Veltchanínov passou meia hora à espera dele, andando, morbidamente ansioso, pelo corredor. Maria Syssóievna asseverou-lhe, por fim, que Pável Pávlovitch não regressaria antes que amanhecesse. "Então eu também virei assim que amanhecer" — decidiu Veltchanínov e, fora de si, foi para casa.

E como ficou surpreso, quando ouviu, antes mesmo de entrar em seus aposentos, Mavra dizer que sua visita da noite passada esperava por ele desde as dez horas: "Até se dignou a tomar chá com a gente e mandou de novo comprar o vinho, aquele mesmo de ontem, e deu uma notinha azul...".[24]

IX. UM FANTASMA

Pável Pávlovitch acomodara-se com todo o conforto possível. Estava sentado na mesma cadeira da véspera, fumava um cigarrozinho após o outro e acabava de esvaziar a garrafa ao encher seu quarto e último copo de vinho. O bule e uma chávena de chá, que não terminara de beber, estavam em cima da mesa, ao lado dele. Seu rosto avermelhado irradiava beatitude. Até tirara sua casaca, refestelando-se, como no verão, de colete.

— Desculpe, meu fidelíssimo amigo! — exclamou, ao avistar Veltchanínov, e pulou fora do seu assento para vestir a casaca. — Tirei-a para mais me regozijar com este momento...

Com ares de ameaça, Veltchanínov se aproximou dele.

— Ainda não se embebedou por completo? Ainda se pode falar com o senhor?

Pável Pávlovitch ficou um pouco estarrecido.

— Por completo, não... Bebi à memória do finado, mas não me embebedei tanto assim...

— Será que vai entender-me?

— Vim justamente para entendê-lo.

---

[24] Nome coloquial da antiga nota bancária de 5 rublos.

— Então vou começar por dizer às claras que o senhor é um cafajeste! — gritou Veltchanínov, com uma voz entrecortada.

— Se já começa por aí, vai terminar por onde? — Pável Pávlovitch, que parecia bem assustado, tentou protestar, mas Veltchanínov gritava sem escutá-lo:

— Sua filha está morrendo, está doente!... O senhor a abandonou ou não?

— Será que já está morrendo?

— Está doente, doente, e sua doença é extremamente perigosa!

— Talvez sejam uns fricotezinhos ali?

— Não diga asneiras! A doença dela é ex-tre-ma-mente perigosa! O senhor deveria ir vê-la só para...

— Para agradecer, sim, para agradecer a hospitalidade! Entendo até demais! Alexei Ivânovitch, meu querido, meu impecável... — De súbito, ele agarrou, com ambas as mãos, o braço de Veltchanínov e, tomado de emoção etílica, quase com lágrimas nos olhos, passou a vociferar como quem rogasse perdão —: Não grite, Alexei Ivânovitch, não grite! Nem que eu morra, nem que caia agora mesmo, bêbado, no Neva, o que é que vai mudar, neste atual estado das coisas? Sempre teremos tempo para ir à casa do senhor Pogorêltsev...

Veltchanínov se recobrou e se conteve um pouco.

— O senhor está embriagado, e não compreende, portanto, em que sentido diz tudo isso — replicou, severo. — Estou sempre pronto a explicar-me com o senhor, até ficaria contente se fosse logo... Vinha cá para... Mas saiba, antes de qualquer coisa, que estou tomando providências: hoje tem de passar a noite em minha casa! Amanhã de manhã, vou levá-lo ali. Não o deixarei sair! — tornou a gritar, com toda a força.

— Vou amarrá-lo e carregá-lo em meus braços!... Acha que esse sofá lhe seria cômodo? — apontou, ofegante, para um sofá largo e macio que estava defronte àquele sofá sobre o qual dormia ele próprio, rente à parede oposta.

— Não se preocupe: eu dormiria em qualquer lugar...

— Não vai dormir em qualquer lugar, mas nesse sofá! Eis aqui um lençol, uma coberta, um travesseiro, tome aí (Veltchanínov tirara todos aqueles petrechos do armário e, apressado, jogava-os para Pável Pávlovitch, que estendia, submisso, as mãos)... arrume logo a cama, venha, ar-ru-me!

Segurando aquilo tudo, Pável Pávlovitch estava plantado no meio do quarto e parecia indeciso, com um sorriso escancarado de bêbado em seu rosto de bêbado; todavia, mal Veltchanínov gritou, ameaçador, pela segunda vez, azafamou-se e foi correndo afastar a mesa, desdobrar e colocar, arfante, o lençol. Veltchanínov veio ajudá-lo: estava satisfeito, em parte, com a submissão e o susto de seu hóspede.

— Termine de beber esse seu copo e deite-se — ordenou novamente, sentindo que não poderia deixar de ordenar. — Foi o senhor mesmo quem mandou trazer vinho?

— Fui eu... mandei trazer vinho... Eu, Alexei Ivânovitch, sabia que o senhor não mandaria mais.

— É bom que soubesse disso, mas é preciso que saiba ainda mais. Declaro-lhe outra vez que tenho tomado minhas providências: não vou mais tolerar esses seus requebros nem esses beijos de ontem!

— Pois eu cá também entendo, Alexei Ivânovitch, que aquilo foi possível tão só uma vez — respondeu Pável Pávlovitch, com um sorrisinho.

Ouvindo tal resposta, Veltchanínov, que estava andando pelo quarto, parou de improviso, quase solenemente, diante de Pável Pávlovitch.

— Fale às claras, Pável Pávlovitch! O senhor é inteligente, volto a reconhecer isso, porém lhe asseguro que está indo na direção errada! Fale às claras, aja às claras, e dou-lhe a minha palavra de honra: responderei a qualquer indagação sua!

Pável Pávlovitch tornou a exibir aquele sorriso escancarado que, já por si só, deixava Veltchanínov tão furioso.

— Espere! — bradou ele de novo. — Chega de fingir, que leio em sua alma! Repito: garanto-lhe, com minha palavra de honra, que estou disposto a responder a qualquer indagação sua e que o senhor receberá toda e qualquer satisfação possível, ou seja, nem que chegue mesmo a ser impossível! Oh, como eu gostaria que o senhor me entendesse!...

— Se estiver tão bondoso — Pável Pávlovitch achegou-se prudentemente a ele —, explique o que me deixou muito curioso. Ontem o senhor mencionou certo tipo feroz...

Veltchanínov cuspiu e começou a andar, mais rápido ainda, pelo seu quarto.

— Não, Alexei Ivânovitch, não cuspa aí, já que estou muito interessado e vim cá justamente para conferir... Minha língua não se move bem, mas veja se me perdoa. É que eu mesmo li sobre aquele tipo "feroz", e também sobre o tipo "manso", numa revista, nas notas críticas... Lembrei-me disso hoje, pela manhã, pois já tinha esquecido... e, para dizer a verdade, nem tinha compreendido então. E gostaria de esclarecer, notadamente, se Stepan Mikháilovitch Bagaútov, nosso finado, era um tipo "feroz" ou "manso". Como o classificaríamos?

Veltchanínov continuava calado, andando sem parar.

— Um tipo feroz é aquele... — parou, de repente, cheio de raiva — é aquele homem que antes teria jogado um veneno no copo de Bagaútov, vindo "beber champanhe" com ele em homenagem ao prazenteiro encontro dos dois — como o senhor bebeu comigo ontem — do que iria acompanhar o caixão dele até o cemitério, como o senhor acabou de ir sabe lá o diabo por que motivos esconsos, subterrâneos e execráveis, só para se sujar com esses seus requebros aí! Só para se sujar!

— Está certo: aquele homem não iria mesmo — confirmou Pável Pávlovitch. — Mas como é que o senhor me ataca...

— Não é aquele homem — exaltado, Veltchanínov gritava sem escutá-lo —, não é aquele que imagina sabe lá Deus quantas coisas, faz o balanço da lisura e da justiça, decora sua mágoa como uma lição e depois fica choramingando, requebra-se, dissimula-se, atira-se ao pescoço dos outros e, vejam só, gasta todo o seu tempo com isso! É verdade que o senhor queria enforcar-se? É verdade?

— Divaguei, talvez, um pouquinho, quando estava bêbado, não me lembro mais. E, quanto à gente, Alexei Ivânovitch, até seria indecoroso jogar um veneno no copo. Além de ser valorizado como servidor, tenho um cabedalzinho também, e quem sabe se não vou querer, ainda por cima, casar-me de novo.

— E, ainda por cima, iriam condená-lo a trabalhos forçados.

— Pois é, haveria essa contrariedade também, posto que se aleguem hoje em dia, nos tribunais, muitas atenuantes. E eu, Alexei Ivânovitch, relembrei há pouco, naquela carruagem ali, uma anedotazinha bem engraçada e já queria contá-la para o senhor. Acabou de dizer: "Atira-se ao pescoço dos outros", não é? Talvez se lembre de Semion Petróvitch Livtsov que passou por T., quando o senhor morava lá; pois bem: o irmão mais novo dele, também tido como um jovem petersburguense, servia em V., na governadoria, e ostentava também várias qualidades brilhantes. E eis que um dia ficou discutindo com Golubenko, um coronel, a olhos vistos, na presença de damas, inclusive da dama de seu coração, e achou-se ofendido, mas engoliu sua ofensa e ocultou-a, enquanto Golubenko lhe arrebatou aquela dama de seu coração e ofereceu sua mão a ela. E o que é que o senhor pensa? O tal de Livtsov travou mesmo uma amizade sincera com Golubenko, fez as pazes com ele e, como se não bastasse, ofereceu-se como padrinho para o casamento do coronel e segurou a coroa, e, quando voltaram todos da igreja, veio parabenizar e beijar Golubenko, e eis que, perante toda a alta-roda e o governador em pessoa, de fraque e de cabelo frisado, enfiou uma faca na barriga de Golubenko, tanto assim que ele foi rolando! E quem fez aquilo foi um padrinho do matrimônio, mas que vergonha! E ainda não foi tudo o que fez! O principal é que enfiou sua faca e depois correu de lá para cá: "Ai, o que eu fiz! Ai, que coisa eu fiz!" As lágrimas jorram, o corpo inteiro treme, atira-se ao pescoço de todos, até mesmo das damas: "Ai, o que eu fiz! Ai, que coisa horrível eu fiz agorinha!" He-he-he, quase matou a gente de rir! Só Golubenko seria de lamentar, mas ele também se recuperou.

— Não compreendo por que o senhor me contou isso — Veltchanínov franziu severamente o cenho.

— Mas porque ele enfiou mesmo aquela faca... — Pável Pávlovitch soltou de novo uma risadinha. — Pois dá para ver logo que não é nenhum tipo ali, mas tão somente uma meleca, já que se esqueceu, com tanto medinho, a própria decência e foi pulando ao pescoço das damas na presença do governador... e isso depois de enfiar sua faca, de conseguir sua meta! Estou falando só nisso.

— Vá para o diabo! — bradou de supetão Veltchanínov, e sua voz estava toda alterada como se algo acabasse de estourar em seu âmago. — Vá embora daqui, com essa sua droga subterrânea... você mesmo é uma droga subterrânea... resolveu intimidar-me... torturador de crianças... canalha... vilão, vilão, vilão! — passou a gritar, sem se dar conta do que gritava e engasgando-se com cada palavra.

Pável Pávlovitch estremeceu todo, dissipando-se até mesmo a sua embriaguez.

— É a mim, Alexei Ivânovitch, que o senhor chama de vilão? — Os lábios dele passaram a tremer. — O senhor... a mim?

Entretanto, Veltchanínov já voltara a si.

— Estou pronto a pedir desculpas — respondeu, após uma pausa, sombrio e meditativo —, mas só com a condição de que o senhor se disponha, voluntária e imediatamente, a agir às claras.

— Pois eu, se estivesse em seu lugar, Alexei Ivânovitch, pediria desculpas sem condição alguma.

— Está bem, que assim seja — Veltchanínov fez outra pausa —: peço-lhe desculpas. Mas concorde o senhor mesmo, Pável Pávlovitch, que não me considero, depois disso tudo, seu devedor em hipótese alguma, quer dizer, em relação a todo o nosso assunto e não apenas a este caso de hoje.

— Não faz mal: o que me deveria? — sorriu Pável Pávlovitch, olhando, de resto, para o chão.

— Melhor assim, melhor assim! Termine de beber seu vinho e deite-se, porque não o deixarei sair mesmo...

— Mas o que tem esse vinho?... — Pável Pávlovitch ficou algo embaraçado, porém se aproximou da mesa e foi despejando seu último copo, que enchera havia bastante tempo. Decerto tinha bebido muito, antes disso, de modo que sua mão estava agora tremendo: derramou parte daquele vinho sobre o assoalho, bem como sobre sua camisa e seu colete, mas, não obstante, esvaziou o copo, como se não pudesse deixar de esvaziá-lo, e, colocando respeitosamente o copo vazio em cima da mesa, foi submisso até sua cama e começou a despir-se.

— E não seria melhor que eu... não dormisse aqui? — perguntou de repente, tendo já tirado uma das botas e segurando-a com ambas as mãos.

— Não seria, não! — respondeu Veltchanínov, irado, ao passo que andava pelo quarto sem se cansar nem olhar para ele.

O outro tirou as roupas e deitou-se. Um quarto de hora mais tarde, Veltchanínov também se deitou e apagou a vela.

Adormecia inquieto. Algo novo viera inesperadamente não se sabia de onde, emaranhando ainda mais os fios da meada, e agora o perturbava, e ele se sentia, ao mesmo tempo, envergonhado, não se sabia por que, com essa sua perturbação. Já pegava aos poucos no sono, mas eis que um leve ruído acordou-o. Olhou logo para a cama de Pável Pávlovitch. O quarto estava escuro (os reposteiros pendiam até o chão), porém ele teve a impressão de que Pável Pávlovitch não estava mais deitado, mas se soerguera e se sentara em sua cama.

— O que há? — interpelou Veltchanínov.

— Um fantasma — respondeu Pável Pávlovitch, após um breve silêncio, e sua voz mal se ouvia.

— Como assim, que fantasma?

— Lá, naquele cômodo... como se eu visse um fantasma através da porta.

— Mas que fantasma era aquele? — inquiriu Veltchanínov, também se calando por um tempinho.

— Era Natália Vassílievna.

Veltchanínov se soergueu, pisando sobre o tapete, e também olhou, através da antessala, para aquele quarto cujas portas estavam sempre abertas. Lá não havia reposteiros a encobrirem as janelas, mas tão somente umas cortinas, e o quarto estava, portanto, bem menos escuro.

— Não há nada naquele quarto, e o senhor está bêbado. Deite-se, vá! — disse Veltchanínov, deitando-se e embrulhando-se em sua coberta.

Sem uma palavra a mais, Pável Pávlovitch também se deitou.

— E antes o senhor nunca viu aquele fantasma? — perguntou Veltchanínov, de supetão, uns dez minutos depois.

— Parece que o vi uma vez — replicou Pável Pávlovitch, com uma voz fraca, ao cabo de uma pausa.

A seguir, calaram-se ambos de novo.

Veltchanínov não poderia dizer, com toda a certeza, se estava dormindo ou não, porém se passou cerca de uma hora e ele se virou novamente. Tampouco sabia se fora algum ruído que tornara a despertá-lo de chofre: apenas lhe pareceu que algo se movia em sua frente, algo branco no fundo daquela completa escuridão, algo que ainda não se acercara de sua cama, mas já estava no meio do quarto. Ele se sentou na cama e passou um minuto inteiro a mirá-lo.

— É o senhor, Pável Pávlovitch? — perguntou, com uma voz a fraquejar. E sua própria voz, que soara subitamente em meio àquele silêncio e àquela treva, pareceu-lhe um tanto estranha.

Ninguém respondeu, mas já não havia nem a mínima dúvida de que alguém estava ali parado.

— É o senhor... Pável Pávlovitch? — repetiu Veltchanínov, mais alto e até mesmo tão alto que, se Pável Pávlovitch estivesse dormindo, tranquilamente, em sua cama, haveria de acordar e de lhe responder.

Nada se ouviu em resposta, mas pareceu-lhe que aquele vulto branco e quase indiscernível chegara ainda mais perto dele. O que ocorreu em seguida foi meio estranho: como se algo tivesse estourado, outra vez, em seu âmago, Veltchanínov se pôs a gritar com todas as forças, e sua voz, tão absurdamente raivosa quanto havia pouco, interrompia-se a cada palavra:

— Se você, seu palhaço bêbado, ousar somente pensar... que pode... meter medo em mim... eu me virarei para a parede e me cobrirei, até por cima da cabeça, e não me voltarei mais, nenhuma vez nesta noite toda... para provar a você aí quanto valor lhe dou... nem que fique aí plantado até que amanheça... como um bobalhão... e cuspo para você!

E, cuspindo com fúria em direção ao suposto Pável Pávlovitch, ele se virou repentinamente para a parede, cobriu-se, conforme havia prometido, com sua coberta e quedou-se, como que entorpecido, nessa posição, sem se mover mais. Fez-se um silêncio sepulcral. Veltchanínov não sabia se o fantasma se achegava ainda a ele ou permanecia no mesmo lugar, mas seu coração batia, batia, batia... Assim se passaram, ao menos, uns cinco longos minutos; de súbito, a dois passos dele, ouviu-se a voz de Pável Pávlovitch, bem fraquinha e lastimosa:

— Eu me levantei, Alexei Ivânovitch, para ir buscar... — E ele mencionou um utensílio caseiro imprescindível. — Eu não achei aqui perto... queria olhar aí, perto de sua cama, devagarinho...

— Então por que se calava... quando gritei? — perguntou Veltchanínov, com uma voz entrecortada, ao esperar ainda por meio minuto.

— Fiquei assustado. O senhor gritou tanto... e eis que me assustei.

— Está lá, no canto esquerdo, junto das portas, num armarinho: acenda a vela...

— Mas eu posso sem vela... — balbuciou docilmente Pável Pávlovitch, dirigindo-se para o canto indicado. — Perdoe-me, Alexei Ivânovitch, por tê-lo incomodado assim... Fiquei, de repente, tão ébrio...

Contudo, Veltchanínov não respondeu mais nada. Continuava deitado, de rosto para a parede, e passou a noite inteira nessa posição, sem se virar uma vez só. Será que lhe apetecia tanto cumprir sua promessa e demonstrar seu desprezo? Nem sabia o que se dava com ele: o desarranjo de seus nervos acabou por se transformar numa espécie de delírio, e ele demorou muito em adormecer. Ao acordar na manhã seguinte, por volta das dez horas, soergueu-se, num ímpeto, sobre a sua cama, como se o tivessem, de supetão, empurrado, mas... Pável Pávlovitch já não estava no quarto! A cama dele estava lá, vazia e desarrumada, mas ele próprio se escafedera de manhãzinha.

— Sabia! — Veltchanínov deu uma palmada em sua testa.

X. NO CEMITÉRIO

Os receios do doutor confirmaram-se, e Lisa piorou de repente, sendo essa piora tão grande que Veltchanínov e Klávdia Petrovna nem a teriam imaginado na véspera. Pela manhã, Veltchanínov ainda a encontrou consciente, se bem que estivesse toda queimando de febre; asseguraria mais tarde que a doente sorrira para ele e até lhe estendera sua mãozinha quente. Aliás, não teria tempo para verificar se era verdade ou se fora tão só ele mesmo quem o inventara sem querer, para se consolar um pouco, pois ao anoitecer a menina já estava sem sentidos e continuaria assim, desacordada, ao longo de toda a sua moléstia. Dez dias depois de ter vindo àquele sítio, ela morreu.

Era um momento pesaroso para Veltchanínov, tanto assim que os Pogorêltsev chegaram a temer por ele. Passou em sua casa a maior parte daqueles dias penosos. Nos últimos dias da doença de Lisa, ficava sentado sozinho, durante horas inteiras, num canto qualquer e, aparentemente, não pensava em nada; Klávdia Petrovna vinha para distraí-lo, mas ele respondia pouco e, pelo visto, não tinha amiúde nenhuma vontade de conversar. Klávdia Petrovna nem sequer imaginava que "tudo isso produziria tamanho efeito" nele. Quem o distraía, sobretudo, eram as crianças, com quem ele se punha mesmo a rir de vez em quando; todavia, levantava-se da sua cadeira, quase de hora em hora, e ia, nas pontas dos pés, ver a doente. Parecia-lhe, vez por outra, que ela o reconhecia. Não tinha, igual a todos, nem a mínima esperança de que ela convalescesse, porém não se afastava do quarto, onde Lisa estava morrendo, e costumava ficar no quarto ao lado.

Aliás, mesmo ao longo daqueles dias, mostrou-se, umas duas vezes, extremamente ativo: abandonava, de súbito, seu assento, partia correndo para Petersburgo, convidava os médicos mais renomados e organizava consultas. A segunda e última dessas consultas passou-se no dia anterior à morte de Lisa. Uns três dias antes, Klávdia Petrovna insistira, em sua conversa com Veltchanínov, que era preciso achar, finalmente, o paradeiro do senhor Trussótski, porquanto, "caso houvesse desgraça, nem se poderia enterrar Lisa na ausência dele". Veltchanínov respondeu, gaguejando, que lhe escreveria. Então o velho Pogorêltsev declarou que ia procurá-lo pessoalmente, com a ajuda da polícia. Veltchanínov acabou escrevendo um aviso de duas linhazinhas e levou-o para o hotel

Pokróvski. Pável Pávlovitch não estava presente, como de hábito, e ele deixou o bilhete com Maria Syssóievna para que o entregasse.

Lisa morreu numa bela tarde de verão, justo ao pôr do sol, e foi só naquela hora que Veltchanínov como que recuperou enfim os sentidos. Quando a defunta, já arrumada, trajando o garrido vestidinho branco de uma das filhas de Klávdia Petrovna, jazia em cima de uma mesa posta no meio da sala, com flores nas mãozinhas cruzadas, aproximou-se de Klávdia Petrovna e, de olhos fulgentes, declarou-lhe que ia de imediato buscar o "assassino". Sem atentar nos conselhos de esperar até o dia seguinte, foi imediatamente à cidade.

Sabia onde se poderia encontrar Pável Pávlovitch: não era só atrás dos médicos que ia, volta e meia, a Petersburgo. Parecia-lhe, de vez em quando, naqueles dias que, se trouxesse para Lisa, já prestes a falecer, o pai dela, a menina voltaria a si tão logo ouvisse a sua voz; então corria, como que cheio de desespero, procurar por aquele pai. Pável Pávlovitch continuava morando no mesmo quarto, só que nem adiantaria ir lá e perguntar por ele: "... faz três dias que não dorme nem passa" — informava Maria Syssóievna —, "e, quando vem por acaso, pingado, não se demora nem por uma horinha e sai outra vez rastejando... está um caco". Enquanto isso, um servente comunicara a Veltchanínov, no hotel Pokróvski, que Pável Pávlovitch já vinha frequentando umas raparigas da avenida Voznessênski. Veltchanínov localizou, de pronto, aquelas raparigas. Subornadas com presentes e iguarias, tais pessoas logo se lembraram de seu frequentador — principalmente, graças ao seu chapéu com crepe — e acabaram naturalmente por xingá-lo, na hora, porque não as frequentava mais. Uma delas, chamada Kátia, encarregou-se de "achar Pável Pávlovitch a qualquer momento, pois não saía agora do quarto de Machka[25] Prostakova, pois tinha lá montes de grana, pois a tal de Machka não se chamava Prostakova e, sim, Prokhvóstova,[26] e já passara pelo hospital, e pois bastaria que ela, Kátia, dissesse uma só palavra para despachá-la rapidinho para a Sibéria". Em todo caso, Kátia não o encontrara daquela feita, mas prometera, com seriedade,

---

[25] Forma diminutiva e pejorativa do nome russo Maria.
[26] Consta do original um jogo de palavras intraduzível para o português, que envolve dois substantivos antônimos: *prostak* (pessoa simplória, abobalhada e fácil de enganar) e *prokhvost* (pessoa ladina e desonesta, capaz de enganar qualquer um).

encontrá-lo da próxima. E era bem com o auxílio dela que Veltchanínov contava agora.

Chegando à cidade já pelas dez horas, exigiu sem demora que Kátia o seguisse, pagando a quem de direito pela ausência da acompanhante, e foi com ela procurar por Pável Pávlovitch. Ainda não sabia o que notadamente faria logo com ele: matá-lo-ia por algum motivo ou simplesmente o encontraria para comunicar-lhe a morte de sua filha e a necessidade de contribuir para o enterro? A primeira tentativa foi frustrada: esclareceu-se que Machka Prokhvóstova brigara com Pável Pávlovitch, ainda na antevéspera, e que um tesoureiro "quebrara a cabeça de Pável Pávlovitch com um banquinho". Numa palavra, foram longas as buscas, e só às duas horas da madrugada, na saída de um estabelecimento que lhe fora indicado, Veltchanínov se deparou, de chofre e sem esperar por isso, com quem andava procurando.

Pável Pávlovitch, totalmente embriagado, era conduzido para esse estabelecimento por duas damas, uma das quais o arrimava, segurando-lhe o braço, enquanto um pretendente de estatura alta e postura enérgica vinha atrás deles, esgoelando e dirigindo a Pável Pávlovitch, num tom pavoroso, várias ameaças terríveis. Gritava, entre outras coisas, que ele "o explorava e acabou envenenando a sua vida". Tratava-se, aparentemente, de algum dinheiro; ambas as damas estavam com muito medo e muita pressa. Mal avistou Veltchanínov, Pável Pávlovitch correu ao seu encontro de braços abertos, berrando como se fossem degolá-lo:

— Meu irmãozinho, protege!

À vista do torso atlético de Veltchanínov, o pretendente bateu logo em retirada; triunfante, Pável Pávlovitch mostrou-lhe, pelas costas, seu punho cerrado e soltou um brado vitorioso; então Veltchanínov o agadanhou, furioso, pelos ombros e pôs-se a sacudi-lo, sem mesmo saber para que, com ambas as mãos, de modo que seus dentes estralaram. Parando, num átimo, de gritar, Pável Pávlovitch fitava seu carrasco com um obtuso susto de bêbado. Sem que soubesse, provavelmente, o que faria com ele a seguir, Veltchanínov curvou-o com força e sentou-o sobre um frade de pedra.

— Lisa morreu! — disse-lhe.

Ainda sem despregar os olhos dele, Pável Pávlovitch estava sentado sobre aquele frade, e uma das damas continuava a segurá-lo. Entendeu, afinal, o que fora dito, e seu rosto ficou de repente cavado.

— Morreu... — sussurrou ele, e sua voz soava estranhamente. Veltchanínov não pôde enxergar se sorrira, bêbado como estava, com aquele seu ruim sorriso escancarado, ou então se alguma das suas feições se entortara apenas, mas um instante depois Pável Pávlovitch ergueu, com esforço, a mão direita, que tremelicava, para fazer um sinal da cruz, não conseguindo, todavia, fazê-lo e deixando sua mão tremente recair. Logo em seguida, levantou-se devagar do frade, agarrou-se à sua dama e, arrimando-se nela, foi seguindo seu caminho, como que tomado de torpor, como se Veltchanínov nem estivesse ali. Mas este voltou a agadanhar-lhe o ombro.

— Será que entendes, tu, monstro bêbado, que não podemos nem enterrá-la sem ti? — gritou, ofegante.

Pável Pávlovitch virou a cabeça.

— Pois aquele sargento-mor... de artilharia... lembras-te dele? — balbuciou, e sua língua mal se mexia.

— O quê-ê-ê? — uivou Veltchanínov, dolorosamente sobressaltado.

— Ele é o pai dela! Procura por ele... para enterrar...

— Mentira! — berrou Veltchanínov, como que desvairado. — Estás com raiva... eu já sabia que me preparavas isso aí!

Perdendo o juízo, ele ergueu seu punho medonho sobre a cabeça de Pável Pávlovitch. Mais um instante, e talvez viesse a matá-lo com um só golpe; as damas recuaram aos guinchos, porém Pável Pávlovitch nem piscou. Um paroxismo da fúria mais animalesca contraiu-lhe o rosto todo.

— Por acaso conheces — articulou com redobrada firmeza, como se não estivesse tão ébrio assim — nossa... russa? (E ele empregou um palavrão inadmissível em textos impressos). Pois então vai direto para ela! — A seguir, arrancou-se das mãos de Veltchanínov, tropeçou e, por um triz, não caiu. As damas acudiram para segurá-lo e, dessa vez, foram embora correndo, guinchando e quase arrastando Pável Pávlovitch consigo. Veltchanínov não foi persegui-los.

No dia seguinte, a uma hora da tarde, ao sítio dos Pogorêltsev veio um servidor de meia-idade, muito apresentável, vestindo um uniforme oficial, e entregou polidamente a Klávdia Petrovna um pacote que lhe havia endereçado Pável Pávlovitch Trussótski. Aquele pacote continha uma carta, com trezentos rublos dentro, e todas as certidões necessárias para o enterro de Lisa. A carta de Pável Pávlovitch era breve, por demais respeitosa e muito decente. Ele agradecia à Sua Excelência Klávdia Petrovna aquela benevolência compassiva com que ela tratara a órfã, dizendo que só Deus seria capaz de retribuí-la. Comentava, de maneira algo imprecisa, que um mal-estar extremo não lhe permitiria comparecer pessoalmente ao enterro da filha tão infeliz e ternamente amada por ele, e que depositava todas as esperanças, quanto a isso, na angelical bondade da alma de Sua Excelência. E aqueles trezentos rublos se destinavam, conforme explicava, mais adiante, em sua carta, a custear o enterro e a compensar, em geral, as despesas ocasionadas pela doença da filha. E, se sobrasse alguma parte da referida quantia, então ele pediria, encarecida e mui respeitosamente, gastá-la com missas em homenagem eterna à alma da finada Lisa. O servidor, que trouxera a carta, não pôde explicar nada além disso; até se esclareceu, a julgar por algumas das suas palavras, que se incumbira de entregar aquele pacote à Sua Excelência em pessoa tão só em atenção ao pedido bem insistente de Pável Pávlovitch. Pogorêltsev quase se melindrou com a expressão "as despesas ocasionadas pela doença" e, reservando cinquenta rublos para o enterro — pois não podia, afinal de contas, proibir um pai de enterrar sua filha —, mandou devolver imediatamente os duzentos e cinquenta rublos restantes ao senhor Trussótski. Klávdia Petrovna decidiu, por sua vez, que não devolveria os duzentos e cinquenta rublos em questão, mas, sim, o recibo da igreja do Campo-Santo a comprovar que esse dinheiro seria usado para encomendar missas em homenagem eterna à alma da finada mocinha Yelisaveta. Tal recibo foi entregue a Veltchanínov mais tarde, a fim de que o repassasse de imediato a Pável Pávlovitch, e ele o enviou pelo correio àquele hotel.

Após o enterro, Veltchanínov sumiu do sítio. Passou duas semanas inteiras deambulando pela cidade, sem objetivo algum, sozinho e colidindo, de tão pensativo, com as pessoas. De vez em quando, passava também dias inteiros deitado, estendido em seu sofá, esquecido das coisas mais corriqueiras. Os Pogorêltsev mandavam volta e meia convidá-lo para sua casa; ele prometia ir visitá-los e logo se esquecia disso. Klávdia Petrovna vinha pessoalmente vê-lo, mas não o encontrava em casa. O mesmo se dava com seu advogado; enquanto isso, o advogado tinha boas notícias a comunicar: o litígio fora resolvido com muita habilidade, e seus adversários aceitavam um acordo amigável em troca de certa parte bem insignificante da herança contestada, que Veltchanínov lhes pagaria em recompensa. Restava apenas conseguir o consentimento de Veltchanínov como tal... Ao encontrá-lo finalmente em casa, o advogado ficou surpreso com aquelas extraordinárias apatia e indiferença com que ele, havia pouco um cliente tão irrequieto, escutou seu relatório.

Chegaram os mais tórridos dias de julho, mas Veltchanínov não se lembrava nem do tempo que transcorria. O pesar doía em sua alma, como um abscesso prestes a rebentar, e aparecia-lhe, a cada minuto, em seus pensamentos dolorosamente nítidos. Seu maior sofrimento consistia em Lisa ter morrido sem chegar a conhecê-lo nem saber quão ansiosamente ele a amava! A meta de sua vida, que surgira em sua frente com tanto brilho alegre, apagou-se, súbita e completamente, nas trevas eternas. Essa meta consistiria precisamente — pensava ele agora, a cada minuto — em fazer que Lisa sentisse seu amor todo dia, toda hora e a vida toda, que não cessasse nunca de senti-lo. "Nenhum homem tem nem sequer pode ter nenhuma meta mais sublime que esta!" — absorvia-se ele, por vezes, numa sombria exaltação. — "Mesmo se houver outras metas, nenhuma delas pode ser mais sagrada que esta!"... "O amor de Lisa" — sonhava — "purificaria e redimiria toda a minha vida passada, fétida e baldia. Para me substituir a mim, ocioso, depravado e decaído, eu criaria para a vida um ser puro e belo, e tudo me seria perdoado em nome daquele ser, e eu mesmo perdoaria tudo a mim".

Todos esses pensamentos bem conscientes assediavam-no, sempre inseparáveis da pungente lembrança da menina morta, a qual sempre estava por perto e pronta a ferir sua alma. Ele rememorava o rostinho pálido de Lisa, lembrava-se de todas as expressões dele; a criança lhe vinha à memória tanto já no caixão, coberta de flores, como antes disso, desacordada e febricitante, de olhos abertos e vidrados. Recordou-se subitamente dela em cima daquela mesa, quando ele reparara em seu dedinho enegrecido, sabia lá Deus por que, durante a sua doença; ficara tão abismado então e com tanta pena daquele pobre dedinho que tivera, pela primeira vez, a ideia de achar logo Pável Pávlovitch e de matá-lo, tendo permanecido antes "como que insensível". Fora o orgulho ultrajado que trucidara esse coraçãozinho infantil, ou teriam sido três meses de sofrimentos que lhe causara o pai, cujo amor se transformara de chofre em ódio, vindo ele ofendê-la com falas vergonhosas, zombar de seu medo e, finalmente, mandá-la para uma casa alheia? Veltchanínov imaginava tudo isso, o tempo todo, e variava-o de mil maneiras distintas.

"Será que sabe o que Lisa tem sido para mim?" — relembrou, de improviso, a exclamação de Trussótski, bêbado, e sentiu que tal exclamação já não fazia parte do seu fingimento, mas expressava também seu amor. "Então como é que esse monstro podia tratar, com tanta crueldade, uma criança que amava tanto assim: seria isso possível?" Mas, todas as vezes, ele se apressava a deixar aquela questão de lado, como se tentasse ignorá-la: havia algo terrificante naquela questão, algo insuportável para Veltchanínov, algo irresoluto.

Um dia, quase sem entender como o fizera, ele foi ao cemitério, onde jazia Lisa, e encontrou o túmulo dela. Não viera ao cemitério nenhuma vez, desde o enterro, parecendo-lhe que teria de sofrer demais se ousasse ir lá. Mas, coisa estranha: quando ele se inclinou sobre o túmulo e beijou-o, sentiu de repente alívio. A tardezinha estava clara, o sol se punha; ao redor dele, rente às sepulturas, crescia uma relva bem verde e viçosa; perto dali, no meio das roseiras silvestres, zumbia uma abelha; as flores e guirlandas, que as crianças e Klávdia Petrovna haviam deixado no túmulo de Lisa após o enterro, continuavam lá mesmo, só que metade das folhazinhas já tinha caído. Até lhe surgiu certa esperança que refrescou, pela primeira vez nesse tempo todo, seu coração. "Como estou leve!" — pensou Veltchanínov, sentindo aquele silêncio do cemitério e olhando para aquele céu claro e plácido. O afluxo de uma fé pura e serena, nem ele sabia em que, encheu sua alma. "Foi Lisa quem me mandou isso tudo, é ela quem fala comigo" — passou-lhe pela cabeça.

A noite já se tornava escura, quando ele saiu do cemitério e foi para casa. Pelo caminho, não muito longe do portão, havia uma espécie de taberna ou botequim que se encontrava numa baixinha casa de madeira: dava para ver, através das janelas abertas, uns fregueses sentados às suas mesas. E pareceu-lhe, de súbito, que um desses fregueses, acomodado bem perto de uma janela, era Pável Pávlovitch, e que ele também o via e o mirava, curioso, por aquela janela. Veltchanínov seguiu seu caminho e ouviu, pouco depois, que alguém corria atrás dele; de fato, era Pável Pávlovitch quem corria em seu encalço, atraído e animado, sem dúvida, com a expressão conciliadora que percebera no rosto de Veltchanínov quando o espiava pela janela. Ao alcançá-lo, sorriu, um tanto tímido, mas seu sorriso não era mais aquele próprio dos bêbados. Aliás, estava mesmo bem sóbrio.

— Boa noite — disse ele.

— Boa noite — respondeu Veltchanínov.

XI. PÁVEL PÁVLOVITCH CASA-SE

Ao dizer esse "boa-noite", surpreendeu-se consigo mesmo. Pareceu-lhe muito estranho que encontrasse agora tal homem sem sombra de rancor e que houvesse naquele momento, em seus sentimentos por ele, algo bem diferente, algo que o impelia a renová-los.

— Mas que boa tardinha — disse Pável Pávlovitch, fitando-o bem nos olhos.

— O senhor ainda não foi embora — replicou Veltchanínov, como se não perguntasse, mas tão somente raciocinasse em voz alta, enquanto seguia adiante.

— Fiquei demorando, mas recebi um cargo com promoção. Vou partir depois de amanhã, com certeza.

— Recebeu um cargo? — Dessa vez, Veltchanínov lhe fez uma pergunta.

— E por que não? — De súbito, Pável Pávlovitch fez uma careta.

— Falei por falar... — pretextou Veltchanínov e, carregando o cenho, olhou de esguelha para Pável Pávlovitch. Para sua surpresa, as roupas, o chapéu com crepe e toda a aparência do senhor Trussótski eram incomparavelmente mais convenientes do que duas semanas antes. "Por que é que estava naquele botequim?" — pensava sem parar.

— Eu, Alexei Ivânovitch, tinha a intenção de lhe contar sobre uma alegria minha — voltou a falar Pável Pávlovitch.

— Sua alegria?

— Vou casar-me.

— O quê?

— Depois do pesar vem a alegria, é assim que sempre acontece na vida. Eu, Alexei Ivânovitch, gostaria muito... só que não sei: talvez o senhor esteja agora com pressa, porque sua cara está um pouco...

— Estou com pressa, sim, e... não estou bem, não.

Teve, repentinamente, muita vontade de se livrar dele; sua disposição para novos sentimentos esvaíra-se num instante.

— Mas eu gostaria de...

Pável Pávlovitch não disse o que gostaria de fazer; Veltchanínov permaneceu calado.

— Nesse caso, que fique para depois, se é que a gente se encontra de novo...

— Sim, sim, depois, depois — murmurava Veltchanínov bem rápido, sem olhar para ele nem se deter.

Ambos se calaram ainda por um minuto; Pável Pávlovitch continuava a caminhar ao lado de Veltchanínov.

— Nesse caso, até a vista — disse enfim.

— Até a vista. Desejo-lhe...

Outra vez todo abalado, Veltchanínov voltou para casa. Qualquer encontro com "aquele homem" era acima das suas forças. Indo dormir, pensou novamente: "Por que é que ele estava perto do cemitério?"

Na manhã seguinte, decidiu afinal ir à casa dos Pogorêltsev, e foi a contragosto que tomou essa decisão: pesava-lhe agora sobremaneira qualquer compaixão, nem que fosse a dos Pogorêltsev. Mas estes se preocupavam tanto com ele que lhe cumpria sem falta visitá-los. Imaginou de repente que teria, por alguma razão, muita vergonha assim que os encontrasse. "Vou lá ou não vou?" — pensava, apressando-se a tomar seu café da manhã, quando inesperadamente, para sua imensa surpresa, Pável Pávlovitch entrou em seu quarto.

Não obstante o encontro da véspera, Veltchanínov nem sequer podia imaginar que aquele homem tornasse um dia a vir à sua casa e ficara tão perplexo que olhava para ele sem saber o que diria. Contudo, Pável Pávlovitch tomou a dianteira: cumprimentou o dono da casa e sentou-se na mesma cadeira em que estava sentado três semanas antes, na ocasião de sua última visita. De chofre, Veltchanínov rememorou aquela visita com especial clareza. Mirava seu visitante com inquietude e repugnância.

— Está surpreso? — começou Pável Pávlovitch, captando o olhar de Veltchanínov.

De modo geral, ele parecia bem mais desenvolto do que na véspera, percebendo-se, ao mesmo tempo, que estava também muito mais tímido. Seu aspecto exterior era particularmente exótico. As roupas do senhor Trussótski estavam não apenas decentes, mas até mesmo garbosas, vestindo ele um leve paletó estival, uma calça clara e justa, um colete também claro; suas luvas, seu lornhão[27] de ouro, que aparecera não se sabia por que, sua camisa — estava tudo impecável; ele usava,

---

[27] Luneta de cabo longo, usada, no dia a dia, como óculos.

inclusive, perfume. Havia, em todo o seu vulto, algo ridículo que, ao mesmo tempo, engendrava certa ideia estranha e desagradável.

— É claro, Alexei Ivânovitch — prosseguiu Pável Pávlovitch, meio sem graça —, que o surpreendi com minha visita, e sinto muito. Mas acho que sempre se conserva entre as pessoas — e deve conservar-se, a meu ver —, algo superior, não é? Ou seja, algo superior se comparado a todas as condições e mesmo àquelas contrariedades que podem ocorrer... não é verdade?

— Desembuche logo, Pável Pávlovitch, e sem cerimônias — Veltchanínov franziu o sobrolho.

— Em duas palavras — azafamou-se Pável Pávlovitch —: estou para me casar e vou agora à casa de minha noiva, agora mesmo. Eles também estão num sítio. Eu gostaria de obter a profunda honra de ousar apresentá-lo àquela família e venho com um pedido extraordinário (Pável Pávlovitch inclinou, com submissão, a cabeça)... venho para lhe pedir que me acompanhe...

— Que o acompanhe onde? — Veltchanínov arregalou os olhos.

— Na casa deles, quer dizer, no sítio. Desculpe: estou falando como se estivesse com febre e talvez o tenha confundido; porém temo tanto que o senhor se recuse...

E mirou Veltchanínov com um ar bem lastimável.

— Quer que eu vá agora, com o senhor, à casa de sua noiva? — inquiriu Veltchanínov, olhando rápido para ele e não dando mais crédito nem aos seus ouvidos nem aos seus olhos.

— Ssim... — Pável Pávlovitch ficou, de repente, todo intimidado. — Veja se não se zanga, Alexei Ivânovitch: não é nenhuma ousadia minha, mas tão somente um pedido encarecido e extraordinário. Sonhava que o senhor talvez não quisesse rejeitá-lo...

— Primeiramente, isso é impossível — Veltchanínov se moveu, inquieto.

— Mas é apenas um enorme desejo meu, e nada mais — Pável Pávlovitch continuava implorando. — Tampouco vou negar que há uma razão especial, só que gostaria de revelar essa razão mais tarde e agora lhe peço apenas, extraordinariamente...

Até se levantou da cadeira, de tão respeitoso.

— Mas, em todo caso, isso é impossível, concorde o senhor mesmo...
— Veltchanínov também se levantou do seu assento.

— É bem possível, Alexei Ivânovitch: eu tencionava apresentá-lo, nessa ocasião, assim, como um companheiro meu. E, em segundo lugar, o senhor já os conhece, aliás. É que iremos ao sítio de Zakhlebínin. Do servidor de quinta classe Zakhlebínin.

— Como assim? — exclamou Veltchanínov. Era aquele mesmo servidor de quinta classe por quem ele procurara tanto, cerca de um mês antes, sem nunca encontrá-lo em casa, e que agia, como se esclarecera depois, em prol de seus adversários no pleito por ele movido.

— Pois sim, pois sim — Pável Pávlovitch sorria, como que alentado pelo tremendo assombro de Veltchanínov —, aquele mesmo... Lembra ainda como o senhor passava, daquela feita, com ele e conversava, e como eu olhava para os senhores, postado ali na frente? Eu aguardava então para ir abordá-lo depois do senhor. Nós dois até servíamos juntos, uns vinte anos atrás, mas então, quando queria abordá-lo depois do senhor, ainda não tinha a ideia de me casar. Só a tive agora, tão de repente assim, faz uma semana.

— Mas escute: não seria, pelo que me parece, uma família muito respeitável? — Veltchanínov se pasmou ingenuamente.

— E daí, se for respeitável? — Pável Pávlovitch fez uma careta.

— Não, eu não falo nisso, bem entendido, mas... pelo que percebi, quando estava naquela casa...

— Eles se lembram, sim, eles se lembram de sua visita — prosseguiu, jovialmente, Pável Pávlovitch —; só que o senhor não pôde então ver a família toda. Mas, quanto a Zakhlebínin, ele se lembra do senhor e o respeita. Falei do senhor para eles com muita deferência.

— Mas como é que se casa, sendo viúvo há somente três meses?

— É que o casamento não vai ser agora; o casamento vai ser daqui a nove ou dez meses, de modo que este meu ano de luto já terá acabado. Acredite que está tudo bem. Em primeiro lugar: Fedosséi Petróvitch me conhece, digamos, desde pequeno, conheceu minha finada esposa, sabe como eu vivia e servia, e, finalmente, eu mesmo possuo um cabedal e agora vou receber, outrossim, um cargo com promoção... e tudo isso pesa bastante.

— Trata-se, pois, da filha dele?

— Vou contar-lhe disso tudo por miúdo — Pável Pávlovitch até se arrepiou, de tão contente —; permita só que eu fume um cigarrozinho. Ademais, verá tudo hoje com os próprios olhos. Primeiramente, tais homens de negócios como Fedosséi Petróvitch são, por vezes, muito valorizados, aqui em Petersburgo, quanto ao seu serviço, se tiverem tempo para atrair atenções. Só que não têm, além do salário e, sobretudo, daqueles subsídios complementares, recompensatórios, extranumerários, alimentícios ou únicos, nadica de nada, ou seja, não têm capitais de base. Vivem bem, mas não conseguem juntar dinheiro, de jeito nenhum, se tiverem família. Reflita o senhor mesmo: Fedosséi Petróvitch tem oito filhas e só um filhinho pequeno. Se ele morrer agora, deixará tão só uma pensãozinha escassa. E tem lá oito filhas solteiras... não, imagine só, imagine: se comprasse apenas um par de sapatos para cada uma, quanto dinheiro é que gastaria? Daquelas oito moças, cinco já podem ser noivas: a mais velha tem vinte e quatro anos (é uma moça admirabilíssima, o senhor mesmo verá!), e a sexta filha tem quinze anos e estuda ainda num ginásio. Precisa-se, pois, achar noivos para aquelas cinco moças solteiras e cumpre-se fazer isso, na medida do possível, de antemão... Então, caso o pai tivesse de levá-las todas até os noivos, eu lhe pergunto quanto aquilo ali custaria? E eis que eu cá, o primeiro noivo, apareço de repente na casa deles, e eles já me conhecem, quer dizer, sabem que possuo realmente um cabedal. É bem esse o negócio todo.

Pável Pávlovitch comprazia-se em explicar.

— Pediu em casamento a filha mais velha?

— Nnão, eu... não pedi em casamento a mais velha, mas aquela sexta, aquela que faz ainda seu ginasial.

— Como? — Veltchanínov sorriu sem querer. — Mas o senhor diz aí que ela tem quinze anos!

— Tem quinze anos agora, mas daqui a nove meses terá dezesseis, quer dizer, dezesseis anos e três meses... então por que não? Aliás, como agora seria tudo uma indecência, não se fala de nada em público, por enquanto, mas tão só entre mim e seus pais... Acredite, pois, que está tudo bem!

— Afinal, nada foi decidido ainda?

— Está decidido, sim, está tudo decidido. E acredite que está tudo bem.

— E ela sabe?

— Mas eles lá só fazem de conta, por conveniência, que não falam de nada, mas, na verdade, como é que ela não saberia? — Pável Pávlovitch entrefechou, jubiloso, os olhos. — Pois então, Alexei Ivânovitch, o senhor me fará esse prazer? — concluiu, todo tímido.

— Mas por que é que eu iria àquela casa? De resto — acrescentou depressa —, como não vou lá de qualquer maneira, nem precisa alegar motivo algum para mim.

— Alexei Ivânovitch...

— Mas será que me sentarei ao seu lado e irei mesmo lá, pense bem?

Sua sensação asquerosa e repulsiva surgiu-lhe de novo, após um minuto de distração com aquela falácia de Pável Pávlovitch sobre a noiva dele. Mais um minuto, e ele o expulsaria, parece, de uma vez por todas. Até se zangou, por alguma razão, consigo mesmo.

— Sente-se, Alexei Ivânovitch, sente-se ao meu lado e não ficará arrependido! — implorava Pável Pávlovitch, com uma voz compenetrada.

— Não, não, não! — agitou os braços, ao reparar num gesto impaciente e resoluto de Veltchanínov. — Alexei Ivânovitch, não se apresse a decidir, Alexei Ivânovitch! Estou vendo que o senhor me entendeu, quem sabe, de modo equivocado, pois compreendo muito bem que não somos amigos, nós dois, pois não sou tão aberrante assim que nem posso compreendê-lo. E o favor de hoje, que ora lhe peço, não vai obrigá-lo a nada, posteriormente. E eu mesmo irei amanhã embora daqui, ou seja, para todo o sempre, como se nada, digamos, tivesse acontecido. Que este dia seja apenas uma casualidade. Eu vinha para cá e depositava minhas esperanças nessa nobreza dos sentimentos peculiares de seu coração, Alexei Ivânovitch, precisamente daqueles sentimentos que podiam ter brotado, nos últimos tempos, em seu coração... Parece que estou falando às claras, ou ainda nem tanto?

A emoção de Pável Pávlovitch crescera em demasia. Veltchanínov olhava para ele de modo algo estranho.

— O senhor me pede algum favor, por minha parte — disse ele, meditativo —, e está insistindo sobremaneira, o que me parece suspeito. Quero saber mais.

— Todo esse favor consiste apenas em ir comigo. E depois, quando a gente voltar dali, vou desdobrar tudo em sua frente, Alexei Ivânovitch, como na hora da confissão. Confie em mim!

No entanto, Veltchanínov se recusava ainda, e tanto mais teimava que sentia, em seu íntimo, certa ideia penosa e maldosa. Essa ideia maldosa revolvia-se nele havia muito tempo, desde o começo, desde que Pável Pávlovitch lhe contara sobre a sua noiva: quer fosse uma simples curiosidade, quer uma atração por ora completamente imprecisa, apetecia-lhe concordar. E quanto mais lhe apetecia, tanto mais ele se defendia. Estava sentado, apoiando-se numa mão, e refletia. Pável Pávlovitch rodopiava à sua volta e suplicava.

— Está bem, vou lá — concordou ele de chofre, inquieto e quase alarmado, levantando-se do seu assento.

Pável Pávlovitch alegrou-se desmedidamente.

— Não, Alexei Ivânovitch, o senhor deveria pôr trajes melhores — continuava a rodopiar, jovial, à volta de Veltchanínov que se vestia. — Trajes melhores, aqueles que o senhor usa.

"Por que é que ele se mete nisso, esse homem estranho?" — pensava Veltchanínov com seus botões.

— E não é apenas esse serviço, Alexei Ivânovitch, que espero do senhor. Desde que já anuiu, seja agora meu guia.

— Em que, por exemplo?

— Por exemplo, uma grande questão é este crepe. O que seria mais apropriado: tirar o crepe ou ficar com ele?

— Faça como quiser.

— Não, eu desejo que o senhor resolva: o que faria em meu lugar, quer dizer, se usasse um crepe destes? Minha própria ideia era a de deixá-lo como está, pois isso indicaria a constância de meus sentimentos e consequentemente me caracterizaria de forma louvável.

— Tire-o, bem entendido...

— Seria mesmo "bem entendido"? — Pável Pávlovitch ficou pensativo.

— Não, seria melhor que o conservasse...

— Como quiser.

"Entretanto, ele não confia em mim; isso é bom" — pensou Veltchanínov.

Eles saíram; Pável Pávlovitch examinava com prazer Veltchanínov, que pusera seu traje de gala, parecendo mesmo que o rosto dele exprimia maiores respeito e imponência. Veltchanínov se pasmava com ele e, mais ainda, consigo. Uma excelente caleça esperava pelos homens ao pé do portão.

— E o senhor já havia preparado essa caleça? Tinha, pois, toda a certeza de que eu iria lá?

— Quanto à caleça, contratei-a para mim mesmo, porém estava quase certo de que o senhor consentiria em ir comigo — respondeu Pável Pávlovitch, com ares de quem estivesse totalmente feliz.

— Ei, Pável Pávlovitch! — Veltchanínov deu uma risada algo biliosa, tendo ambos tomado seus lugares na carruagem que fora avançando. — Não estaria por demais certo de mim?

— Mas não seria o senhor, Alexei Ivânovitch, não seria o senhor quem me diria, portanto, que sou imbecil? — replicou Pável Pávlovitch, com uma voz firme e compenetrada.

"E Lisa?" — pensou Veltchanínov e logo cessou de pensar nisso, como se tivesse medo de proferir alguma blasfêmia. E pareceu-lhe, de súbito, que ele próprio era tão fútil, tão ínfimo nesse momento; pareceu-lhe que a ideia a tentá-lo era tão pequena e tão ruinzinha... e ele quis outra vez abandonar tudo, custasse o que custasse, e sair, nem que fosse de imediato, daquela caleça, nem que lhe cumprisse, para tanto, espancar Pável Pávlovitch. Mas este se pôs a falar, e a tentação voltou a dominar-lhe o coração.

— Será que o senhor entende, Alexei Ivânovitch, de objetos de valor?

— Que objetos de valor são esses?

— Os diamantes.

— Entendo, sim.

— Eu gostaria de levar um presentinho. Sugira-me: preciso ou não?

— Para mim, não precisa, não.

— Mas eu gostaria muito... — Pável Pávlovitch não se quietava. — Mas o que é que compraria? Seria todo um conjunto, isto é, um broche, um par de brincos e uma pulseira, ou só uma coisinha?

— Quer gastar quanto?

— Uns quatrocentos rublos, ou quinhentos.

— Ui!

— Seria muito? — estremeceu Pável Pávlovitch.

— Compre só uma pulseira por cem rublos.

Pável Pávlovitch até se entristeceu. Queria tanto pagar mais caro e comprar "todo" um conjunto. Ficou insistindo. Passaram então por uma loja. Todavia, acabaram por comprar apenas uma pulseira, e não era a de que gostava Pável Pávlovitch, mas a indicada por Veltchanínov. Pável Pávlovitch se dispunha a comprar ambas as pulseiras. Quando o comerciante, que pedira cento e setenta e cinco rublos pela pulseira, vendeu-a por cento e cinquenta, ele se aborreceu: teria desembolsado, com gosto, duzentos rublos, se lhe reclamassem tal soma, tanto é que lhe apetecia pagar o mais caro possível.

— Não faz mal, se me apresso com esses presentes — derramava, extático, sua eloquência, quando eles foram adiante —: não é nenhuma alta-roda ali, é tudo bem simples. A inocência gosta de presentinhos — sorriu, com malícia e alegria. — Pois o senhor ficou sorrindo há pouco, Alexei Ivânovitch, porque ela tem quinze anos; mas foi bem isso que me subiu à cabeça, quando pensei que ia ao ginásio com aquele saquinho na mão, onde guardava seus caderninhos e suas peninhas, he-he! Foi o saquinho que seduziu minha mente! O que me interessa, Alexei Ivânovitch, é a inocência propriamente dita. Não se trata, para mim, tanto da beleza do rosto quanto daquilo ali. Está rindo num cantinho, com uma amiguinha sua, e como está rindo, meu Deus do céu! E por quê? Todo aquele riso é porque uma gatinha pulou da cômoda para a caminha e lá se deitou enrodilhadinha... Cheira ali a uma maçãzinha fresquinha, não cheira? Será que tiro este meu crepe?

— Faça como quiser.

— Tiro, sim!

Ele tirou o chapéu, arrancou o crepe e jogou-o na estrada. Veltchanínov percebeu que seu rosto irradiava a esperança mais luminosa, pondo ele o chapéu de volta em sua cabeça calva.

"Será ele assim mesmo?" — pensou, com uma fúria já verdadeira. — "Será que não há nenhuma artimanha nesse convite dele? Será que conta, de fato, com minha nobreza?" — continuou, quase magoado com esta última suposição. — "Quem será: um palhaço, um idiota ou um 'eterno marido'? Mas, enfim, isso se torna impossível!..."

XII. NA CASA DOS ZAKHLEBÍNIN

Os Zakhlebínin eram, de fato, "uma família muito respeitável", segundo se expressara Veltchanínov na véspera, e Zakhlebínin como tal era um servidor público muito imponente e bem-visto. Também era verdade tudo quanto Pável Pávlovitch havia dito sobre a renda dessa família: "Parece que vivem bem, mas, se o homem morresse, não sobraria nada".

O velho Zakhlebínin recebeu Veltchanínov bem amistosamente, deixando de ser seu recente "inimigo" e transformando-se em seu amigo do peito.

— Parabéns: é melhor desse jeito! — disse-lhe, desde logo, aprumando-se com um ar cortês. — Eu mesmo insistia num acordo amigável, e Piotr Kárlovitch (o advogado de Veltchanínov) é um homem de ouro, quanto àquilo ali. Pois bem! Receberá uns sessenta mil sem correia, sem demora, sem briga! Senão, o litígio poderia durar, quiçá, uns três anos!

Logo em seguida, Veltchanínov foi apresentado igualmente à *Madame* Zakhlebínina, uma dama de certa idade, de corpo assaz adiposo e rosto um tanto simplório e fatigado. As mocinhas também começaram a aparecer: vinham devagarinho, uma após a outra ou duas por duas. Só que a quantidade dessas mocinhas que apareciam era grande demais, reunindo-se lá, pouco a pouco, umas dez ou doze. Veltchanínov nem sequer conseguia contá-las: umas entravam e outras saíam. No meio delas, porém, havia muitas vizinhas, suas amigas. A casa de veraneio dos Zakhlebínin — um sobrado de madeira, construído num estilo desconhecido, mas requintado, com dependências erigidas com o passar dos anos — tinha um grande jardim; contudo, três ou quatro outras casas de veraneio davam, de vários lados, para o mesmo jardim, de sorte que ele se tornava comum, o que contribuía, naturalmente, para a aproximação das mocinhas com essas vizinhas. Desde as primeiras palavras da conversa, Veltchanínov percebeu que já se esperava por ele lá e que sua vinda, na qualidade de um amigo de Pável Pávlovitch que desejava conhecer a família, quase chegara a ser solenemente anunciada. Seu olhar, penetrante e versado em tais assuntos, não demorou a discernir até mesmo algo singular: julgando ele pela recepção dos pais, amável em demasia, pela atitude das moças, que era, de certa forma, especial, e pelos trajes delas (embora fosse, de resto, um dia festivo), surgiu-lhe a suspeita de que Pável Pávlovitch tivesse usado de astúcia e, mui provavelmente, imposto ali — sem que se expressasse, bem entendido, às claras — uma espécie de conjetura de ser ele próprio um solteirão enfadado, pertencente à "boa sociedade", endinheirado e afinal, também mui provavelmente, disposto a "pôr termo", de uma vez por todas, e a contrair matrimônio, ainda mais que "acabava de deitar a mão numa herança". Parecia que a mais velha *Mademoiselle* Zakhlebínina, Katerina Fedosséievna, justamente aquela que tinha vinte e quatro anos e que Pável Pávlovitch havia descrito como "uma moça admirabilíssima", estava para adotar, mais ou menos, esse tom. Destacava-se sobremodo, entre suas irmãs, com seu traje e certo arranjo original de seus bastos cabelos. Quanto às suas irmãs e a todas as outras mocinhas, pareciam, por sua vez, firmemente convictas de que Veltchanínov conhecia a família toda "por causa de Kátia" e viera para "vê-la". Não só os olhares, mas também algumas palavras, que lhes escaparam ao longo daquele dia, confirmariam depois essa hipótese para ele. Katerina Fedosséievna era uma moça loura, alta e cheinha até a fartura, de semblante bem agradável, cuja índole aparentava ser quieta, nada empreendedora e mesmo sonolenta. "É estranho que uma moça dessas ainda não esteja casada" — pensou Veltchanínov, de modo involuntário, ao passo que a mirava prazerosamente. — "Não tem dote e ficará, daqui a pouco, toda obesa, mas, por enquanto, haveria tantos homens a fim dela...". Todas as outras irmãs tampouco eram feiosas, e no meio das vizinhas apareciam, aqui ou acolá, umas carinhas engraçadas e até mesmo bonitas. Isso passou a diverti-lo; aliás, ele já viera com umas ideias particulares. Nadejda Fedosséievna, a sexta filha, ginasiana e pretensa noiva de Pável Pávlovitch, fez-se esperar. Veltchanínov esperava por ela com impaciência, até se surpreendendo com isso, e sorria à socapa. Ela veio enfim, e não sem efeito, acompanhada por uma amiguinha desinibida e buliçosa, chamada Maria Nikítichna, uma moça morena, de rosto engraçado, da qual Pável Pávlovitch tinha, como se esclareceu na hora, muito medo. Tendo já uns vinte e três anos, essa Maria Nikítichna era escarninha, chegando a ser inteligentinha, trabalhava como governanta numa família conhecida, que morava por perto, era considerada, havia tempos, como uma parenta na casa dos Zakhlebínin e muito prezada pelas suas filhas. Dava para ver que Nádia[28] também necessitava dela agora. Desde a primeira olhada, Veltchanínov percebeu que todas as moças, inclusive as amigas, estavam contra Pável Pávlovitch e, dois minutos depois que viera Nádia, deduziu que ela também o detestava. Notou, por outro lado, que Pável Pávlovitch não reparava ou então não queria reparar nisso de modo algum. Indiscutivelmente, Nádia era a melhor de todas as irmãs: uma garota de cabelos escuros, com ares de uma selvagem e atrevida que nem uma niilista;[29] um diabinho ladino,

---

[28] Forma diminutiva e carinhosa do nome russo Nadejda que o autor emprega concomitante à forma "Nádenka".
[29] Dostoiévski alude, com ironia, à vertente ideológica, bem popular na Rússia desde os meados do século XIX, cujos adeptos, em sua maioria jovens e "rebeldes sem causa", tendiam a negar cabalmente (o termo *nihil* significa *nada* em latim) os ideais e valores da sociedade burguesa.

com aqueles olhinhos fogosos, com aquele sorriso lindo, embora amiúde malvado, com aqueles labiozinhos e dentinhos encantadores, toda magrinha, retinha, cuja expressão facial, ardente e, ao mesmo tempo, quase totalmente infantil, denotava um raciocínio prestes a nascer. Seus quinze anos transpareciam em cada passo e cada palavra dela. Depois se saberia que Pável Pávlovitch a vira realmente, pela primeira vez, com aquele saquinho de oleado nas mãos; todavia, ela já deixara de usá-lo.

A pulseira oferecida não deu nada certo e até mesmo causou uma impressão desagradável. Tão logo avistou sua noiva que entrava, Pável Pávlovitch achegou-se a ela com um sorrisinho. Ofereceu-lhe o mimo a pretexto "do prazer delicioso que sentira, da última vez, ao ouvir a deliciosa romança que Nadejda Fedosséievna havia cantado, tocando o pianoforte...".[30] Confundiu-se, não terminou a frase e ficou como que perdido, estendendo e enfiando na mão de Nadejda Fedosséievna o estojo daquela pulseira, enquanto a mocinha não queria tomá-lo e, corando de vergonha e ira, movia os braços para trás. Voltou-se, afoita, para sua mãezinha, cujo rosto manifestava um embaraço, e disse bem alto:

— Não quero pegar aquilo, *maman*![31]

— Pois pega e agradece — respondeu seu pai, com uma severidade tranquila, posto que estivesse também descontente. — Não precisava, não precisava! — murmurou, dirigindo-se a Pável Pávlovitch num tom didático.

Sem ter mais nada a fazer, Nádia pegou o estojo e, abaixando os olhinhos, fez uma reverência daquele jeito que as meninas pequenas costumam fazê-la, ou seja, quase se agachou de repente e, logo a seguir, deu um pulinho, como se uma mola a impelisse. Uma das suas irmãs aproximou-se dela para ver a pulseira, e Nádia lhe entregou o estojo, ainda fechado, mostrando com isso que nem mesmo queria olhar para ela. Retiraram então a pulseira e começaram a passá-la de mão em mão, só que todos a examinavam calados, e alguns, zombeteiros. Foi tão só a mãezinha que disse a gaguejar que a pulseira era bem bonitinha.

Pável Pávlovitch estava para afundar no chão.[32] Quem o socorreu foi Veltchanínov. Passou de repente a conversar, em voz alta e com todo o

---

[30] Nome arcaico do piano.
[31] Mamãe (em francês).
[32] A expressão russa "afundar no chão" (*провалиться сквозь землю*) significa que alguém está extremamente envergonhado e faria qualquer coisa para se esconder ou fugir.

gosto, agarrando a primeira ideia vinda, e conquistou, sem terem ainda transcorrido uns cinco minutos, a atenção de todos os que se encontravam na sala de estar. Tinha estudado a fundo aquela arte de prosear na alta sociedade, ou seja, a arte de parecer absolutamente ingênuo e, ao mesmo tempo, fazer de conta que tomava seus ouvintes também por pessoas tão ingênuas como ele próprio. Quando necessário, sabia fingir bem naturalmente que era o mais alegre e feliz dos homens. De igual maneira, sabia inserir entre as palavras, com muita destreza, uma palavrinha picante e provocante, uma alusão engraçada, um trocadilho cômico, mas fazia isso como que sem querer nem mesmo reparar nisso, embora aquela brincadeira, aquele trocadilho e, finalmente, toda aquela conversa tivessem sido, quiçá, preparados e decorados havia muito tempo, e já usados mais de uma vez. E foi também a própria natureza que se uniu, naquele momento, à sua arte: ele se sentia inspirado, atraído por alguma força; sentia, em seu íntimo, a mais completa e triunfante certeza de que, poucos minutos depois, todos aqueles olhos se voltariam em sua direção, e todas aquelas pessoas iriam escutá-lo, tão só a ele, falar tão somente com ele e rir unicamente daquilo que ele dissesse. De fato, ouviram-se em breve umas risadas, e outras pessoas se envolveram, pouco a pouco, nessa conversa, tendo ele também dominado a capacidade de envolver outras pessoas em suas conversas; assim, três ou quatro vozes já se punham a falar simultaneamente. O rosto entediado e fatigado da senhora Zakhlebínina iluminou-se com uma espécie de alegria; o mesmo ocorreu a Katerina Fedosséievna que escutava e olhava como quem estivesse enfeitiçado. Nádia fitava Veltchanínov de soslaio; dava para notar que já desconfiava dele. Veltchanínov se animou mais ainda com isso. Maria Nikítichna, a "maldosa", conseguiu, não obstante, insinuar na conversa uma frase bastante cáustica que lhe dizia respeito: inventou e passou a afirmar que Pável Pávlovitch o apresentara ali, no dia anterior, como seu amigo de infância, e acrescentou, desse modo, uns sete anos à sua idade, aludindo a tanto bem claramente. Mas até aquela maldosa Maria Nikítichna acabou gostando dele. Pável Pávlovitch ficou decididamente perplexo. Decerto se dava conta dos meios que possuía seu amigo e até mesmo se alegrava, logo de início, com seu sucesso, soltando risadinhas e intrometendo-se na conversa, porém começou aos poucos, por alguma razão, a imergir numa meditação, depois numa tristeza, o que expressava nitidamente a sua fisionomia inquieta.

— Mas o senhor é uma daquelas visitas que nem precisamos divertir — concluiu afinal, todo alegre, o velho Zakhlebínin, levantando-se da cadeira para subir ao seu gabinete onde, apesar de ser um feriado, já estavam prontos vários papéis oficiais que ia revisar. — Contudo, imagine só: achava que, dentre todos os nossos jovens, o senhor fosse o hipocondríaco mais soturno. Eis como a gente se engana!

Havia, na sala de estar, um piano de cauda; Veltchanínov perguntou quem fazia música e, de improviso, dirigiu-se a Nádia:

— Parece que a senhorita canta?

— Quem foi que lhe disse? — rebateu Nádia.

— Pável Pávlovitch acabou de dizer.

— Não é verdade: canto apenas para rir, nem voz tenho.

— Eu cá também estou sem voz, mas, ainda assim, canto.

— Vai cantar para nós? Então eu também vou cantar para o senhor — Os olhinhos de Nádia fulgiram —, mas não agora e, sim, depois do almoço. Detesto a música — adicionou —, estou farta desses pianofortes. É que todo mundo toca e canta aqui, da manhã até a noite: veja só Kátia, por exemplo...

Veltchanínov se apressou a levar esse tema adiante e ficou sabendo que apenas Katerina Fedosséievna tocava seriamente piano. Logo lhe pediu que tocasse. Todos se sentiram, obviamente, contentes de ele se ter dirigido a Kátia, e a *maman* até mesmo enrubesceu de tão satisfeita. Katerina Fedosséievna levantou-se, sorrindo, e foi até o piano, e de repente, sem ela mesma esperar por isso, também se ruborizou toda, envergonhando-se muito, a seguir, de já ser tão grande assim, de já ter vinte e quatro anos, de ser tão cheinha e de corar feito uma menina, e tudo isso estava escrito em seu semblante, quando ela se sentava para tocar. Tocou alguma peça de Haydn[33] e tocou-a com precisão, embora sem expressão, tanto se intimidara. Quando terminou, Veltchanínov se desfez em elogios, porém estes não se referiam à moça e, sim, a Haydn e, sobretudo, àquela pequena peça que ela tocara, e Kátia se sentiu, pelo visto, bem à vontade e passou a ouvir esses elogios, os quais não se referiam a ela e, sim, a Haydn, tão grata e tão feliz que Veltchanínov olhou para ela, involuntariamente, com maiores carinho e atenção. "Mas

---

[33] Joseph Haydn (1732-1809): famoso compositor austríaco, um dos maiores expoentes do chamado "classicismo vienense".

você é uma gracinha, hein?": essa ideia luzia em seu olhar, e todos — em especial, Katerina Fedosséievna em pessoa — como que entenderam juntos aquele olhar dele.

— Têm aí um belo jardim — dirigiu-se, de súbito, aos presentes, mirando as portas envidraçadas do terraço. — Vamos todos ao jardim, sabem?

— Vamos, vamos! — ressoaram uns gritinhos alegres, como se ele tivesse adivinhado o principal desejo de toda a turma.

Passearam no jardim até o almoço. A senhora Zakhlebínina, que tinha, havia muito tempo, vontade de ir tirar uma soneca, tampouco se conteve e foi passear com todo mundo, mas se deteve, sensata que era, para descansar, sentadinha no terraço, e logo ficou cochilando. Ali no jardim, as relações mútuas de Veltchanínov e todas as mocinhas tornaram-se ainda mais amistosas. Ele notou que dois ou três rapazes bem jovens tinham vindo, por sua vez, das casas vizinhas: um deles era estudante universitário, o outro, apenas um ginasiano.

Cada um desses rapazes veio correndo abordar sua amiguinha, percebendo-se que estavam ali por causa delas; quanto ao terceiro "moço", um garotão de vinte anos de idade, cara sombria e cabelo em pé, que usava enormes óculos azuis, ele se pôs a debater algo cochichando, todo ansioso e carrancudo, com Maria Nikítichna e Nádia. Olhava severamente para Veltchanínov e parecia achar que lhe coubesse tratá-lo com um desprezo extraordinário. Umas mocinhas propunham começar logo a brincar. Perguntando-lhes Veltchanínov que brincadeira seria, responderam que brincavam de pega-pega e qualquer outra coisa, mas que essa tarde brincariam de provérbios, ou seja, ficariam todos sentados, enquanto um dos participantes se afastaria por um tempinho; depois quem estivesse sentado escolheria um provérbio, por exemplo "Devagar se vai ao longe", e, quando chamassem por aquele participante, cada qual deveria preparar e dizer-lhe, um após o outro, alguma frase. Quem fosse o primeiro a falar diria, sem falta, uma frase contendo a palavra "devagar"; o segundo diria uma frase com a palavra "se vai", e assim por diante. E aquele participante haveria de captar todas essas palavrinhas e de juntá-las para adivinhar o provérbio.

— Isso deve ser bem engraçado — comentou Veltchanínov.

— Ah, não, é maçante de morrer — responderam duas ou três vozes de vez.

— A gente brinca também de teatro — replicou Nádia, dirigindo-se a ele. — Está vendo aquela árvore grossa, cercada de bancos? Lá, detrás da árvore, é como se fossem os bastidores: os atores ficam lá sentados — um rei, uma rainha, uma princesa, um moço... qualquer papel que eles queiram —, e cada um aparece, quando lhe der na telha, e diz o que lhe vier à cabeça, então se faz algum espetáculo.

— Mas é ótimo, sim! — tornou a elogiar Veltchanínov.

— Ah, não, é maçante de morrer! Todas as vezes, está bem divertido no começo, mas, pelo fim, vai ficando sem pés nem cabeça, porque ninguém sabe finalizar. Talvez seja mais interessante com o senhor? A gente pensava a seu respeito que fosse um amigo de Pável Pávlovitch, mas, na verdade, ele só se gabava dessa sua amizade. Estou muito feliz de o senhor ter vindo... por algum motivo — Ela olhou para Veltchanínov, toda séria e imponente, e logo se afastou em direção a Maria Nikítichna.

— Vamos brincar de provérbios à noite — Foi uma das amiguinhas quem o sussurrou, repentina e confidencialmente, a Veltchanínov, se bem que ele mal tivesse reparado nela, até então, nem lhe tivesse dito ainda meia palavra. — À noite, todos vão rir de Pável Pávlovitch, e o senhor também vai rir.

— Ah, como é bom o senhor ter vindo: está tudo tão enfadonho aqui! — disse-lhe, amigavelmente, outra mocinha, em quem ele nem sequer reparara até então e que surgira Deus sabe de onde, ruivinha, de rosto sardento e divertidamente avermelhado com a agitação e o calor estival.

A angústia de Pável Pávlovitch não cessava de aumentar. Veltchanínov acabou por se aproximar bastante de Nádia, naquele jardim: ela não o mirava mais de soslaio, como havia pouco, e parecia ter abandonado a sua ideia de examiná-lo por miúdo, mas estava gargalhando, pulando, guinchando e até lhe pegou, umas duas vezes, a mão; estava realmente muito feliz e, quanto a Pável Pávlovitch, não lhe dava ainda a mínima atenção, como se nem sequer o enxergasse. Veltchanínov ficou persuadido de que existia, positivamente, um complô contra Pável Pávlovitch: Nádia, com toda uma turminha de moças, levava Veltchanínov para um lado, ao passo que outras amiguinhas usavam diversos pretextos a fim de arrastar Pável Pávlovitch para o lado oposto, mas este escapulia logo e vinha correndo em disparada atrás deles, ou seja, de Veltchanínov e Nádia, e de repente enfiava, inquieto e todo ouvidos, sua cabeça calva entre os dois. Acabou por não se incomodar mais nem um pouco, de forma que a ingenuidade dos seus gestos e movimentos chegava, por vezes, a ser espantosa. Veltchanínov, da sua parte, não pôde deixar de prestar novamente uma atenção especial em Katerina Fedosséievna: decerto já estava bem claro, para ela, que esse homem não viera por sua causa, mas se interessava demais por Nádia; ainda assim, seu semblante continuava tão gentil e sereno como havia pouco. Parecia que estava feliz apenas por se encontrar também ao lado deles dois e ouvir o que dizia o novo visitante, sem que pudesse, coitadinha, intrometer-se habilmente em sua conversa.

— Mas como ela é boazinha, sua irmã Katerina Fedosséievna! — disse Veltchanínov, em voz baixa, a Nádia.

— Kátia, hein? Será que pode haver uma alma mais bondosa que a dela? É nosso anjo comum, e eu cá estou louca por ela — respondeu, com enlevo, a moça.

O almoço foi finalmente servido, às cinco horas, e também dava para perceber claramente que não era uma refeição ordinária, mas se servia adrede para a visita. Havia dois ou três pratos feitos, obviamente, no intuito de complementar o cardápio cotidiano, bastante sofisticados, sendo um deles, inclusive, tão rebuscado que ninguém poderia dizer nem como se chamava. A par dos costumeiros vinhos de mesa, apareceu uma garrafa de Tokai,[34] também adquirida, pelo visto, para agradar à visita, e, pelo fim do almoço, serviram, não se sabia mais para que, o champanhe. O humor do senhor Zakhlebínin, que tinha despejado um cálice de sobejo, estava o melhor possível, dispondo-se o velho a rir de tudo quanto Veltchanínov dissesse. Por fim, Pável Pávlovitch não se conteve: empolgado com a competição, resolveu de improviso inventar também algum trocadilho e inventou-o, de sorte que se ouviu logo, naquela ponta da mesa onde ele estava sentado perto da *Madame* Zakhlebínina, o riso sonoro das mocinhas entusiasmadas.

— Papai, papaizinho! Pável Pávlovitch também disse um trocadilho! — gritaram juntas as duas filhas do meio. — Ele diz que somos "mocinhas bem pasmosinhas"...

— Ah, mas ele também diz trocadilhos? Pois bem: qual foi o trocadilho que disse? — respondeu o velho, com uma voz imponente, dirigindo-se a

---

[34] Vinho branco, geralmente suave, de origem húngara.

Pável Pávlovitch como quem fosse seu benfeitor e sorrindo de antemão àquele trocadilho esperado.

— Pois ele diz lá que "somos mocinhas bem pasmosinhas".

— Ssim! E daí? — O velho não compreendia ainda, sorrindo, com o dobro de bonomia, à espera de uma explicação.

— Ah, papaizinho, mas como o senhor é: não entende! "Mocinhas" e, logo depois, "pasmosinhas"; a palavra "mocinhas" se parece com a "pasmosinhas", quer dizer, "mocinhas bem pasmosinhas".

— A-a-anh! — O velho arrastou, perplexo, sua resposta. — Hum! Pois bem: da próxima vez, dirá algo melhor! — E deu uma risada alegre.

— Não se pode, Pável Pávlovitch, ter todas as perfeições juntas! — provocou-o, em voz alta, Maria Nikítichna. — Ah, meu Deus, ele se engasgou com uma espinha! — exclamou, saltando fora da sua cadeira.

Houve mesmo uma confusão, mas era bem por isso que Maria Nikítichna esperava. Pável Pávlovitch engasgara-se tão só com o vinho, que tinha agarrado para dissimular seu vexame, só que Maria Nikítichna asseverava e jurava a torto e a direito que "fora uma espinha de peixe, que ela mesma vira e que se podia morrer por causa disso".

— Dar uma pancadinha em sua nuca! — gritou alguém.

— De fato: é o melhor a fazer! — aprovou Zakhlebínin, em voz alta, mas já não faltava ali quem se dispusesse a tanto: Maria Nikítichna, a amiga ruivinha (também convidada para o almoço) e, afinal, a própria mãe da família, que levara um susto terrível, quiseram todas dar uma pancadinha na nuca de Pável Pávlovitch. Ao sair correndo da mesa, Pável Pávlovitch teve de se esquivar e de assegurar, durante um minuto inteiro, que se engasgara apenas com o vinho e que sua tosse havia de passar logo, até que os presentes adivinhassem, finalmente, que tudo isso era uma armação de Maria Nikítichna.

— Preste atenção aí, sua danadinha!... — Foi a *Madame* Zakhlebínina que admoestou, rigorosa, Maria Nikítichna, porém, logo em seguida, não se conteve e soltou uma daquelas gargalhadas que só dava por mero acaso e mui raramente, o que também produziu certa impressão.

Após o almoço, todos foram tomar café no terraço.

— Mas que dias maravilhosos são estes! — O velho elogiou, benévolo, a própria natureza, olhando com gosto para o jardim. — Precisamos apenas de chuva... Pois bem: quanto a mim, vou descansar. Deus abençoe,

Deus abençoe: festejem! Vê se também festejas! — Saindo, ele deu um tapa no ombro de Pável Pávlovitch.

Quando todos desceram outra vez ao jardim, Pável Pávlovitch acorreu, de chofre, a Veltchanínov e puxou-lhe a manga.

— Só por um minutinho! — cochichou, ansioso.

Eles tomaram uma vereda lateral e erma daquele jardim.

— Não, mas aqui o senhor me desculpará... não, mas aqui eu não vou deixar... — sussurrou Pável Pávlovitch, engasgando-se com sua fúria e pegando Veltchanínov pela manga.

— O quê? Como? — perguntou Veltchanínov, arregalando os olhos.

Pável Pávlovitch fitava-o, calado, movia os lábios e sorria raivosamente.

— Aonde é que vão? Onde estão? Já está tudo pronto! — ouviram-se as vozes das moças que chamavam, impacientes, por eles.

Veltchanínov encolheu os ombros e foi juntar-se à turma. Pável Pávlovitch correu no encalço dele.

— Aposto que lhe pediu emprestado um lenço — disse Maria Nikítichna. — Da última vez, ele também esqueceu.

— Sempre esquece! — confirmou a filha do meio.

— Esqueceu o lenço! Pável Pávlovitch esqueceu o lenço! *Maman*, Pável Pávlovitch esqueceu outra vez seu lenço; *maman*, Pável Pávlovitch está outra vez com coriza! — ouviram-se várias vozes.

— Então por que não diz isso? Mas como é melindroso, Pável Pávlovitch! — arrastou, em voz cantante, a *Madame* Zakhlebínina. — É perigoso brincar com essa coriza; já mando que lhe tragam um lenço. E por que é que está com coriza, o tempo todo? — acrescentou ao sair, contente com a oportunidade de voltar para dentro da casa.

— Tenho dois lenços aqui e não estou com coriza! — gritou-lhe ainda Pável Pávlovitch, mas ela não ouviu, aparentemente, e um minuto depois, quando Pável Pávlovitch vinha trotando atrás da turma e procurava aproximar-se de Nádia e Veltchanínov, uma criada o alcançou, ofegante, e entregou-lhe um lenço.

— Vamos brincar, brincar, brincar de provérbios! — gritava-se de todos os lados, como se sabe lá Deus o que se esperava daqueles "provérbios".

Escolheram um lugarzinho e sentaram-se nos bancos; quem ia adivinhar era Maria Nikítichna; foi exigido que ela ficasse o mais longe possível e não escutasse às esconsas; selecionaram, em sua ausência, um provérbio e distribuíram as palavras. Maria Nikítichna retornou e, num instante, adivinhou o provérbio. Era "O sonho é horroroso, mas Deus é misericordioso".

Quem sucedeu a Maria Nikítichna foi o rapaz de cabelo em pé, o que usava óculos azuis. Trataram-no com mais cautela ainda, exigindo que se postasse junto do caramanchão e volvesse o rosto para a cerca. Sombrio como estava, esse rapaz cumpria suas funções com desprezo e parecia mesmo sentir certa humilhação moral. Quando chamaram por ele, não conseguiu adivinhar patavina, dirigiu-se a todos, escutou duas vezes o que lhe diziam, ficou refletindo, longa e lugubremente, mas não tirou conclusão alguma. Fizeram-no corar. O provérbio era "Nem Deus se esquece da oração, nem o czar da dedicação".

— E o provérbio é uma droga! — resmungou, com indignação, o rapaz magoado, recolhendo-se em seu cantinho.

— Ah, que tédio! — ouviram-se umas vozes.

Chegou a vez de Veltchanínov; mandaram-no ainda mais longe do que a todos; ele tampouco adivinhou.

— Ah, que tédio! — As vozes soaram mais numerosas.

— Pois agora é minha vez — disse Nádia.

— Não, não: agora é a vez de Pável Pávlovitch, é Pável Pávlovitch quem vai adivinhar! — gritaram todos, um pouco mais animados.

Conduziram Pável Pávlovitch ao canto mais distante do jardim, colocando-o de rosto para a cerca, e deixaram atrás dele, para que não se virasse porventura, a moça ruivinha. Já retomando fôlego e quase se alegrando de novo, Pável Pávlovitch tencionava cumprir seu dever à risca: mantinha-se imóvel que nem um cepo, olhava para a cerca e não se atrevia mais a virar a cabeça. Plantada a vinte passos dele, ao lado do caramanchão e mais perto da turma, a ruivinha vigiava-o a trocar, nervosinha, piscadas com outras moças; percebia-se que todo mundo esperava também por algo, até mesmo com certa ansiedade: algo estava para acontecer. De súbito, a ruivinha agitou, assomando por trás do caramanchão, os braços. Todos se levantaram num ímpeto e foram correndo, à rédea solta, não se sabia aonde.

— Corra, corra o senhor também! — sussurravam a Veltchanínov dez vozes de vez, quase apavoradas porque não corria.

— O que há? O que foi? — perguntava ele, disparando atrás de todos.

— Fale baixo, não grite! Que ele fique lá e olhe para a cerca, e nós todos iremos embora. Eis Nástia que também corre.

A ruivinha, chamada Nástia, corria desabaladamente, como se sabia lá Deus o que tinha acontecido, e agitava os braços. Afinal, todo mundo chegou correndo à outra extremidade do jardim, situada além da lagoa. Quando Veltchanínov chegou lá, por sua vez, avistou Katerina Fedosséievna que discutia calorosamente com todas as moças, sobretudo com Nádia e Maria Nikítichna.

— Kátia, minha querida, não te zangues! — Nádia beijava-a.

— Pois bem, não vou contar para a mãezinha, mas irei, eu mesma, embora daqui, porque isso é muito ruim. O que é que ele, coitado, vai sentir lá, perto da cerca?

Ela foi embora, por mera piedade; contudo, as outras permaneceram todas inexoráveis e impiedosas como dantes. Exigiram, e com rigor, que Veltchanínov tampouco desse atenção a Pável Pávlovitch, quando este aparecesse, como se nada tivesse acontecido. "E nós todos vamos brincar de pega-pega!" — gritou, exaltada, a moça ruivinha.

Pável Pávlovitch veio unir-se à turma, pelo menos, um quarto de hora depois. Devia ter passado dois terços daquele tempo imóvel, rente à cerca. O jogo de pega-pega ia de vento em popa e dava muito certo: todos gritavam, cheios de alegria. Louco de raiva, Pável Pávlovitch correu direto ao encontro de Veltchanínov e tornou a segurá-lo pela manga.

— Só por um minutinho!

— Oh, meu Senhor, lá vem ele, de novo, com seus minutinhos!

— Pede outra vez um lenço emprestado — gritaram atrás deles.

— Mas, desta vez, foi o senhor... agora é tudo, mas tudo por sua causa!... — Pável Pávlovitch até batia os dentes, ao passo que o censurava.

Veltchanínov interrompeu-o e, todo pacato, aconselhou-o a ficar mais alegre, senão o irritariam ainda mais: "Estão bulindo com o senhor porque se zanga quando todos se divertem". Para sua surpresa, essas palavras e seu conselho deixaram Pável Pávlovitch estarrecido: ele se apaziguou, logo e tanto que voltou a juntar-se à turma como quem estivesse culpado, e participou, submisso, nas diversões de todos, que não o atenazavam mais, por algum tempo, e brincavam com ele da mesma maneira que brincariam com qualquer outro, e foi assim que, mal se passou meia horinha, ele ficou de novo quase alegre. Em todas as brincadeiras a dois, convidava principalmente, como parceira, a traíra ruivinha ou então uma das irmãs Zakhlebínin. Contudo, Veltchanínov se surpreendeu mais ainda ao constatar que Pável Pávlovitch não ousara, praticamente nenhuma vez, puxar conversa com Nádia, embora andasse rodopiando, sem trégua, ao lado ou bem perto dela: aceitava, pelo menos, sua situação de quem aquela garota despercebia e desprezava como algo devido e natural. Acabaram por lhe pregar, não obstante, outra peça.

Brincavam de esconde-esconde. Quem se escondia tinha, aliás, o direito de se deslocar correndo por todo aquele espaço onde lhe permitiam que se escondesse. Pável Pávlovitch, que achara um ótimo esconderijo ao adentrar uma moita espessa, teve de súbito a ideia de mudar de lugar, esgueirando-se pela casa. Ouviram-se uns gritos; conquanto o tivessem visto, ele se apressou a subir a escada, pois conhecia um cantinho no sótão, detrás de uma cômoda, onde pretendia enfurnar-se. No entanto, a ruivinha subiu em seu encalço, acercou-se, nas pontas dos pés, da porta e trancou-a. Num átimo, todos pararam de brincar, como havia pouco, e foram correndo à outra extremidade do jardim, que se encontrava além da lagoa. Ao perceber, uns dez minutos depois, que ninguém procurava por ele, Pável Pávlovitch olhou através do postigo. Não havia ninguém. Ele não ousava gritar, para não acordar os pais; quanto à criada e à copeira, tinham recebido uma ordem expressa de não virem nem atenderem aos apelos de Pável Pávlovitch. Era só Katerina Fedosséievna quem podia destrancar a porta, só que, voltando ao seu quartinho e sentando-se lá para sonhar um pouco, ela também pegara, de repente, no sono. Assim sendo, Pável Pávlovitch ficou trancafiado por cerca de uma hora. Afinal, como se de nada se tratasse, vieram passando duas ou três moças.

— Por que não está com a gente, Pável Pávlovitch? Ah, como nos divertimos ali! Brincamos de teatro. Alexei Ivânovitch fez o papel do "moço".

— Por que é que não vem, Pável Pávlovitch, ficar conosco? É o senhor quem é pasmosinho! — comentaram outras mocinhas que passavam por perto.

— Quem é, outra vez, pasmosinho aí? — ressoou, de chofre, a voz da *Madame* Zakhlebínina, que acabara de despertar e resolvera enfim dar uma volta pelo jardim e ver aquelas brincadeiras "infantis" enquanto esperasse pelo chá.

— Mas é Pável Pávlovitch... — Apontaram-lhe para o postigo em que assomava, pálido de raiva, o rosto de Pável Pávlovitch cujo sorriso mais parecia uma carranca.

— Será que ele tem vontade, aquele homem, de ficar só, quando todos se divertem tanto? — A mãe da família balançou a cabeça.

Nesse ínterim, Veltchanínov teve finalmente a honra de receber, por parte de Nádia, a explicação da frase dita havia pouco, a de que "estava feliz de ele ter vindo... por algum motivo". Tal explicação ocorreu numa alameda distante. Maria Nikítichna chamou de propósito por Veltchanínov, que participava de umas diversões e já começava a sentir muito enfado, e levou-o até essa alameda para deixá-lo a sós com Nádia.

— Fiquei totalmente convencida — ela se pôs a tagarelar rápida e audaciosamente — de que não é, de jeito nenhum, tão amigo de Pável Pávlovitch quanto ele se gabava de que o senhor era. E eu calculei que só o senhor poderia prestar-me um serviço muitíssimo importante. Eis aqui a droga da pulseira que ele me deu — Nádia tirou o estojo do seu bolsinho —; peço encarecidamente que o senhor a devolva logo para ele, pois de hoje em diante eu mesma não vou nunca mais falar com aquele homem, por toda a minha vida. Aliás, pode dizer isto para ele, em meu nome, e acrescentar que não se atreva mais a vir cá com presentes. Quanto ao resto, farei que o saiba pelos outros. O senhor teria a bondade de me agradar, de cumprir este meu desejo?

— Ah, pelo amor de Deus, poupe-me! — Veltchanínov quase gritou, agitando os braços.

— Como assim, "poupe-me"? — Nádia ficou atônita com sua recusa, mirando-o com olhos esbugalhados. O tom premeditado de suas falas rompera-se todo, num só instante, e ela já estava prestes a chorar. Veltchanínov deu uma risada.

— Não é isso, não... ficaria muito feliz... porém tenho minhas próprias contas a acertar com ele...

— Sabia que o senhor não era amigo dele, e que ele tinha mentido! — Nádia interrompeu-o, toda alvoroçada. — Nunca me casarei com ele, fique aí sabendo! Jamais! Nem compreendo como ele se atreveu... Mas o senhor deve, ainda assim, devolver esta nojenta pulseira para ele, senão... o que eu teria a fazer? Quero que ele a tenha de volta, sem falta, e sem falta hoje, no mesmo dia, e que engula um sapo dos grandes! E se ele me dedurar para meu pai, verá só como vai apanhar.

Detrás de uma moita, sem ninguém esperar por ele, surgiu repentinamente o rapaz de cabelos em pé e óculos azuis.

— O senhor tem de devolver a pulseira! — gritou, infrene, para Veltchanínov. — Apenas em nome dos próprios direitos da mulher, se é que o senhor mesmo está à altura dessa questão...

Todavia, não chegou a concluir sua sentença: Nádia puxou-o, com todas as forças, pela manga e afastou-o, arrastando, de Veltchanínov.

— Meu Deus do céu, como você é bobo, Predpossýlov![35] — exclamou ela. — Vá embora daqui! Vá embora, vá e não se atreva a escutar, por trás dessa moita, pois eu lhe ordenei que ficasse longe!...

A garota bateu os pezinhos e, mesmo tendo ele mergulhado de volta naqueles seus arbustos, continuou a andar de lá para cá, cruzando a alameda como quem estivesse fora de si e juntando, palma contra palma, as mãozinhas. Os olhos dela fulgiam.

— O senhor nem vai acreditar como eles são bobos! — Parou, de supetão, em face de Veltchanínov. — O senhor está rindo, mas eu cá... como me sentiria?

— Mas não é ele, não é? — ria Veltchanínov.

— É claro que não é ele! Como é que o senhor pôde imaginar isso? — Nádia sorriu, enrubescendo. — É apenas um amigo dele. Mas que amigos é que ele escolhe lá, não entendo: eles todos dizem que é um "motor do futuro",[36] mas eu não entendo nada... Não tenho mais a quem pedir, Alexei Ivânovitch! Qual é sua última palavra: vai devolver a pulseira ou não?

— Pois bem, vou devolver, passe-a para mim.

— Ah, como é gentil, ah, como é bondoso! — Nádia ficou, de súbito, toda alegre, passando-lhe o estojo. — Por isso é que vou cantar, a noite toda, para o senhor, pois canto às mil maravilhas — fique sabendo disso — e menti agorinha dizendo que não gostava de música. Ah, como eu ficaria feliz, se o senhor viesse mais uma vez: eu lhe contaria tudo, tudo, tudinho e outras coisas ainda, porque é tão bom, mas tão bom como... como Kátia!

---

[35] A palavra russa *предпосылка*, da qual é derivado o sobrenome do personagem, significa "premissa metodológica" e alude ao seu espírito limitado e doutrinante.

[36] Assim eram chamados, na época descrita, os progressistas e revolucionários russos.

E realmente, quando eles voltaram para tomar chá, Nádia cantou para Veltchanínov duas romanças, e sua voz, nem um pouco trabalhado ainda como a de quem só começasse a cantar, pareceu-lhe bastante agradável e forte. Voltando todos do jardim, Pável Pávlovitch já se acomodara, bem imponente em companhia dos pais, a uma mesa de chá em cima da qual fervia o grande samovar[37] da família e estavam dispostas as chávenas de porcelana de Sèvres, também relíquias familiares. Decerto deliberava com os velhos acerca de coisas muito sérias, posto que se ausentaria, indo viajar dois dias depois, por uns nove meses. Nem sequer olhou para as pessoas vindas do jardim, em especial para Veltchanínov, sendo também evidente que não "dedurara" a ninguém, até lá, e que estava, por ora, tudo em paz.

Entretanto, quando Nádia se pôs a cantar, ele não demorou a aparecer. Foi de propósito que Nádia não respondeu a uma das suas perguntas diretas, porém Pável Pávlovitch não se confundiu nem se abalou com isso: postara-se detrás do espaldar de sua cadeira, e toda a aparência dele mostrava que esse lugar lhe pertencia de fato e de direito, e que não o cederia a ninguém.

— Alexei Ivânovitch quer cantar, *maman*, é sua vez de cantar! — gritaram quase todas as mocinhas, espremendo-se ao redor do piano de cauda enquanto Veltchanínov se sentava e se preparava, cheio de autoconfiança, para acompanhar seu canto. Vieram, por sua vez, os pais e Katerina Fedosséievna que estava com eles e servia o chá.

Veltchanínov escolheu uma romança de Glinka,[38] ignorada, hoje em dia, quase por todo mundo:

"Quando abres, numa hora feliz, a boquinha
E vens arrulhando, como uma pombinha...".

Cantou-a dirigindo-se tão somente a Nádia, que mais se aproximara dele e mantinha-se junto de seu cotovelo. Não tinha mais voz, havia muito tempo, mas logo se percebia, a julgar pelas sobras, que havia outrora cantado razoavelmente. Veltchanínov chegara a ouvir essa romança, pela primeira vez, uns vinte anos antes, quando era ainda estudante, e quem a interpretara fora Glinka em pessoa que ele encontrara na casa

---

[37] Espécie de chaleira aquecida por um tubo central com brasas e munida de uma torneira na parte inferior.
[38] Mikhail Ivânovitch Glinka (1804-1857): célebre compositor russo, autor de óperas, sinfonias e canções populares, a cujo recital Dostoiévski assistiu em 1849, num dos salões artísticos de São Petersburgo.

de um dos amigos daquele finado compositor, durante um sarau de literatos e artistas solteiros. Entusiasmado como estava, Glinka tocara e cantara então todos os trechos prediletos de suas obras, inclusive essa romança. Tampouco lhe restava voz, àquela altura, mas Veltchanínov se recordava ainda da impressão arrebatadora que tivera ao ouvir, na ocasião, justamente essa romança. Um virtuose, um cantor de salão, nunca teria causado tamanho efeito. Nessa romança, a tensão da paixão vai crescendo de verso em verso, elevando-se a cada palavra; é precisamente a força daquela tensão insólita que faria a mínima falsidade, a mínima exageração caricata, a mínima inverdade, as quais passam tão facilmente despercebidas em óperas, deturparem e desfigurarem todo o sentido da peça. Para interpretar essa obra pequenina, mas extraordinária, precisava-se, sem falta, demonstrar a verdade: uma inspiração autêntica e plena, uma paixão verdadeira ou, pelo menos, sua completa assimilação poética. Caso contrário, a romança não só acabaria fracassando, mas até mesmo poderia parecer feia e, de certa forma, quase desavergonhada: não seria possível exprimir uma tensão tão forte daquele sentimento passional sem ter suscitado aversão, e o que salvaria tudo seriam a verdade e a singeleza. Veltchanínov se lembrava também, a respeito dessa romança, de tê-la cantado outrora de modo passável. Quase aprendera a cantá-la no estilo de Glinka; porém agora, desde o primeiro som e o primeiro verso, uma inspiração verdadeira acendeu-se em sua alma e repercutiu em sua voz. Tal sentimento irrompia a cada palavra da letra, desnudando-se cada vez mais ardente e corajoso; entreouviram-se, nos últimos versos, uns gritos apaixonados, e, quando ele bradou, apelando para Nádia com seu olhar rutilante, as derradeiras palavras da romança:

"Agora, em teus olhos, ousado, a olhar,
Não posso, teus lábios tão perto, escutar-te:
Só quero beijar-te, beijar e beijar,
Só quero beijar e beijar e beijar-te!"

Nádia estremeceu, como que assustada, e mesmo recuou um pouco. Suas faces ficaram todas rubras, porém, no mesmo instante, algo simpático transpareceu em seu rostinho, vermelho de vergonha e quase intimidado, que se voltava para Veltchanínov. Os rostos de todas as ouvintes denotavam, por sua vez, encanto e perplexidade, como se todas elas achassem impossível e impudico cantar dessa maneira, mas, ao mesmo tempo, todos aqueles rostinhos e olhinhos ardiam e fulguravam, e pareciam esperar ainda por outras coisas. E sobretudo se destacava, dentre aqueles semblantes, o de Katerina Fedosséievna, que se tornara quase admirável aos olhos de Veltchanínov.

— Eta, romança! — murmurou o velho Zakhlebínin, um tanto atordoado. — Apenas... não seria forte demais? É agradável, mas forte...

— Forte, sim... — já ia redarguir a *Madame* Zakhlebínina, mas Pável Pávlovitch não a deixou terminar: pulou, de supetão, para frente e, como que ensandecido, perdendo o juízo a ponto de agarrar, com sua própria mão, o braço de Nádia e de afastá-la de Veltchanínov, achegou-se a ele e mirou-o a mover, desconcertado, os lábios que tremiam.

— Só por um minutinho — pronunciou enfim, a muito custo.

Veltchanínov percebia com plena clareza: mais um minuto, e aquele senhor ousaria fazer algo dez vezes mais absurdo. Pegou-lhe depressa a mão e, sem atentar para o pasmo generalizado, levou-o até o terraço e mesmo desceu com ele, passo a passo, ao jardim que já estava quase todo escuro.

— O senhor compreende que deve agora mesmo, neste exato momento, ir embora comigo? — balbuciou Pável Pávlovitch.

— Não compreendo, não...

— Lembra — prosseguiu Pável Pávlovitch, com aquele seu cochicho frenético —, lembra como me exigiu então que lhe dissesse tudo, mas tudo, e com toda a sinceridade, "a derradeira palavra...", lembra, hein? Pois chegou a hora de dizer essa palavra aí... Vamos embora!

Veltchanínov refletiu, olhou mais uma vez para Pável Pávlovitch e consentiu em partir. Anunciada de chofre, a partida de ambos os homens deixou os pais alarmados e todas as mocinhas amotinadas.

— Ao menos, outra chavenazinha de chá... — gemeu lastimosamente a *Madame* Zakhlebínina.

— E você, por que se agitou tanto? — O velho se dirigiu, num tom severo e descontente, a Pável Pávlovitch que se calava e sorria amarelo.

— Pável Pávlovitch, por que o senhor leva embora Alexei Ivânovitch? — ouviu-se o lamentoso arrulho das moças, que lhe lançavam, ao mesmo tempo, olhadas furiosas. Quanto a Nádia, olhou para ele com tanta maldade que Pável Pávlovitch se contorceu todo, mas... não se rendeu.

— É que Pável Pávlovitch me lembrou realmente de um negócio importantíssimo, que poderia ter ido por água abaixo, e fico-lhe grato por isso — Veltchanínov ria, apertando a mão do anfitrião, saudando a anfitriã e as mocinhas, e distinguindo especialmente, no meio delas todas, Katerina Fedosséievna, o que também foi notado por todos os presentes.

— Estamos todos agradecidos pela sua visita, e sempre nos será agradável acolhê-los — concluiu, gravemente, Zakhlebínin.

— Ah, estamos tão felizes... — ecoou a mãe da família, emocionada.

— Venha de novo, Alexei Ivânovitch, venha! — Muitas vozes se ouviam no terraço, quando ele já se sentara, com Pável Pávlovitch, na caleça.

E mal se ouviu uma vozinha a dizer mais baixo do que todas as outras: "Venha, meu querido, querido Alexei Ivânovitch!"

"É a ruivinha!" — pensou Veltchanínov.

XIII. QUAL DAS BORDAS SERIA MAIOR

Bem que poderia pensar naquela ruivinha, mas o desgosto e o arrependimento vinham atormentando, já havia muito tempo, sua alma. Aliás, em todo aquele dia que vivera, aparentemente, de modo tão divertido, a tristeza quase não o deixava em paz. Antes mesmo de cantar a romança, nem sabia mais onde se esconderia dela, e fora por isso, talvez, que a cantara com tanta empolgação.

"E pude humilhar-me até esse ponto... desprender-me de tudo!" — já começava a censurar a si próprio, porém se apressou a interromper o fluxo de suas ideias. Pareceu-lhe, de resto, humilhante choramingar dessa forma; seria bem mais agradável que se zangasse rápido com alguém.

— Cr-r-retino! — cochichou ao olhar de viés, enraivecido que estava, para Pável Pávlovitch que se mantinha junto dele, sentado naquela caleça, e guardava silêncio.

De fato, Pável Pávlovitch teimava em permanecer calado: decerto se concentrava e se preparava. Tirava, vez por outra, seu chapéu, com um gesto impaciente, e enxugava a testa com seu lenço. "Está suando!" — enfurecia-se Veltchanínov. Foi só uma vez que Pável Pávlovitch se dirigiu ao cocheiro, perguntando: "Haverá uma tempestade ou não?"

— Haverá, sim, e das grandes! Haverá sem falta: foi um abafo, o dia todo...

O céu estava realmente escurecendo; os relâmpagos flamejavam ao longe. Já eram dez horas e meia quando eles entraram na cidade.

— Vou à sua casa, não vou? — Pelo fim do caminho, Pável Pávlovitch dirigiu-se, atencioso, a Veltchanínov.

— Entendo, mas aviso o senhor de que me sinto seriamente indisposto...

— Não vou demorar, não vou!

Passando eles pelo portão, Pável Pávlovitch correu à guarita de Mavra.

— Por que é que foi lá? — perguntou Veltchanínov, severo, quando ele o alcançou, ao cabo de um minutinho, e ambos entraram em seus aposentos.

— Não é nada, não... é assim, por causa do cocheiro...

— Não deixarei que o senhor beba!

Não houve resposta. Veltchanínov acendeu as velas, e Pável Pávlovitch se sentou logo numa poltrona. Sombrio, Veltchanínov se postou em sua frente.

— Eu também lhe prometi que diria a minha "derradeira" palavra — começou a falar, com uma irritação íntima que ainda conseguia reter. — Ei-la, pois, esta palavra: acho, com a mão na consciência, que todas as nossas relações mútuas estão terminadas, de sorte que nem sequer teríamos nada a discutir. Nada, está ouvindo? E não seria, portanto, melhor que o senhor fosse logo embora e que eu trancasse a porta atrás do senhor?

— Desquitemo-nos, Alexei Ivânovitch! — disse Pável Pávlovitch, fitando-o bem nos olhos, mas com uma docilidade incomum.

— Des-qui-te-mo-nos? — Veltchanínov ficou espantado. — Mas que palavra estranha é que usou! "Desquitemo-nos" como? Arre! Seria essa a "derradeira palavra" que o senhor me prometeu agorinha... revelar?

— Esta mesma.

— Não temos mais nenhuma conta a acertar, já nos "desquitamos" há muito tempo! — proferiu Veltchanínov, com orgulho.

— É assim que pensa? — inquiriu Pável Pávlovitch, com uma voz compenetrada, entrelaçando os dedos e colocando as mãos, que juntara desse modo estranho, ante o peito. Veltchanínov não lhe respondeu e tornou a andar pelo quarto. "Lisa? Seria Lisa?" — gemia seu coração.

— Aliás, como o senhor queria que nos desquitássemos? — dirigiu-se, carrancudo, a Pável Pávlovitch após uma pausa bastante longa. Este passara todo aquele tempo a segui-lo com os olhos, mantendo as mãos juntas, como dantes, rente ao peito.

— Não vá mais àquela casa — quase sussurrou, com uma voz suplicante, e de repente se levantou da poltrona.

— O quê? Então só falava disso? — Veltchanínov deu uma risada maldosa. — Mas o senhor não fez outra coisa hoje senão me surpreender! — começou, num tom peçonhento, mas, logo a seguir, seu rosto se alterou todo. — Escute-me — disse, tristonho, com um sentimento profundo e sincero —: eu acho que nunca me humilhei, de maneira alguma, tanto quanto hoje, consentindo primeiramente em acompanhá-lo e depois fazendo o que fiz lá... Foi algo tão mesquinho, tão miserável... eu me sujei e me aviltei quando me juntei a... e me esqueci... Mas deixe! — recobrou-se de súbito — Escute: hoje o senhor me encontrou, por mero acaso, irritado e adoentado... Pois bem, não adianta buscar justificativas! Não vou mais àquela casa e asseguro-lhe que não tenho nenhum interesse em ir lá — concluiu, resoluto.

— Será que não tem, será? — exclamou Pável Pávlovitch, sem ocultar sua emoção jovial.

Olhando para ele com desprezo, Veltchanínov se pôs outra vez a andar pelo quarto.

— Parece que o senhor resolveu, custasse o que custasse, ser feliz? — notou afinal, por não se conter.

— Resolvi — concordou Pável Pávlovitch, baixinho e com toda a ingenuidade.

"Se ele não passa de um palhaço, maldoso tão só por tolice" — pensou Veltchanínov —, "o que tenho a ver com isso? De qualquer jeito, não posso deixar de odiá-lo, mesmo que ele nem valha tanto!"

— Sou "um eterno marido"! — prosseguiu Pável Pávlovitch, caçoando, rebaixado e submisso, de si próprio. — Já faz muito tempo que o senhor me disse essa palavrinha, ainda quando morava ali conosco. Decorei então muitas palavras suas, naquele ano todo. E da última vez, quando o senhor disse aí "um eterno marido", fiquei entendendo.

Entrou Mavra, trazendo uma garrafa de champanhe e dois copos.

— Perdoe, Alexei Ivânovitch: o senhor sabe que não vivo sem isso. Não ache que seja uma ousadia, mas olhe para mim como se fosse uma pessoa estranha, que não o merece...

— Sim... — anuiu Veltchanínov, cheio de asco. — Mas asseguro-lhe que me sinto indisposto...

— Rápido, rapidinho, agora mesmo, num minutinho! — agitou-se Pável Pávlovitch. — Só um copinho, porque minha garganta...

Bastou-lhe um trago para esvaziar sofregamente o copo; depois ele se sentou, lançando a Veltchanínov olhares quase mimosos. Mavra se retirou.

— Que nojo! — sussurrava Veltchanínov.

— Foram apenas as amiguinhas — disse subitamente Pável Pávlovitch, acabando de se reanimar por completo.

— Como? O quê? Ah, sim, continua falando disso...

— Apenas as amiguinhas! E depois, ela está ainda tão nova e, se anda malinando, é apenas por graça, não é? É uma gracinha mesmo. E no futuro... o senhor sabe: serei um escravo dela; verá o respeito, a sociedade... e ficará totalmente reeducada.

"Preciso, todavia, devolver a pulseira para ele!" — Veltchanínov carregou o cenho, apalpando o estojo no bolso de seu paletó.

— O senhor diz que eu cá resolvi ser feliz? É preciso que me case, Alexei Ivânovitch — continuou Pável Pávlovitch, num tom confidencial e quase enternecedor —; senão, o que será de mim? O senhor mesmo está vendo... — apontou para a garrafa. — E esta é apenas uma centésima parte das minhas qualidades! Não posso viver sem me casar nem adquirir uma nova fé: assim que voltar a acreditar, ressuscitarei.

— Mas por que diabos o senhor me comunica isso a mim? — Veltchanínov estava prestes a dar uma gargalhada. De resto, aquilo tudo lhe parecia bem esquisito.

— Mas enfim, diga-me — exclamou ele — por que o senhor me arrastou para lá? Para que é que precisava de mim naquela casa?

— Para pôr à prova... — De súbito, Pável Pávlovitch ficou embaraçado.

— Pôr à prova o quê?

— O efeito... É que só faz uma semana, Alexei Ivânovitch, que eu... estou procurando ali (seu embaraço crescia sem parar). Ontem me encontrei com o senhor e pensei: "Pois ainda não a vi nunca, digamos, numa companhia alheia, ou seja, em companhia de um homem que não seja eu...". Foi uma ideia tola, pelo que percebo agora, supérflua. Só que queria muito, por causa deste meu caráter ruim... — De chofre, ele ergueu a cabeça e enrubesceu.

"Será que me diz toda a verdade?" — Veltchanínov estava tão perplexo que até mesmo entorpeceu.

— E daí? — perguntou ele.

Pável Pávlovitch sorriu, doce e, de certa forma, manhosamente.

— Apenas uma infância encantadora! Foram apenas as amiguinhas dela! Só me perdoe, Alexei Ivânovitch, esta minha tola conduta de hoje para com o senhor: nunca mais farei isso, quer dizer, isso nunca mais se repetirá.

— Nem eu mesmo irei mais lá — sorriu Veltchanínov.

— Estou falando nisso aí, em parte...

Veltchanínov se sentiu um tanto magoado.

— Só que há outros homens no mundo, além de mim — notou com irritação.

Pável Pávlovitch tornou a corar.

— Fico triste ouvindo isso, Alexei Ivânovitch, e acredite que tenho tamanho respeito por Nadejda Fedosséievna...

— Desculpe-me, desculpe, que não queria dizer nada... apenas estranhei um pouco que o senhor exagerasse tanto assim meus meios e... depositasse em mim tais esperanças sinceras...

— Depositava-as, precisamente, por ser depois de tudo... o que já foi.

— Pois então, o senhor me acha, até agora, um homem nobilíssimo? — Veltchanínov parou de improviso. Em outro momento, ele mesmo ficaria horrorizado com a ingenuidade de sua repentina indagação.

— Sempre achei — Pável Pávlovitch abaixou os olhos.

— Sim, com certeza... não me refiro àquilo, ou seja, naquele sentido... apenas queria dizer que, apesar de quaisquer... preconceitos...

— Sim: apesar de quaisquer preconceitos que sejam.

— E quando estava chegando a Petersburgo? — Se bem que percebesse, ele também, quão monstruosa era a sua curiosidade, Veltchanínov não se conteve.

— E quando estava chegando a Petersburgo, considerava o senhor como um homem nobilíssimo. Sempre o respeitei, Alexei Ivânovitch — Pável Pávlovitch reergueu os olhos e fixou um olhar sereno, nem um pouco confuso, em seu rival. De súbito, Veltchanínov sentiu medo: decididamente, não lhe apeteceria que algo acontecesse ou acabasse passando dos limites, ainda mais que fora ele mesmo quem provocara essas confidências.

— Eu amava você, Alexei Ivânovitch — disse Pável Pávlovitch, como se tomasse, de chofre, sua decisão. — Eu amei você durante todo aquele ano, lá em T. Você não reparou nisso — continuou, para imenso pavor de Veltchanínov, com uma voz meio trêmula —: eu era pequeno demais, em comparação com você, para fazê-lo reparar nisso. E, quem sabe, nem sequer precisava. Eu sempre me lembrei de você, nesses últimos nove anos, porque não tinha conhecido, em toda a minha vida, nenhum outro ano como aquele. (Os olhos de Pável Pávlovitch irradiavam um brilho singular). Decorei muitas das suas palavras e expressões, bem como suas ideias. Sempre me recordei de você como de alguém propenso aos bons sentimentos, instruído — aliás, muitíssimo instruído — e pensante. "Nem tanto da grande mente quanto do grande sentimento é que vêm as grandes ideias"[39] — foi você mesmo quem disse isso; talvez já tenha esquecido, aliás, mas eu cá lembro ainda. Portanto, sempre contei com você por ser alguém dotado daquele grande sentimento ali... portanto, acreditava apesar de tudo... — Seu queixo ficou, de repente, tremendo. Veltchanínov estava totalmente amedrontado: cumpria interromper, custasse o que custasse, essa falácia inesperada.

— Basta, Pável Pávlovitch, por favor — murmurou ele, corando e cheio de impaciência excitada. — E por que diabos, por quê... — passou, de supetão, a gritar —, por que o senhor vem bulir com um homem doente, irritado, quase delirante, por que o arrasta para essa treva aí... ao passo que é tudo fantasma, miragem, mentira, vergonha e algo antinatural... e demasiado, e isso é o principal, é o mais vergonhoso, por ser demasiado! É tudo bobagem: somos pecaminosos, dissimulados, abjetos, nós dois... E será que o senhor quer, quer mesmo que eu lhe prove agora que não apenas não me ama, mas me odeia, com todas as suas forças, e que está mentindo sem saber disso? Não foi com esse intuito ridículo, para pôr sua noiva à prova (quanto absurdo lhe vem à cabeça!), que o senhor me arrastou para lá, mas simplesmente porque me viu ontem e ficou zangado e me levou consigo a fim de me mostrar e de me dizer: "Vês como é a garota? Será minha... e tenta agora fazer alguma coisa!" O senhor me desafiou! Talvez nem soubesse disso, mas fez assim mesmo, porque sentia isso tudo... E nem daria, sem sentir ódio, para lançar um desafio desses; então, o senhor me odiava! — Veltchanínov corria através do quarto, enquanto bradava isso, e o que mais o pungia e ofendia era

---

[39] Dostoiévski parafraseia a máxima do filósofo e moralista francês Vauvenargues (1715-1747) que disse: "Les grandes pensées viennent du cœur".

sua humilhante consciência de descer, desse modo, ao nível de Pável Pávlovitch.

— Queria fazer as pazes com o senhor, Alexei Ivânovitch! — cochichou Pável Pávlovitch rápida e resolutamente, voltando seu queixo a saltitar. E foi uma fúria desenfreada que se apossou de Veltchanínov, como se ele nunca tivesse levado, até então, uma ofensa dessas por parte de quem quer que fosse!

— Digo-lhe mais uma vez — explodiu — que ficou... pendurado num homem doente e irritado, para arrancar a esse homem alguma palavra impossível em seu delírio! Somos... mas somos dos mundos diferentes, veja se entende isso, afinal, e... e... um túmulo nos separa! — sussurrou, tomado de frenesi, e recobrou-se de súbito.

— E como o senhor sabe? — O rosto de Pável Pávlovitch alterou-se e empalideceu por sua vez. — Como o senhor sabe o que significa aquele tumulozinho ali... dentro de mim? — exclamou, aproximando-se de Veltchanínov e, com um gesto ridículo e terrível, ao mesmo tempo, dando uma punhada em seu próprio coração. — Conheço aquele tumulozinho, sim, e estamos ambos nas bordas dele, só que a minha borda é maior que a sua, bem maior... — sussurrava, como que delirante, batendo sem parar em seu peito — maior, sim, bem maior... maior...

De supetão, um toque ensurdecedor da campainha fez que ambos voltassem a si. A campainha soou tão alto que parecia alguém ter jurado arrancá-la com a primeira puxada.

— Não se toca assim às minhas portas — disse Veltchanínov, atordoado.

— E nem às minhas... — sussurrou, tímido, Pável Pávlovitch, também reavendo os sentidos e recuperando, num átimo, seu aspecto anterior.

Veltchanínov carregou o cenho e foi abrir a porta.

— Senhor Veltchanínov, se não me engano? — ouviu-se, na antessala, uma voz juvenil, sonora e por demais segura de si.

— O que deseja?

— Sei, ao certo — continuou aquela voz sonora —, que um certo Trussótski está, neste exato momento, em sua casa. Preciso vê-lo sem falta, agora mesmo.

Veltchanínov se comprazeria, por certo, em mandar logo, com um bom pontapé, esse senhorzinho insolente de volta para a escada. Contudo, ele refletiu um pouco e, afastando-se, deixou-o passar.

— Aqui está o senhor Trussótski, entre...

XIV. SÁCHENKA[40] E NÁDENKA

Quem entrou no quarto foi um homem muito novo: tinha uns dezenove anos ou, quem sabe, até um pouco menos que isso, tão juvenil parecia seu rosto bonito e marcado por orgulhosa autoconfiança. Suas roupas não eram nada más ou, pelo menos, caíam-lhe todas bem; de estatura acima da média, ele tinha cabelos negros, espessos, emaranhados mecha por mecha, e grandes olhos escuros e atrevidos, que se destacavam sobremaneira em sua fisionomia. Só seu nariz era um tanto largo e arrebitado; não fosse isso, seria um rapaz lindo. Entrou todo imponente.

— Acredito que tenho o ensejo de falar com o senhor Trussótski — pronunciou compassadamente, realçando, com especial gosto, a palavra "ensejo" e dando assim a entender que não poderia haver, para ele, nenhuma honra nem prazer algum em falar com o senhor Trussótski.

Veltchanínov começava a compreender; em aparência, Pável Pávlovitch também lobrigava alguma coisa. Seu rosto exprimia inquietação, porém ele se controlava.

— Sem ter a honra de conhecê-lo — respondeu, aprumando-se —, creio que não poderia ter nada a ver com o senhor.

— Primeiro me escutará e depois me dirá sua opinião — disse o moço, num tom confiante e edificante; puxando, a seguir, um lornhão de tartaruga, que lhe pendia num cordãozinho, passou a examinar a garrafa de champanhe posta em cima da mesa. Ao terminar, bem tranquilo, o exame daquela garrafa, dobrou o lornhão e, dirigindo-se outra vez a Pável Pávlovitch, prosseguiu:

— Alexandr Lóbov.

— O que é isso, Alexandr Lóbov?

— Sou eu. Não ouviu falarem de mim?

— Não.

— Aliás, nem poderia ter ouvido. Venho tratar, com o senhor, de um negócio importante, que lhe diz respeito pessoalmente. Permita, entretanto, que me sente: estou cansado...

— Sente-se — convidou-o Veltchanínov, mas o rapaz já se sentara sem esperar pelo seu convite. Apesar de uma dor crescente no peito,

---

[40] Forma diminutiva e carinhosa do nome russo Alexandr (Sacha).

Veltchanínov se interessou por aquele frangote insolente. Pareceu-lhe que sua carinha pueril, corada e bonitinha lembrava remotamente a de Nádia.

— Sente-se o senhor também — propôs o moço a Pável Pávlovitch, apontando-lhe, com um desdenhoso aceno de cabeça, para a cadeira que estava em sua frente.

— Vou ficar em pé, não faz mal.

— Então se cansará. Quanto ao senhor Veltchanínov, acho que não precisa ir embora.

— Nem tenho aonde ir: estou em casa.

— Como quiser. Confesso que até mesmo desejaria que presenciasse a minha explicação com aquele senhor. Nadejda Fedosséievna me recomendou o senhor de modo assaz lisonjeiro.

— Hein? Quando foi que fez isso?

— Logo depois de sua partida, já que venho, eu também, da casa dela. É o seguinte, senhor Trussótski — ele se voltou para Pável Pávlovitch, que permanecia em pé —: nós dois, ou seja, eu e Nadejda Fedosséievna — dizia por entre os dentes, refestelando-se, cheio de desdém, numa poltrona —, amamo-nos há bastante tempo e já trocamos votos de lealdade. O senhor se torna agora um empecilho para nós dois, e venho propor-lhe que caia fora. Teria a bondade de aceitar esta minha proposta?

Pável Pávlovitch até se desequilibrou; ficou pálido, mas um sorriso logo transpareceu, escarninho, nos lábios dele.

— Não teria em caso algum — atalhou laconicamente.

— Ah é? — O rapaz se revirou em sua poltrona, cruzando as pernas com plena desenvoltura.

— Nem sequer sei com quem estou falando — acrescentou Pável Pávlovitch — e até mesmo penso que não temos mais de que falar.

Após essa frase, ele também achou que lhe cabia sentar-se.

— Já disse que se cansaria... — notou, desdenhosamente, o rapaz. — Acabo de ter o ensejo de lhe comunicar que meu nome é Lóbov e que nós dois, eu e Nadejda Fedosséievna, trocamos votos de lealdade; por conseguinte, o senhor não pode dizer, como acabou de dizer, que não sabe com quem está falando; tampouco poderia pensar que não temos mais de que falar, pois, mesmo que não se trate de mim, nossa conversa tem a ver com Nadejda Fedosséievna que o senhor importuna com tanta desfaçatez. E tal fato constitui, por si só, uma razão suficiente para nos explicarmos.

Disse tudo isso por entre os dentes, igual a um fátuo que nem se dá ao trabalho de articular bem as palavras; até mesmo voltou a puxar seu lornhão e dirigiu-o, por um minutinho, não se sabia para onde enquanto falava.

— Dê licença, meu jovem... — já ia exclamar, com irritação, Pável Pávlovitch, mas "seu jovem" refreou-o num piscar de olhos.

— Em qualquer outra ocasião, decerto o proibiria de me chamar de "seu jovem", só que agora esta minha juventude é minha principal vantagem perante o senhor, e concorde o senhor mesmo que gostaria muito — hoje, por exemplo, quando oferecia a sua pulseira — de ser, nesse momento, ao menos um pouquinho mais novo.

— Eta, safadinho! — sussurrou Veltchanínov.

— Em todo caso, prezado senhor — prosseguiu Pável Pávlovitch, cheio de brio —, não acho, ainda assim, que as razões alegadas — razões, por sinal, indecentes e bem duvidosas — sejam suficientes para continuarmos a debatê-las. Percebo que o assunto todo é infantil e inútil; amanhã mesmo me informarei com o respeitabilíssimo Fedosséi Semiônovitch, mas agora peço que me deixe em paz.

— Está vendo o feitio daquele homem? — logo exclamou, sem ter mantido a calma, o moço. — Como se não bastasse que o expulsem daquela casa, que mostrem a língua para ele — dirigiu-se, exaltado, a Veltchanínov —, quer amanhã denunciar a gente para o velho! Não estaria porventura provando com isso, seu turrão, que deseja tomar a moça à força, comprando-a daquelas pessoas amalucadas que conservam, por causa de nossa barbárie social, seu poder sobre ela? Parece que já lhe mostrou o suficiente que o desprezava, pois já lhe foi devolvida essa sua prenda indecorosa de hoje, essa sua pulseira, não foi? O que é que quer mais?

— Ninguém me devolveu nenhuma pulseira, e isso nem sequer seria possível! — estremeceu Pável Pávlovitch.

— Como é que não seria possível? O senhor Veltchanínov não lhe devolveu, pois, essa pulseira?

"Ah, que o diabo te leve!" — pensou Veltchanínov.

— Realmente... — disse, sombrio. — Nadejda Fedosséievna me encarregou, há pouco, de lhe entregar, Pável Pávlovitch, este estojo. Eu não o tomava, mas ela pedia tanto... ei-lo aqui... sinto muito...

Tirou o estojo e colocou-o, todo confuso, na frente de Pável Pávlovitch que entorpecera.

— Por que não a entregou até agora? — O rapaz se dirigiu a Veltchanínov com severidade.

— Porque não tive tempo — Veltchanínov franziu o sobrolho.

— É estranho.

— O quê-ê-ê?

— Concorde o senhor mesmo que é, pelo menos, estranho. Aliás, estou disposto a reconhecer que é apenas um mal-entendido.

Veltchanínov sentiu uma vontade descomunal de se levantar imediatamente e de puxar as orelhas àquele rapazote, porém não se conteve e, de improviso, deu uma gargalhada; o rapazote logo se pôs a rir também. O mesmo não se deu com Pável Pávlovitch: se Veltchanínov tivesse podido notar seu olhar terrível, focado nele no momento em que rompeu a gargalhar diante de Lóbov, teria compreendido que aquele homem estava, em dado momento, atravessando um limite fatal... Mas Veltchanínov, embora não lhe tivesse captado o olhar, entendeu que Pável Pávlovitch necessitava de apoio.

— Escute, senhor Lóbov — começou ele, num tom amigável —: sem entrar na discussão acerca dos outros motivos, que não quero mencionar, apenas lhe chamaria a atenção ao fato de que, pedindo Nadejda Fedosséievna em casamento, Pável Pávlovitch tem a seu favor, primeiro, sua plena intimidade com aquela respeitável família; segundo, sua própria situação excelente e também digna de respeito; e, finalmente, seus cabedais... destarte, é bem natural que ele fique surpreso ao ver um rival como o senhor: um homem provido, talvez, de grandes qualidades, mas tão novo que não poderia, de maneira alguma, tomá-lo por um rival sério... e tem, consequentemente, razão em pedir que o senhor termine essa conversa.

— O que significa "tão novo"? Já faz um mês inteiro que completei dezenove anos. De acordo com a lei, posso casar-me há muito tempo. Está tudo dito.

— Mas qual seria o pai que teria a coragem de lhe entregar sua filha agora, nem que viesse a ser, no futuro, um arquimilionário ou então um benfeitor da humanidade? Uma pessoa de dezenove anos de idade não se responsabiliza nem sequer por si mesma, e o senhor ousa ainda assumir a responsabilidade pelo futuro de outrem, ou seja, pelo futuro de uma criança igual ao senhor! Será que acha isso tão nobre assim? Eu me permito falar deste modo porque foi o senhor mesmo quem recorreu agorinha a mim para mediar seu debate com Pável Pávlovitch.

— Ah, sim, a propósito: ele se chama, pois, Pável Pávlovitch? — notou o rapaz. — Então por que me parecia, o tempo todo, que se chamava Vassíli Petróvitch? É o seguinte — virou-se para Veltchanínov —: o senhor não me espantou nem um pouco; eu sabia que vocês todos eram assim! É estranho, porém, que me tenham falado do senhor como se fosse um homem chegando a ser um tanto moderno. Aliás, tudo isso é pouca coisa: o principal é que não só não há nisso nada que deixe de ser nobre por minha parte, conforme a expressão que o senhor se permitiu aí, mas, muito pelo contrário, há nisso algo que espero poder explicar-lhe. Trocamos, em primeiro lugar, votos de lealdade, e, além disso, prometi a Nádia, abertamente e na presença de duas testemunhas, que, caso ela se apaixonasse, um dia, por outro homem ou simplesmente se arrependesse de se ter casado comigo e quisesse que nos divorciássemos, eu lhe entregaria, de imediato, a certidão de meu adultério e, assim sendo, sustentaria devidamente a sua solicitação de divórcio. E não seria tudo: ante a hipótese de eu desejar mais tarde voltar para trás e de me recusar a entregar-lhe tal certidão, daria a ela, bem no dia de nosso casamento, uma promissória de cem mil rublos como garantia, de forma que, se passasse depois a teimar quanto à entrega daquela certidão, ela poderia logo protestar essa minha promissória e me *surcouper*.[41] Desse modo, ficaria tudo assegurado, e eu cá não arriscaria o futuro de ninguém. Pois bem: é o primeiro ponto.

— Aposto que foi o tal de... qual é o nome?... Predpossýlov quem inventou essas coisas? — exclamou Veltchanínov.

— Hi-hi-hi! — Pável Pávlovitch deu uma risadinha peçonhenta.

— E vem aquele dali com seus "hi-hi-hi"! O senhor adivinhou: é uma ideia de Predpossýlov — e uma ideia ardilosa, veja se concorda comigo! Aquela lei absurda fica totalmente paralisada. Estou disposto a amá-la sempre, bem entendido, e ela ri até dizer chega... mas a ideia é, ainda assim, brilhante, e concorde que seria algo nobre, que nem todo homem se atreveria a fazer isso!

---

[41] Vencer (em jogos de baralho) utilizando um trunfo superior à carta do adversário (em francês).

— Para mim, não apenas não seria nobre, mas seria até asqueroso.
O moço encolheu os ombros.
— Não me causa outra vez nenhum pasmo — respondeu, após uma breve pausa. — Já faz tempo demais que tudo isso deixou de me surpreender. Quanto a Predpossýlov, atalharia diretamente, se estivesse em meu lugar, que semelhante incompreensão das coisas mais naturais ocorre, por parte do senhor, porque seus sentimentos e pensamentos mais ordinários foram corrompidos, primeiro, pela sua longa vida disparatada e, segundo, pela sua longa ociosidade. Aliás, pode ser que nem mesmo nos entendamos ainda, pois me falaram do senhor, em todo caso, muito bem... Decerto já tem uns cinquenta anos aí, não tem?
— Fale, por gentileza, de nosso assunto.
— Desculpe minha indiscrição e não se aborreça: perguntei só por perguntar. Continuo: não serei, no futuro, nenhum arquimilionário, conforme a expressão que o senhor se dignou a usar (que ideia é que teve, puxa vida!). Estou todo aqui, com os pés no chão, como o senhor percebe, mas, em compensação, estou absolutamente seguro de meu porvir. Não me tornarei herói nem benfeitor de ninguém, mas viverei à farta com minha esposa. É claro que ainda não tenho nada e até mesmo fui criado na casa deles, desde a primeira infância...
— Como assim?
— É que sou filho de um contraparente da mulher daquele Zakhlebínin, e, quando todos os meus morreram e me deixaram sozinho aos oito anos de idade, o velho me acolheu em sua casa e depois me mandou para um ginásio. Até que é um homem bondoso, se o senhor quer saber...
— Eu sei disso...
— Sim, só que a cabeça dele é antiga demais. É bondoso, de resto. Agora que não dependo mais, há muito tempo, de sua tutela, quero ganhar a vida por mim mesmo e só depender de mim mesmo.
— E desde quando não está mais sob a tutela dele? — perguntou Veltchanínov, curioso.
— Há, mais ou menos, uns quatro meses.
— Ah, mas agora está tudo explicado: são amigos de infância! E o senhor tem um emprego?
— Tenho, sim: numa empresa privada, no escritório de um tabelião, com vinte e cinco rublos de ordenado. É apenas um emprego temporário,

sem dúvida, só que, quando fui pedi-la em casamento, não tinha nem isso. Servia então nas estradas de ferro e ganhava dez rublos por mês... Mas tudo isso é só por um tempo.

— Será que o senhor chegou a pedi-la em casamento?

— Fiz um pedido formal, e já faz muito tempo: umas três semanas.

— E qual foi a resposta?

— O velho riu muito e depois ficou muito zangado, e ela mesma acabou trancada lá em cima, no sótão. Mas Nádia resistiu heroicamente. Aliás, todo o fracasso aconteceu porque o velho já se zangava comigo por ter abandonado o cargo que ele tinha arranjado para mim em seu departamento, há uns quatro meses, antes ainda daquelas estradas de ferro. É um velhote bonzinho, digo e repito: está todo simples e alegre, quando em casa, mas lá no departamento... o senhor nem pode imaginar! Um Júpiter puro e rematado! Dei-lhe a entender, naturalmente, que suas maneiras não me agradavam mais, porém o problema maior aconteceu por causa do assessor do chefe de minha seção: aquele senhor teve a ideia de reclamar, dizendo que eu o teria "destratado", mas eu cá lhe disse apenas que não era desenvolvido. Então os abandonei a todos e trabalho agora com o tabelião.

— Será que ganhava muito no departamento?

— Sendo extranumerário, hein? Era o velho também que me ajudava: digo-lhe que é bondoso... Contudo, a gente não se renderá! É claro que vinte e cinco rublos não são nenhuma fortuna, mas eu espero que venha a participar, daqui a pouco, na gestão das propriedades arruinadas do conde Zaviléiski; aí ganharei uns três mil de vez ou então passarei a advogar. Agora é que se procura por gente entendida... Iih, que trovão, haverá uma tempestade! Ainda bem que tenha vindo antes da tempestade: vim dali a pé... quase corri, o caminho todo.

— Mas dê licença: se for assim, quando é que teve tempo para conversar com Nadejda Fedosséievna, já que não o recebem, ainda por cima, naquela casa?

— Ah, sim, mas a gente pode pular a cerca! O senhor reparou, há pouco, naquela moça ruivinha? — O rapaz desandou a rir. — Pois são ela e Maria Nikítichna que dão uma mãozinha ali! Só que a tal de Maria Nikítichna é uma víbora!... Por que o senhor faz essa carranca? Está com medo de trovão?

— Não: estou indisposto, bem indisposto... — Atormentado, de fato, pela sua inesperada dor no peito, Veltchanínov se levantara da sua poltrona e tentara andar pelo quarto.

— Ah, mas então, bem entendido, estou atrapalhando o senhor? Não se preocupe: já, já... — E o rapaz saltou fora do seu assento.

— Não me atrapalha, não é nada — disse Veltchanínov, delicadamente.

— Como assim, "não é nada", se "Kobýlnikov está com dor de barriga"... lembra-se de Chtchedrin?[42] O senhor gosta de Chtchedrin?

— Gosto...

— Eu também. Pois então, Vassíli... ah, sim, quer dizer Pável Pávlovitch, vamos terminar! — Lóbov se dirigiu, quase rindo, a Pável Pávlovitch. — Formulo outra vez a minha pergunta, para que o senhor a entenda: consentiria em desistir, amanhã mesmo, oficialmente, na frente dos velhos e na minha presença, de toda e qualquer pretensão sua que diz respeito a Nadejda Fedosséievna?

— Não consinto de jeito nenhum — Pável Pávlovitch também ficou em pé, cheio de impaciência e obstinação. — E peço-lhe, ademais, outra vez que me poupe... que tudo isso é tolo e infantil.

— Veja bem! — Sorrindo com arrogância, o moço ergueu um dedo em sinal de ameaça. — Veja se não se enreda em seus cálculos! Sabe aonde leva tal erro de cálculos? Pois o aviso que, dentro de nove meses, quando o senhor já se tiver esgotado por lá e voltar, exausto, para cá, será obrigado a desistir, por si só, de Nadejda Fedosséievna e, se acaso não desistir dela, haverá de se dar pior ainda — eis como desfechará o negócio todo! Preciso avisá-lo que o senhor é agora como aquele cão que vigia o feno — desculpe-me, é apenas uma comparação! — e que não o come nem deixa os outros bichos comerem. Repito-lhe, por mera humanidade: reflita aí, incite a si mesmo, ao menos uma vez na vida, a refletir como se deve.

— Peço-lhe que me poupe dessa sua moral! — exclamou Pável Pávlovitch, tomado de fúria. — E, quanto às suas alusões escabrosas, vou tomar minhas providências amanhã mesmo, e serão umas providências graves!

---

[42] Cita-se o conto *Para a tenra idade*, de Mikhail Saltykov-Chtchedrin (1826-1889), cujo protagonista é jovem poeta e funcionário público Kobýlnikov.

— Minhas alusões escabrosas? Mas de que é que está falando? O senhor mesmo é escabroso, se tiver isso em sua mente. Disponho-me, aliás, a esperar até amanhã, mas se porventura... Ah, de novo aquele trovão! Até a vista, tive muito prazer em conhecê-lo! — Ele saudou Veltchanínov, com uma mesura, e foi correndo embora, apressando-se obviamente a sair antes da tempestade para não enfrentar o aguaceiro.

XV. DESQUITARAM-SE

— O senhor viu? O senhor viu? — Pável Pávlovitch acorreu a Veltchanínov, tão logo o rapaz saiu porta afora.

— Pois é: está sem sorte! — comentou, sem querer, Veltchanínov. Não teria dito essas palavras, se não o atormentasse e enfurecesse tanto a dor no peito que vinha crescendo.

Pável Pávlovitch estremeceu como quem acabasse de se queimar.

— E o senhor... decerto não me devolveu a pulseira por se apiedar de mim, hein?

— Só não tive tempo...

— Por se apiedar de mim, do fundo de seu coração, como um verdadeiro amigo se apieda do outro, hein?

— Por me apiedar, sim — zangou-se Veltchanínov.

No entanto, contou-lhe brevemente como recebera, havia pouco, aquela pulseira de volta e como Nadejda Fedosséievna quase o forçara a participar da trama...

— Não teria aceitado de modo algum, veja se me entende: já sem isso, tenho tantas contrariedades!

— Mas o senhor ficou empolgado e aceitou! — respondeu Pável Pávlovitch às risadinhas.

— É uma tolice, da sua parte; devo, aliás, escusá-lo. O senhor mesmo percebeu agorinha que não era eu o protagonista e, sim, os outros!

— Ainda assim, ficou empolgado.

Pável Pávlovitch sentou-se e encheu seu copo.

— Acha que vou ceder àquele moleque? Vou enroscá-lo que nem um corno de carneiro, assim ó! Amanhã mesmo, vou lá e acabo com tudo. A gente tira aquele espiritozinho do jardinzinho de infância...

Despejou o copo, quase de um trago só, e tornou a enchê-lo; passou a agir, em geral, com uma desenvoltura até então inusitada.

— Eta, Nádenka com Sáchenka, criancinhas engraçadinhas... hi-hi-hi!

Estava louco de fúria. Outra trovoada fortíssima ribombou lá fora; rutilou, fulgurante, um relâmpago, e a chuva caiu tempestuosa. Pável Pávlovitch levantou-se e fechou a janela que estava escancarada.

— E ele vem perguntando ao senhor: "Está com medo de trovão?"... hi-hi! É Veltchanínov quem está com medo de trovão! E Kobýlnikov... como foi que falou daquele Kobýlnikov?... E seus cinquenta anos, hein? Lembra? — dizia Pável Pávlovitch, escarninho.

— Desde que o senhor já está aí... — notou Veltchanínov, mal articulando, de tanta dor, essas palavras. — Eu me deito... e o senhor, como quiser.

— De fato, nem um cachorro se põe na rua com um tempo daqueles! — replicou Pável Pávlovitch, melindrado, mas quase se alegrando, de resto, por ter o direito de se melindrar.

— Pois bem: fique aí sentado, beba... nem que pernoite em minha casa! — balbuciou Veltchanínov, estendendo-se no sofá e gemendo de leve.

— Pernoitar? E o senhor não teria medo?

— Medo de quê? — Veltchanínov soergueu, de repente, sua cabeça.

— De nada, falei por falar. Da última vez, o senhor levou, digamos, um susto, ou apenas me parece que se assustou...

— É tolo! — Veltchanínov não se conteve, voltando-se, zangado, para a parede.

— Não faz mal — respondeu Pável Pávlovitch.

Tão só um minuto depois de se deitar, o doente adormeceu de certo modo abrupto.

Toda a tensão antinatural que sentira naquele dia, somada ao desarranjo patente de sua saúde nos últimos tempos, parecia ter irrompido de supetão: ele ficara débil como uma criança. Todavia, sua dor acabou vencendo tanto seu cansaço quanto seu sono; ao cabo de uma hora, Veltchanínov despertou e soergueu-se, com sofrimento, no sofá. A tempestade se esvaíra; o quarto estava cheio de fumo, a garrafa estava vazia, e Pável Pávlovitch dormia no outro sofá. Deitado de costas, com uma almofada sob a cabeça, continuava todo vestido e de botas. O lornhão, que usara havia pouco, pendia do seu bolso, preso com uma cordinha, quase até o chão. Seu chapéu estava ao lado dele, também no chão. Sombrio, Veltchanínov olhou para Pável Pávlovitch, mas não foi acordá-lo. Curvando-se ao passo que andava pelo quarto, pois não conseguia mais ficar deitado, ele gemia e cogitava em sua dor.

Tinha medo dessa dor no peito, e não sem razão. Tais crises o acometiam havia bastante tempo, mas ocorriam bem raramente — uma vez por ano ou por dois anos. Ele sabia que eram desencadeadas pelo seu fígado. Parecia-lhe, a princípio, que algo se acumulava em certo ponto do peito, na boca do estômago ou acima, e produzia uma pressão obtusa, nem tão forte como irritante. Crescendo depois sem parar, às vezes por dez horas consecutivas, a dor acabava por atingir tamanha intensidade, e a pressão se tornava tão insuportável, que o doente começava a antever sua própria morte. Ao cabo da última crise, que lhe sobreviera havia cerca de um ano, ele ficara de chofre tão debilitado, acalmando-se sua dor, finalmente, após dez horas de tortura, que mal conseguia, prosternado na cama, mover o braço, e fora então que o médico lhe permitira tomar, durante um dia inteiro, apenas umas colheradinhas de chá ralo e uma pitada de pão derretido em caldo, como se fosse uma criança recém-nascida. Essa dor surgia por vários motivos fortuitos, mas sempre em decorrência do desarranjo prévio de seus nervos. Sumia também estranhamente: de vez em quando, ele a interceptava logo de início e, aplicando, por meia horinha, simples compressas, fazia-a desaparecer, mas em outras ocasiões, semelhantes àquela última crise, nada surtia efeito, de sorte que a dor só passara com repetidas e graduais administrações do emético. O médico confessara mais tarde que acreditava firmemente na intoxicação. Agora o dia demoraria ainda a raiar, e não lhe apetecia mandar, à noite, chamarem pelo médico; ademais, esses médicos todos não eram de seu agrado... Por fim, Veltchanínov não aguentou e passou a gemer em voz alta. Seus gemidos acordaram Pável Pávlovitch: soerguendo-se no sofá, ele permaneceu, por algum tempo, sentado, ouvindo com temor e seguindo, com seus olhos atônitos, Veltchanínov que quase corria através de ambos os quartos. O conteúdo da garrafa esvaziada também parecia influenciá-lo bem mais que de costume, e ele passou muito tempo sem compreender nada. Compreendeu, afinal, e acudiu a Veltchanínov, mas este só murmurou algo em resposta.

— É por causa do fígado, eu sei disso! — De súbito, Pável Pávlovitch animou-se sobremaneira. — Era isso mesmo que tinha Piotr Kuzmitch... sim, Polossúkhin... por causa do fígado. Tem de fazer umas compressas aí. Piotr Kuzmitch fazia sempre compressas... Dá para morrer, desse jeito! Vou rapidinho chamar Mavra, que tal?

— Não precisa, não — Irritado como estava, Veltchanínov agitava os braços. — Não precisa mesmo!

Mas Pável Pávlovitch estava, sabia lá Deus por que, prestes a perder a cabeça, como se tratasse de salvar seu filho de sangue. Desobedecia a insistir, com todas as forças, que Veltchanínov fizesse compressas e, além disso, tomasse duas ou três chávenas de chá ralo, "e não apenas quente, mas férvido", engolindo tudo de vez. Sem esperar pela permissão, foi correndo chamar Mavra, acendeu com ela o fogo na cozinha, que sempre permanecia vazia, e aqueceu o samovar; enquanto isso, fez que o doente se deitasse, tirou-lhe as roupas de cima, embrulhou-o num cobertor e preparou, em apenas vinte minutinhos, tanto o chá quanto a primeira compressa.

— São pratos aquecidos, incandescentes! — dizia, quase extático, colocando um prato esquentado e enrolado num guardanapo sobre o peito doído de Veltchanínov. — Não temos outras compressas e precisaríamos de tempo para arranjá-las, mas esses pratos, juro-lhe pela minha honra, são melhores que qualquer coisa: já os testei em Piotr Kuzmitch... coloquei com as próprias mãos e vi com os próprios olhos. Dá para morrer, desse jeito! Beba, pois, chá, engula... e, se acaso se queimar, não faz mal. A vida vale mais... que a janotice...

Sacudia Mavra, que estava para adormecer, trocava os pratos a cada três ou quatro minutos. Após o terceiro prato e a segunda chávena daquele chá férvido, que Veltchanínov sorvera com uma golada só, veio-lhe de repente certo alívio.

— Pois se a gente abalou a dor uma vez, seja Deus louvado: é bom sinal! — exclamou Pável Pávlovitch e correu, todo alegre, buscar outro prato e outra chávena. — Tomara que superemos essa sua dor! Tomara que a façamos voltar para trás! — repetia a cada minuto.

Meia hora depois, a dor esmoreceu mesmo, porém o doente já estava tão exausto que não se dispôs, por mais que Pável Pávlovitch lhe implorasse, a "aguentar mais um pratinho". Seus olhos se cerravam de tanta fraqueza.

— Dormir, dormir — disse, com uma voz frágil.

— Pois bem! — anuiu Pável Pávlovitch.
— Durma aqui... Que horas são?
— Falta um quarto para as duas.
— Durma, pois, aqui.
— Vou dormir, vou.

Um minuto depois, o doente voltou a chamar por Pável Pávlovitch.
— O senhor... — murmurou, quando o outro acorreu e se inclinou sobre ele — o senhor é melhor que eu! Entendo tudo, tudo... e agradeço.
— Durma aí, vá — sussurrou Pável Pávlovitch e bem depressa, nas pontas dos pés, retornou ao seu sofá.

Enquanto adormecia, o doente ouviu ainda Pável Pávlovitch arrumar, rápida e silenciosamente, a sua cama, tirar suas roupas e afinal, apagando as velas e mal respirando para evitar o menor barulho, estender-se naquele sofá.

Não havia dúvida de que Veltchanínov estava dormindo e que pegara no sono pouquíssimo tempo depois de se apagarem as velas: claramente se lembraria disso mais tarde. Contudo, ao longo de todo aquele sono, até o exato momento de seu despertar, sonhou que não estava dormindo nem sequer conseguia adormecer, não obstante toda a sua fraqueza. Acabou vendo em sonhos que começava a delirar, acordado como estava, e não conseguia, de modo algum, rechaçar os fantasmas cuja multidão o rodeava, embora tivesse plena consciência de não ser a realidade, mas tão só seu delírio. Todos aqueles fantasmas lhe eram familiares: ele sonhava que seu quarto transbordava de gente... que a porta da antessala permanecia aberta... que as pessoas entravam em massa, espremendo-se também na escada. Um homem estava sentado à mesa posta no meio do quarto, exatamente como então, no mesmo sonho que ele tivera cerca de um mês antes. Sentado, exatamente como naquele sonho, o homem fincava os cotovelos na mesa e não queria falar, só que agora usava um chapéu redondo e cingido de crepe. "Como? Será que aquele homem também foi Pável Pávlovitch?" — pensou Veltchanínov, porém, ao olhar para o rosto do homem que se mantinha calado, persuadiu-se de ser uma pessoa bem diferente. "Então por que usa esse crepe?" — pasmou-se Veltchanínov. O barulho, a algazarra, a gritaria da turba, que se espremia ao redor da mesa, eram horríveis. Aquelas pessoas todas pareciam ainda mais zangadas com Veltchanínov do que em seu outro sonho: ameaçavam-no, agitando as mãos, e gritavam-lhe algo, com todas as forças, mas ele não chegava a compreender de que notadamente se tratava. "Pois eu sei que é apenas um delírio!" — raciocinava Veltchanínov. — "Eu sei que não conseguia adormecer e que me levantei agorinha por não poder mais ficar deitado, de tanta angústia!..." Todavia, os gritos, as pessoas, os gestos delas... era tudo tão nítido, tão verdadeiro que lhe surgiam, vez por outra, dúvidas: "Seria mesmo um delírio? O que é que toda essa gente quer de mim, meu Deus do céu? Mas, se não fosse tão só um delírio, seria possível que tanta celeuma não tivesse acordado, até agora, Pável Pávlovitch? É que ele está dormindo aqui mesmo, sobre o sofá". Enfim algo aconteceu, bem como daquela feita, em seu outro sonho: todos foram correndo até a escada, e houve um tremendo aperto às portas porquanto outra multidão subia, nesse meio-tempo, para o quarto. Aquelas pessoas subiam trazendo algo grande e pesado; ouviam-se seus passos a repercutirem, lerdos, pelos degraus da escada e suas vozes arfantes que se revezavam apressadamente. E todos bradaram, no quarto: "Trazem, trazem!", e todos os olhares fulgiram, cravando-se em Veltchanínov, e toda aquela gente lhe apontou, ameaçadora e triunfante, para a escada. Sem ter mais nem sombra de dúvida de que tudo isso não era seu delírio e, sim, a realidade, ele se pôs nas pontas dos pés a fim de ver logo, por cima das cabeças da multidão, o que estavam trazendo ali. Seu coração batia, batia, batia... e de repente, bem como então, naquele seu sonho, ressoaram três altíssimos toques de campainha. E foi, novamente, um tilintar tão claro e tão real que chegava a ser palpável e não poderia, com toda a certeza, ter aparecido apenas num sonho seu!... Veltchanínov gritou e acordou.

No entanto, não foi correndo, como daquela feita, rumo às portas. Não sabia que pensamento orientara seu primeiro impulso nem se tinha, em dado momento, qualquer pensamento que fosse, mas era como se alguém lhe sugerisse o que fazer: saltou da cama e arrojou-se, esticando os braços como quem se defendesse e tentasse reter um ataque, naquela exata direção onde se encontrava Pável Pávlovitch. Suas mãos colidiram logo com outras mãos, que já se estendiam em cima, e Veltchanínov as agarrou com firmeza: alguém estava, pois, lá, inclinando-se sobre ele. Abaixados os reposteiros, a escuridão não estava, porém, completa, já que do outro quarto, onde não havia tais reposteiros, vinha uma luz tênue. De súbito, algo lhe cortou, bem dolorosamente, a palma e os dedos da mão esquerda, e ele entendeu, num instante, que pegara na lâmina de uma faca ou uma navalha, e que sua mão a apertara com força... No mesmo instante, algo caiu, com um baque pesado e único, no assoalho.

Veltchanínov era, talvez, três vezes mais forte que Pável Pávlovitch, mas a luta entre os dois durou muito tempo, por uns três minutos inteiros. Logo o curvou até o chão e lhe torceu os braços para trás, querendo, por alguma razão, atar sem falta esses braços torcidos. Pôs-se a procurar às apalpadelas, com a mão direita, enquanto segurava o assassino com a esquerda ferida, pela corda do reposteiro e demorou bastante em encontrá-la, mas finalmente a empunhou e arrancou da janela. Ele mesmo ficaria surpreso, mais tarde, com aquela força antinatural que tivera de usar para tanto. No decorrer desses três minutos de luta, nem um nem outro articularam uma só palavra, ouvindo-se apenas sua respiração ofegante e os sons surdos de sua peleja. Torcendo, afinal, e amarrando os braços de Pável Pávlovitch por trás das costas, Veltchanínov abandonou-o prostrado no chão, levantou-se, puxou o reposteiro e soergueu a cortina. A rua erma já estava iluminada pelo alvorecer. Abrindo a janela, Veltchanínov passou alguns instantes de pé, haurindo o ar a plenos pulmões. Já ia para as cinco horas da manhã. Veltchanínov fechou a janela, aproximou-se devagar do armário, tirou uma toalha limpa e envolveu com ela a sua mão esquerda, deixando-a bem apertada para estancar o sangue que lhe corria. Pisou por acaso numa navalha aberta que estava sobre o tapete; apanhou-a, dobrou-a, colocou-a na caixeta, onde guardava seus utensílios para barbear e que esquecera, pela manhã, em cima de uma mesinha próxima ao sofá em que dormia Pável Pávlovitch, e trancou aquela caixeta em sua escrivaninha. Ao fazer tudo isso, acercou-se de Pável Pávlovitch e começou a examiná-lo.

Nesse ínterim, Pável Pávlovitch já se levantara, com muito esforço, do tapete e desabara sobre uma poltrona. Estava despido, só com roupas de baixo, e mesmo descalço. Sua camisa estava encharcada de sangue, nas costas e pelas mangas, porém não era o sangue dele e, sim, o que escorrera da mão ferida de Veltchanínov. Era, sem dúvida, Pável Pávlovitch, mas quem encontrasse casualmente uma pessoa dessas até poderia não a reconhecer no primeiro momento, tanto mudara a sua fisionomia. Estava sentado, endireitando-se, todo desajeitado por causa de seus braços atados, naquela poltrona, de rosto contraído e estafado, esverdeado, e, de vez em quando, estremecia. Fitou Veltchanínov com um olhar atento, mas como que obscurecido: parecia não enxergar ainda tudo quanto quisesse. De chofre, esboçou um sorriso obtuso e, acenando com a cabeça em direção à jarra d'água que estava em cima da mesa, disse rápido, quase a cochichar:

— Um pouco d'águinha...

Enchendo um copo, Veltchanínov segurou-o enquanto Pável Pávlovitch bebia. Este se pôs a beber ávido; após uns três goles, soergueu a cabeça, olhou, mui atentamente, para o rosto de Veltchanínov que estava em sua frente, com o copo na mão, mas não disse nada e continuou bebendo. Uma vez satisfeito, deu um profundo suspiro. Veltchanínov pegou seu travesseiro, assim como suas roupas, e foi ao quarto vizinho, deixando Pável Pávlovitch trancafiado no primeiro cômodo.

Sua recente dor cessara completamente, mas a fraqueza se apoderou dele outra vez, extraordinária depois daquela tensão momentânea da força que lhe viera sabia lá Deus de onde. Tentou refletir sobre o acontecido, porém suas ideias estavam ainda bem desconexas: o choque havia sido forte demais. Ora seus olhos se cerravam, até mesmo por uns dez minutos a fio, ora ele estremecia subitamente e acordava, rememorava tudo, soerguia sua mão que doía, envolta numa toalha ensopada de sangue, e tornava a pensar com uma sofreguidão febril. Esclareceu para si mesmo uma só coisa: Pável Pávlovitch queria, de fato, degolá-lo, mas não sabia disso, quiçá, um quarto de hora antes do atentado. Aquela caixeta com utensílios para barbear devia ter atraído sua atenção apenas ao anoitecer, sem lhe insuflar, entretanto, nenhuma ideia, e permanecido em sua memória. (Aliás, as navalhas estavam sempre trancadas na gaveta da escrivaninha, e fora só na manhã precedente que Veltchanínov as retirara dali para raspar uns pelos sobrantes de seu bigode e suas costeletas, o que fazia por vezes). "Se pretendesse, havia muito tempo, assassinar-me, teria preparado de antemão uma faca ou uma pistola, mas não contaria, por certo, com minhas navalhas que nem tinha visto, nenhuma vez, até a noite de ontem" — veio-lhe, entre outras, essa ideia.

Enfim o relógio soou seis horas. Voltando a si, Veltchanínov se vestiu e foi ver Pável Pávlovitch. Não conseguia compreender, enquanto destrancava a porta, por que mantivera Pável Pávlovitch ali trancado em vez de enxotá-lo logo de sua casa. O preso já estava, para sua surpresa, todo vestido: tivera, provavelmente, algum ensejo de desatar os braços. Sentado numa poltrona, levantou-se assim que Veltchanínov entrou.

Já segurava seu chapéu. O olhar dele, cheio de inquietação, parecia dizer às pressas: "Não venhas com essa tua conversa: não adianta... não temos de que falar".

— Vá embora! — disse Veltchanínov. — E leve seu estojo — acrescentou em seguida.

Pável Pávlovitch, que já estava perto das portas, voltou, pegou o estojo com a pulseira que estava em cima da mesa, enfiou-o no bolso e foi à escada. Veltchanínov se postou às portas para trancá-las depois que ele saísse. Seus olhares cruzaram-se pela última vez; de súbito, Pável Pávlovitch se deteve, ambos se entreolharam, fitando um ao outro por uns cinco segundos, como se estivessem hesitando, e Veltchanínov acabou por despedi-lo com um gesto frouxo.

— Vá embora, vá! — disse a meia-voz e trancou a porta.

XVI. ANÁLISE

A sensação de uma alegria extraordinária, imensurável, apossou-se dele: algo chegara ao desfecho, algo se desatara; sua terrível angústia se afastara e se dissipara toda. Era assim a impressão que ele tinha. Sua luta durara cinco semanas. Veltchanínov erguia a mão, olhava para a toalha embebida de sangue e murmurava consigo: "Não, agora é que tudo acabou mesmo!" E ao longo de toda a manhã, pela primeira vez naquelas três semanas, quase não pensava em Lisa, como se o sangue a escorrer dos seus dedos cortados pudesse "desquitá-lo" dessa angústia também.

Ficou bem claro, para ele, que se esquivara de um tremendo perigo. "Aquelas pessoas" — pensava —, "aquelas pessoas ali que não sabem ainda, um minuto antes, se vão degolar ou não... se pegarem uma faca com suas mãos trêmulas, tão só uma vez, e sentirem o primeiro respingo de sangue quente nos dedos, não apenas degolarão qualquer um, mas lhe cortarão a cabeça fora, como dizem os grilhetas.[43] É assim mesmo".

---

[43] Criminosos de alta periculosidade, condenados a trabalhos forçados e presos com grilhões.

Não podendo mais ficar em casa, saiu convencido de que precisava fazer logo alguma coisa, senão algo se daria logo com ele; andava pelas ruas e esperava. Queria muito encontrar alguém, conversar com alguém, nem que fosse uma pessoa desconhecida, e foi isso que lhe sugeriu enfim a ideia de ir ao médico, pois lhe cumpria tratar devidamente da sua mão. O médico, que conhecia de longa data, examinou-lhe a ferida e perguntou, curioso: "Mas como isso pôde acontecer?" Veltchanínov respondia com brincadeiras, até gargalhava; estava prestes a contar tudo, mas se conteve. O médico acabou por lhe apalpar o pulso e, ciente da crise que o acometera na noite passada, exortou-o a tomar, logo em seguida, um calmante que estava em seu consultório. Também o acalmou quanto àquele corte: "Não pode haver consequências por demais graves". Veltchanínov tornou a gargalhar, passando a assegurar-lhe que já houvera consequências ótimas. Uma vontade irrefreável de contar tudo voltou a dominá-lo, naquele dia, umas duas vezes ainda, inclusive na frente de um homem totalmente desconhecido com quem ele próprio puxara conversa numa confeitaria. Aliás, detestava até então abordar quaisquer pessoas estranhas em lugares públicos.

Ele entrava nas lojas, comprou um jornal, foi ver seu alfaiate e encomendou-lhe um traje. A ideia de visitar os Pogorêltsev continuava a desagradá-lo, de modo que nem sequer pensava neles; ademais, nem podia ir ao seu sítio, como se esperasse, o tempo todo, por algo na cidade. Almoçou com deleite, falou com o garçom e com seu vizinho na hora do almoço, tomou meia garrafa de vinho. Nem aventava a possibilidade de sua recente crise acontecer outra vez: estava convicto de ter superado sua doença naquele exato momento em que, adormecendo, na noite anterior, tão debilitado, saltara da sua cama uma hora e meia depois e jogara, com tanta força, aquele assassino no chão. Todavia, sentiu-se estonteado ao anoitecer, e algo semelhante ao seu delírio da véspera começou a apoderar-se por instantes dele. Voltou para casa ao cair do crepúsculo e quase se assustou ao entrar em seu quarto. De resto, o apartamento todo lhe pareceu medonho e horroroso. Atravessou-o, passo a passo, diversas vezes e até mesmo entrou na cozinha, aonde não ia quase nunca. "Era aqui que esquentavam ontem os pratos" — pensou. Trancou zelosamente as portas e, antes que de costume, acendeu as velas. Lembrou, quando trancava as portas, como passara, havia meia hora, perto da guarita, chamara por Mavra e perguntara se Pável Pávlovitch não tinha vindo, porventura, em sua ausência, como se este pudesse realmente ter vindo.

Ao trancar cuidadosamente as portas, retirou da escrivaninha a caixeta com navalhas e abriu a navalha "de ontem" para examiná-la. Em seu cabo branco, feito de osso, restavam ainda miúdos rastros de sangue. Colocou a navalha de volta naquela caixeta e trancou-a de novo em sua escrivaninha. Estava com sono; sentia que precisava deitar-se logo, senão ficaria sem préstimo algum no dia seguinte. Imaginava, por algum motivo, que esse dia seria fatal e "definitivo". E os mesmos pensamentos, que não o haviam deixado, enquanto andava pelas ruas, nem por um instante, aglomeravam-se e estalavam, ainda agora, em sua cabeça doída, infatigáveis e irresistíveis, e ele pensava sem parar, pensava, pensava... e demorou muito em adormecer.

"Desde que está bem claro que ele se levantou para me degolar sem tê-lo premeditado" — pensava e repensava, o tempo todo —, "será que aquela ideia já lhe veio antes, ao menos uma só vez, ao menos como um sonho que teve num momento de fúria?" Resolveu essa questão de forma estranha, concluindo que Pável Pávlovitch queria matá-lo, sim, mas que a própria ideia de assassínio não viera nenhuma vez antes à mente do futuro assassino. Em resumo: "Pável Pávlovitch queria matar, mas não sabia que queria matar. É absurdo, mas é assim mesmo" — refletia Veltchanínov. — "Não foi para arranjar um cargo, nem para rever Bagaútov, que ele veio aqui, embora procurasse, de fato, por um cargo e fosse visitar Bagaútov e acabasse tomado de raiva, quando Bagaútov morreu: desprezava aquele homem como uma lasca. Foi por minha causa que ele veio aqui, e veio com Lisa...".

"E será que pressentia, eu mesmo, que ele... fosse tentar degolar-me?" Deduziu que pressentia, sim, pressentia desde aquele exato momento em que o vira dentro da carruagem a seguir o féretro de Bagaútov: "...passei a esperar por alguma coisa, ao que me parece... mas não esperava, bem entendido, por isso, não esperava que ele fosse tentar degolar-me!".

"E será, será mesmo que aquilo tudo foi verdade?" — exclamava de novo, reerguendo, de súbito, a cabeça do travesseiro e reabrindo os olhos. — "Tudo o que aquele... maluco me contou ontem sobre o seu amor por mim, quando seu queixo tremia e ele esmurrava seu peito? Verdade pura!" — cismava, não se cansando de ir cada vez mais fundo em sua análise. — "Aquele Quasimodo[44] de T. era tolo e nobre o suficiente para se apaixonar pelo amante de sua mulher, que não suspeitava de nada havia vinte anos! Fazia nove anos que ele me respeitava, que se lembrava de mim com veneração e guardava as minhas 'expressões' na memória... meu Deus, mas eu cá nem sabia de nada! Ele não pode ter mentido ontem! Será que me amava ainda, ontem mesmo, quando me confessava seu amor e dizia 'desquitemo-nos'? Sim, ele me amava com raiva, e aquele amor ali é o mais forte de todos...".

"Só que pode ser (e, com certeza, foi assim mesmo) que eu lhe tenha causado uma impressão colossal, lá em T., justamente colossal e 'aprazível', e era justamente com um Schiller[45] daqueles, disfarçado de Quasimodo, que isso podia acontecer! Ele centuplicou esta minha pessoa, porque eu o assombrara demais em meio ao seu retiro filosófico... Seria interessante saber com que o assombrei precisamente! Talvez com minhas luvas limpas e minha habilidade em calçá-las, palavra de honra. Os Quasimodos gostam da estética: uh, como gostam! Para certas almas nobríssimas, sobretudo daquelas que têm os 'eternos maridos', um par de luvas é bem suficiente. Quanto ao resto, eles o multiplicarão lá por mil e ainda se baterão entre si por nossa causa, se assim desejarmos. Pois como ele valoriza estes meus meios de sedução! Foram, talvez, precisamente os meios de sedução que mais o surpreenderam. E aquele grito dele: 'Se for ele também, então a quem é que vou dar crédito?' Após um grito daqueles, a gente se torna um bicho!...".

"Hum! Ele veio aqui para 'me abraçar e chorar', conforme ele próprio se expressou da maneira mais asquerosa possível, ou seja, vinha para me degolar e pensava que vinha para 'me abraçar e chorar'... Trouxe Lisa também. E daí: quem sabe se ele não me perdoaria mesmo, caso eu fosse chorar com ele, porque tanto lhe apetecia perdoar-me!... Mas tudo se transformou, desde a primeira colisão, naqueles requebros de bêbado, numa caricatura, naqueles nojentos soluços da mulherzinha

---

[44] Um dos protagonistas do romance *Nossa Senhora de Paris*, de Victor Hugo (1802-1885), "corcunda de Notre-Dame" tido como uma formidável personificação da feiura externa e da beleza interna.

[45] Friedrich von Schiller (1759-1805): ilustre poeta e dramaturgo alemão, autor das peças teatrais *Os bandoleiros, Dom Carlos, Maria Stuart, Guilherme Tell*, entre outras, e da célebre *Ode à alegria*, musicada por Beethoven e atualmente interpretada como o Hino oficial da União Europeia.

que pranteia suas mágoas. (E aqueles chifres, hein, aqueles chifres que colocou em cima de sua testa?). Era por isso que vinha bêbado, para desembuchar nem que se requebrando; se estivesse sóbrio, não conseguiria... E como gostava de se requebrar: uh, como gostava! Uh, como estava feliz quando me forçou a beijá-lo! Só que não sabia então como terminaria: iria abraçar-me ou me degolaria! E o que aconteceu foi a melhor coisa possível, isto é, ambas as coisas juntas. Foi a solução mais natural! Pois é: a natureza não gosta de monstros e acaba com eles mediante tais 'soluções naturais'. O monstro mais monstruoso é um monstro dotado de sentimentos nobres: sei disso por experiência própria, Pável Pávlovitch! A natureza não é uma mãe carinhosa, para um monstro, e, sim, uma madrasta. A natureza dá à luz um monstro e depois, em vez de se apiedar dele, mata-o — e bem-feito para ele! Os abraços e choros de quem perdoar a todos custam bem caro, em nossos tempos, até mesmo às pessoas decentes, sem falarmos em quem for como nós dois, Pável Pávlovitch!".

"Sim, ele foi tolo o suficiente para me levar também à casa de sua noiva, meu Deus do céu! Sua noiva! Apenas um Quasimodo daqueles pode ter a ideia de 'ressuscitar para uma vida nova', por meio da inocência da *Mademoiselle* Zakhlebínina! Mas o senhor não tem culpa, Pável Pávlovitch, não tem culpa: o senhor é um monstro, e tudo quanto for seu há de ser monstruoso, inclusive seus sonhos e suas esperanças. Contudo, se bem que fosse um monstro, o senhor ficou duvidando de seu sonho e quis, portanto, a suprema sanção de Veltchanínov, que tanto venerava. Precisou da aprovação de Veltchanínov, para ele confirmar que seu sonho não era um sonho e, sim, algo verdadeiro. Foi por aquela veneração que ele me acompanhou, e por acreditar na nobreza de meus sentimentos — por acreditar, quem sabe, que nos abraçaríamos lá, embaixo da moita, e choraríamos juntos, pertinho da inocência. Sim, aquele 'eterno marido' devia afinal, tinha a obrigação de castigar, um dia, a si mesmo por tudo, em definitivo, e foi para castigar a si mesmo que pegou uma navalha: pegou, na verdade, sem querer, mas pegou de fato! 'Enfiou, ainda assim, a faca; terminou, ainda assim, por enfiá-la, na presença do governador!' E a propósito: será que ele também tinha alguma ideia daquele gênero, quando me contou sua anedota sobre o tal de padrinho? Será que houve mesmo alguma coisa, naquela noite, quando ele se levantou da cama e se postou no meio do quarto? Hum!

Não, foi por brincadeira que se postou lá então. Levantou-se para fazer necessidade e, quando viu que eu estava com medo, passou uns dez minutos sem me responder, pois muito lhe agradava ver que eu estava com medo dele... Foi então que teve, quiçá, pela primeira vez algum vislumbre, quando se mantinha ali, na escuridão...".

"E, seja como for, se eu não tivesse largado ontem aquelas navalhas em cima da mesa, nada, por certo, teria acontecido. Será? Será mesmo? Pois ele me evitava antes, pois não vinha à minha casa por duas semanas, pois se escondia de mim por ter pena de mim! Pois foi Bagaútov o primeiro a quem ele escolheu, não fui eu! Pois se levantou, em plena noite, e correu esquentar os pratos, pensando em fazer uma guinada, da faca ao enternecimento!... Queria salvar a nós dois, a mim e a si próprio, com aqueles pratos quentes!...".

Assim se quedou cismando, por muito tempo ainda, a cabeça enferma desse homem "outrora mundano", que ficou transferindo do vazio para o despejado[46] até se apaziguar. No dia seguinte, amanheceu com a mesma cabeça enferma e com um pavor absolutamente novo e absolutamente inopinado.

Esse novo pavor advinha de sua total convicção, a qual se consolidara de súbito em seu íntimo, de que ele, Veltchanínov (e homem mundano), acabaria indo, no mesmo dia e por vontade própria, buscar Pável Pávlovitch. Por quê? Para fazer o quê? Ele ignorava tudo isso e, cheio de asco, nem queria saber de nada; sabia apenas que iria buscá-lo por alguma razão.

Essa loucura — ele não podia denominá-la de outro modo — desenvolveu-se, porém, a ponto de adquirir, na medida do possível, uma aparência racional e uma justificativa assaz legítima: ainda tinha a impressão de que Pável Pávlovitch retornaria ao seu quarto, trancaria devidamente a porta e se enforcaria, igual àquele tesoureiro de quem lhe contara Maria Syssóievna. E sua impressão recente se transformou, pouco a pouco, numa convicção absurda, mas irresistível. "Por que é que aquele bobalhão se enforcaria?" — interrompia-se Veltchanínov a cada minuto. Então relembrava as palavras que Lisa lhe dissera outrora. "Aliás, se eu mesmo estivesse no lugar dele, quem sabe se não me enforcaria..." — chegou a pensar certa feita.

---

[46] "Transferir do vazio para o despejado" (ou seja, fazer um trabalho inútil) é um trocadilho russo bem conhecido.

No fim das contas, em vez de ir almoçar, foi mesmo buscar Pável Pávlovitch. "Apenas me informarei com Maria Syssóievna" — decidira. Contudo, sem ter ainda saído do prédio, parou repentinamente ao pé do portão.

— Será, pois, será... — exclamou, ruborizando-se de vergonha — será que me arrastarei até lá para "abraçar e chorar"? Será que só faltava esse absurdo abominável para completar o vexame todo?

Mas o que o salvou desse "absurdo abominável" foi a Providência de todas as pessoas decentes e respeitáveis. Mal ele saiu do prédio, deparou-se, de chofre, com Alexandr Lóbov. O moço estava bem apressado e alvoroçado.

— Já ia ver o senhor! Seu companheiro, Pável Pávlovitch, hein?...

— Enforcou-se? — murmurou Veltchanínov, com um susto selvagem.

— Quem foi que se enforcou? Por quê? — Lóbov arregalou os olhos.

— Ninguém... falei por falar. Continue!

— Arre, diabo, mas que rumo engraçado é que seus pensamentos tomam! Enforcou-se, coisa nenhuma (por que se enforcaria?). Pelo contrário: foi embora. Acabei de colocá-lo no vagão e de vê-lo partir. Arre, mas como ele bebe, nem lhe conto! Tomamos juntos três garrafas, e Predpossýlov também conosco... mas como bebe aquele dali, como bebe! Cantava no vagão, lembrava o senhor; despediu-se de mim, agitando a mãozinha, e mandou que eu fosse cumprimentá-lo. Mas é um canalha dos grandes, como o senhor acha, hein?

O moço estava realmente ébrio: seu rosto enrubescido, seus olhos brilhantes e sua língua que mal lhe obedecia tornavam isso evidente. Veltchanínov deu uma gargalhada infrene:

— Então acabaram mesmo bebendo seu *Brüderschaft*?[47] Ah-ah-ah! Abraçaram-se e choraram? Mas como vocês são: Schillers, poetas!

— Não xingue, por favor! Ele desistiu de tudo, naquela casa ali, sabe? Foi lá ontem e hoje também. Dedurou para valer. Nádia ficou trancada; está agora no sótão. Gritos e choros, mas nós cá não vamos ceder! Mas como ele bebe, nem lhe conto como ele bebe! E sabe que *mauvais ton*[48] é aquele homem, quer dizer, não é um *mauvais ton*, mas...

---

[47] Brinde à amizade íntima de dois homens que se beijam, depois de beber, e passam a tratar um ao outro por "tu" (em alemão).
[48] Neste contexto, uma pessoa mal-educada, provida de mau gosto e más maneiras (em francês).

como se chama? E não parava de lembrar o senhor, só que não há nem comparação entre vocês dois! O senhor é, apesar de tudo, um homem de bem e realmente já pertenceu, nos idos, à alta sociedade, e só agora é que se esquiva por mera necessidade... por ser pobre, talvez... Sabe lá o diabo: não o entendi, a ele, direito.

— Ah, pois foi ele quem lhe contou sobre mim com essas expressões?

— Foi ele, foi, não se zangue. Ser cidadão é melhor do que pertencer à alta sociedade. Digo isto porque na Rússia, em nossos tempos, não se sabe mais a quem respeitar. Convenha que seja uma doença grave de nosso século, não saber a quem respeitar, não é verdade?

— É verdade, é... mas e ele?

— Ele? Quem? Ah, sim! Por que ele dizia sem parar: "Veltchanínov está com cinquenta anos, mas falido"? Por que "mas falido" e não "e falido"? Estava rindo, repetiu isso mil vezes. Quando entrou no vagão, começou a cantar e chorou — foi simplesmente um nojo! — e chorou assim, lastimosamente, por estar bêbado. Ah, mas não gosto de tolos! Foi jogando dinheiro aos mendigos, para rezarem pela alma de Lisaveta: foi a esposa dele, não foi?

— Foi a filha.

— E o que aconteceu com sua mão?

— Cortei.

— Não é nada, vai passar. Sabe: é bom ele ter ido embora, que o diabo o carregue, porém aposto que, naquele lugar para onde ele foi, há de se casar outra vez, rapidinho, não é verdade?

— Mas o senhor também deseja casar-se?

— Eu? Só que meu caso é diferente: que ideias é que tem aí! Se o senhor já tem cinquenta anos, ele tem, com certeza, sessenta... aí se precisa de lógica, meu querido! E sabe: antes, já faz muito tempo, eu fui um puro eslavófilo,[49] pelas minhas convicções, mas agora a gente espera por uma aurora ocidental... Pois bem, até a vista: ainda bem que o deparei sem ter entrado. E nem vou entrar, não me peça: estou sem tempo!...

O moço já se dispunha a ir correndo embora.

---

[49] Adepto do movimento ideológico, bastante popular em meados do século XIX, cujos membros tencionavam provar a singularidade espiritual da Rússia e suas diferenças intrínsecas e numerosas em relação aos países ocidentais.

— Ah, mas o que tenho eu? — Deu, de repente, para trás. — Pois ele me incumbiu de lhe entregar uma carta! Ei-la aqui. Por que o senhor não veio para se despedir dele?

Veltchanínov voltou para casa e deslacrou um envelope que lhe era endereçado. Não havia, naquele envelope, uma só linha escrita por Pável Pávlovitch, mas se encontrava uma outra carta. Veltchanínov reconheceu a letra dela. Era uma carta antiga, escrita, havia uns dez anos, com tinta desbotada em papel amarelado ao passar do tempo, que se destinava a ele e devia ter sido enviada para Petersburgo dois meses depois de ele abandonar então a cidade de T. No entanto, essa carta não fora enviada; em vez dela, Veltchanínov tinha recebido outra carta, o que se deduzia do conteúdo da carta amarelada. Nessa carta, Natália Vassílievna se despedia dele para todo o sempre, da mesma forma que naquela outra carta recebida por ele, e, confessando que amava outro homem, não lhe escondia, porém, sua gravidez. Pelo contrário, prometia-lhe, à guisa de consolo, que encontraria um meio de lhe entregar a criança por vir, asseverava que eles teriam doravante outras obrigações, que sua amizade estava ora firmada para sempre... numa palavra, havia pouca lógica, mas o objetivo era o mesmo: fazer que ele a livrasse de seus amores. Até se permitia que ele passasse, um ano mais tarde, por T. a fim de ver a criança. Só Deus sabia por que ela mudara de ideia e enviara outra carta em vez dessa.

Veltchanínov estava pálido, enquanto lia a carta, mas imaginou também como Pável Pávlovitch a encontrara e como a lera, pela primeira vez, diante da caixeta de ébano incrustada de nácar, pertencente à sua família, que acabava de abrir.

"Devia ter empalidecido também, como um morto" — pensou Veltchanínov ao lobrigar, fortuitamente, seu próprio rosto no espelho. — "Decerto fechava os olhos, ao passo que lia, e voltava a abri-los de supetão, esperando que a carta se transformasse numa simples folha de papel branco... Devia ter repetido essa tentativa umas três vezes!...".

XVII. O ETERNO MARIDO

Passaram-se quase dois anos inteiros após a aventura que havíamos descrito. E eis que encontramos o senhor Veltchanínov, num belo dia estival, no vagão de uma das nossas estradas de ferro recém-inauguradas. Ele se dirigia para Odessa,[50] querendo rever, por mera diversão, um companheiro seu e, simultaneamente, devido a outra circunstância, também assaz agradável: esperava arranjar, com o auxílio do tal companheiro, um encontro com certa mulher sobremodo interessante, que lhe apetecia conhecer havia bastante tempo. Sem nos aprofundarmos em pormenores, limitar-nos-emos a notar que muito se transformara ou, melhor dito, muito se corrigira nesses últimos dois anos. Não sobravam praticamente nem rastros de sua antiga hipocondria. Das mais diversas "lembranças" e angústias decorrentes da sua doença, pelas quais ele se via assediado, dois anos antes, em Petersburgo, durante aquele seu processo judicial que não corria bem, restava-lhe apenas uma espécie de vergonha oculta por se dar conta de sua antiga pusilanimidade. Recompensava-o, em parte, sua certeza de que isso não voltaria mais a acontecer e que ninguém chegaria nunca a saber disso. É verdade que se afastou então da sociedade, até mesmo passou a vestir-se mal e acabou por se esconder algures de todo mundo, e que todo mundo reparou, sem dúvida, em sua conduta. Mas ele reapareceu tão rápido, com ares contritos e, ao mesmo tempo, revigorados e cheios de autoconfiança, que "todo mundo" lhe perdoou logo aquele seu afastamento passageiro; até as pessoas que Veltchanínov deixara momentaneamente de cumprimentar foram as primeiras a reconhecê-lo e a estender-lhe a mão, fazendo isso, ainda por cima, sem nenhuma pergunta maçante, como se ele tivesse passado todo aquele tempo a viajar, bem longe dali, por motivos pessoais, que não interessavam a nenhuma delas, e acabasse de regressar à capital. A razão de todas essas proveitosas e salutares mudanças para melhor era, bem entendido, seu litígio ganho. Veltchanínov recebera apenas sessenta mil rublos; o negócio não fora, seguramente, vultoso, mas, para ele próprio, bem importante: em primeiro lugar, ele sentira logo que recuperava seu terreno estável e ficara, portanto, moralmente satisfeito, sabendo ao certo que não iria mais desbaratar, "como um bobalhão", aquele seu último dinheiro, igual às duas fortunas anteriores que tinha desperdiçado, e que viveria abastado até o fim de seus dias. "Por mais que se rache aquele edifício social deles, por mais que eles ponham ali

---

[50] Grande cidade localizada no litoral do mar Negro e pertencente agora à Ucrânia.

a boca no trombone" — pensava ele, de vez em quando, abrindo os olhos e apurando os ouvidos para todo o miraculoso e inacreditável que se operava ao seu redor e pela Rússia afora —, "por mais que se transformem lá as pessoas e as ideias, eu cá sempre terei, apesar de tudo, ao menos este meu almoço fino e saboroso, que vou degustar agora, e serei, por conseguinte, pronto para o que der e vier". Essa ideia, terna até a volúpia, apossara-se dele aos poucos, mas por completo, e efetuara nele uma reviravolta não só moral, mas até mesmo física: atualmente, ele se considerava como um homem bem diferente daquele "hamster" que descrevêramos, dois anos antes, e ao qual já vinham ocorrendo várias histórias indecentes, e sua aparência era alegre, serena e imponente. Até essas rugazinhas malignas, que começavam a multiplicar-se perto dos seus olhos e sobre a sua testa, quase se apagaram; até sua tez mudou, tornando-se mais branca e corada. No momento presente, ele estava sentado num lugar confortável, no vagão de primeira classe, e uma ideia aprazível surgia em sua mente: na próxima estação, a via férrea se desdobraria, e um novo caminho levaria para a direita. "Se eu largasse, por um minutinho, o caminho reto, se me deixasse levar para a direita, então poderia visitar, no máximo a duas estações daqui, outra dama conhecida, que acaba de voltar do estrangeiro e permanece agora num retiro provinciano, muito enfadonho para ela, mas agradável para mim, ou seja, teria a oportunidade de passar meu lazer de modo não menos interessante que em Odessa, ainda mais que aquela mulher dali tampouco me escaparia...". Continuava a hesitar, entretanto, sem se decidir em definitivo: "esperava por um empurrão". Nesse meio-tempo, o trem se aproximava da estação; o empurrão também lhe sobreveio em breve.

O trem ficava parado, naquela estação, por quarenta minutos, e um almoço era oferecido aos viajantes. Bem na entrada da sala para os passageiros de primeira e segunda classes, acumularam-se, como de praxe, muitas pessoas impacientes e apressadas, e eis que aconteceu — possivelmente, como de praxe também — um escândalo. Ao sair do vagão de segunda classe, uma dama notavelmente bonita, mas vestida com um garbo exagerado para quem estivesse viajando, quase arrastava atrás de si, com ambas as mãos, um ulano,[51] um oficialzinho muito novo

---

[51] Lanceiro de cavalaria em alguns países europeus, inclusive na Rússia.

e bonitinho que se arrancava das suas mãos. Tal oficialzinho novinho estava muito embriagado, e essa dama, que era, segundo toda probabilidade, sua parenta mais velha, não o deixava afastar-se dela, talvez receosa de que corresse diretamente ao balcão de bebidas. Enquanto isso, um comerciante de pouca monta, que também estava farreando e também de maneira indecorosa, deparou-se com o ulano no meio da multidão. Já ia para dois dias que aquele comerciante permanecia na estação, bebendo e gastando a torto e a direito em companhia dos mais diversos companheirinhos, e não conseguia pegar nenhum trem para continuar a sua viagem. Houve uma briga: o oficial esbravejava, o comerciante xingava, a dama estava desesperada e, levando o ulano longe da briga, exclamava com uma voz suplicante: "Mítenka! Mítenka!"[52] O comerciante achou aquilo por demais escandaloso; é verdade, porém, que todos estavam rindo, só que o comerciante se melindrou por causa de sua moral ofendida, conforme lhe parecia, por algum motivo.

— Vejam só: "Mítenka"! — comentou, em tom de censura, arremedando a vozinha fina daquela mulher. — Já não têm vergonha nem no meio do povo!

Aproximou-se, cambaleante, da dama, que se deixara cair na primeira cadeira vista e fizera que o ulano também se sentasse ao seu lado, olhou para ambos com desdém e disse como quem cantasse:

— Que puta tu és, mas que puta: empinaste esse teu rabo!

A dama soltou um ai e lançou um olhar lastimoso à sua volta: esperava que alguém a defendesse. Estava tão envergonhada quanto amedrontada, e o oficialzinho saltou, para completar, fora da sua cadeira e partiu, aos berros, para cima do comerciante, mas tropeçou e tombou de volta naquela cadeira. As gargalhadas cresciam ao redor deles, sem ninguém pretender ajudá-los; quem os ajudou foi Veltchanínov: agarrou, de improviso, o comerciante pela gola, fê-lo girar e empurrou-o de modo que só parasse a uns cinco passos da mulher assustada. O escândalo acabou nisso: estarrecido com o empurrão e o vulto imponente de Veltchanínov, o comerciante foi de pronto levado embora pelos seus companheiros. A respeitável fisionomia daquele senhor com traje requintado causou um forte impacto aos zombeteiros também: suas

---

[52] Forma diminutiva e carinhosa do nome russo Dmítri (Mítia).

risadas se interromperam. Enrubescendo e quase chorando, a dama se desfez toda em declarações de sua gratidão. O ulano murmurava: "Abrrrigado, abrrrigado!" e já queria estender sua mão a Veltchanínov, mas preferiu, em vez disso, estender-se sobre as cadeiras e colocou em cima delas, inclusive, suas pernas.

— Mítenka! — admoestou-o a dama, gemendo e agitando os braços.

Veltchanínov estava contente com a própria aventura e com seu ambiente. A dama lhe suscitava interesse: era, aparentemente, uma provinciana riquinha, cujas roupas, conquanto garbosas, denotavam certa falta de gosto e cujas maneiras pareciam um tanto ridículas, e reunia notadamente todas as qualidades que garantiriam o sucesso de um fátuo metropolitano a cortejar, com determinada finalidade, uma mulher. Travou-se uma conversa: a dama se queixava, acaloradamente, de seu marido que "de repente sumira do vagão e fora não se sabia aonde", dizendo ter sido "por isso que tudo acontecera, pois ele ia não se sabia aonde todas as vezes que deveria estar por perto...".

— Foi à latrina... — murmurou o ulano.

— Ah, Mítenka! — A dama voltou a agitar os braços.

"Eta, mas como o marido vai apanhar!" — pensou Veltchanínov.

— Qual é o nome dele? Vou procurá-lo — propôs em seguida.

— Pal Pálytch — respondeu o ulano.

— Seu marido se chama Pável Pávlovitch? — perguntou Veltchanínov, curioso, e de repente a cabeça calva, que lhe era tão familiar, enfiou-se entre ele e a mulher. Rememorou, num instante, o jardim dos Zakhlebínin, as brincadeiras inocentes e essa cabeça, calva e importuna, que surgia volta e meia entre ele e Nadejda Fedosséievna.

— Até que enfim você apareceu! — exclamou sua esposa, histérica.

Era Pável Pávlovitch em pessoa; atônito e temeroso, olhava para Veltchanínov, levando um susto como quem visse um fantasma. Seu pasmo era tamanho que ele aparentava nem entender, durante algum tempo, nada daquilo que lhe explicava depressa, irritada como estava, sua esposa ultrajada. Estremeceu, afinal, e abrangeu, de uma vez só, todo o horror de sua situação: pensou em sua culpa, em Mítenka e no que "esse *Monsieur*" — por alguma razão, a dama chamara Veltchanínov assim — "foi nosso anjo da guarda e nosso salvador, já que você vai embora todas as vezes que deveria estar por perto...".

De súbito, Veltchanínov se pôs a gargalhar.

— Mas nós somos amigos, amigos desde a infância! — exclamava, dirigindo-se à dama perplexa e colocando seu braço direito, com um gesto familiar e protetor, sobre os ombros de Pável Pávlovitch, que sorria meio sem graça. — Será que não lhe falou de Veltchanínov?

— Não falou nunca, não — A mulher ficou um pouco atarantada.

— Então me apresente, infiel amigo, à sua esposa!

— De fato, Lípotchka:[53] é o senhor Veltchanínov, é... — Pável Pávlovitch já ia falar, mas se interrompeu vergonhosamente. Sua esposa enrubesceu toda e cravou nele um olhar maldoso, decerto aborrecida com "Lípotchka".

— Imagine só: não me avisou que acabava de se casar nem me convidou para o casamento, mas a senhora, Olimpiáda...

— Semiônovna — soprou Pável Pávlovitch.

— Semiônovna! — repetiu o ulano que já estava cochilando.

— Faça o favor de perdoá-lo, Olimpiáda Semiônovna, faça por mim, por este encontro de dois amigos... É um bom marido!

E Veltchanínov deu um tapinha amigável no ombro de Pável Pávlovitch.

— Eu, amorzinho, eu me detive... só por um minutinho... — Pável Pávlovitch ia justificando a sua ausência.

— E expôs sua mulher à desonra! — rebateu logo Lípotchka. — Quando precisamos de você, não está aí; quando não precisamos, está...

— Quando não precisamos, está, sim... quando não precisamos... e onde não precisamos... — confirmava o ulano.

Lípotchka quase se sufocava de tão emocionada; sabia, ela mesma, que não era bom falar assim na frente de Veltchanínov, corava, mas não se continha.

— Está cismado demais, onde não precisa, cismado demais! — deixou escapar.

— Procura amantes... debaixo da cama... debaixo da cama... onde não precisa... onde não precisa... — De chofre, Mítenka também ficou exaltado.

Não se podia mais acalmar esse Mítenka. O desfecho foi, porém, agradável: estabeleceu-se uma intimidade plena. Mandaram Pável Pávlovitch buscar um café e um caldo. Olimpiáda Semiônovna explicou

---

[53] Forma diminutiva e carinhosa do nome russo Olimpiáda (Lipa).

para Veltchanínov que eles vinham agora de O., onde seu marido servia, a fim de passarem dois meses em sua chácara, a qual não era longe dali, apenas a umas quarenta verstas daquela estação, que havia lá uma bela casa com jardim, que eles iam receber visitas, que tinham também uns vizinhos, e que, se Alexei Ivânovitch tivesse a bondade de visitá-los "em seu recolhimento", ela o acolheria como "seu anjo da guarda", pois não conseguia nem recordar sem pavor o que teria acontecido se... *et cætera* e tal, e assim por diante — numa palavra, "como seu anjo da guarda"...

— E seu salvador, e seu salvador — insistia, ardorosamente, o ulano.

Veltchanínov agradeceu cortesmente e respondeu que estava sempre pronto, que era um homem absolutamente ocioso e desocupado, e que o convite de Olimpiáda Semiônovna lhe parecia por demais lisonjeiro. Logo a seguir, travou uma conversa jovialzinha em que inseriu, oportunamente, dois ou três cumprimentos. Lípotchka ficou vermelha de tanto prazer e, assim que voltou Pável Pávlovitch, declarou-lhe, extasiada, que Alexei Ivânovitch teria a bondade de aceitar o convite dela, para passar um mês inteiro na chácara do casal, e prometera ir lá dentro de uma semana. Pável Pávlovitch sorriu, desnorteado, mas não disse nada. Em resposta, Olimpiáda Semiônovna só encolheu seus ombrinhos e ergueu os olhos para o céu. Despediram-se afinal: houve, de novo, agradecimentos e "anjo da guarda" e "Mítenka", e Pável Pávlovitch acabou levando sua esposa e aquele ulano de volta para o vagão. Veltchanínov acendeu um charuto e começou a andar, de lá para cá, pela galeria anteposta à gare; sabia que Pável Pávlovitch não demoraria a voltar correndo a fim de conversar com ele antes que tocasse o sinal. Foi isso que aconteceu. Pável Pávlovitch reapareceu de pronto em sua frente, e uma indagação se lia, angustiante, nos olhos e em toda a fisionomia dele. Veltchanínov se pôs a rir, pegou-o "amigavelmente" pelo cotovelo e, puxando-o em direção ao banquinho mais próximo, sentou-se e fez que ele se sentasse ao seu lado. Estava calado; queria que Pável Pávlovitch fosse o primeiro a falar.

— O senhor vai, pois, à nossa chácara? — balbuciou este, abordando o assunto com plena franqueza.

— Bem que eu sabia! Não mudou nem um tantinho! — Veltchanínov deu uma gargalhada. — Será que o senhor... — prosseguiu, dando outro tapinha no ombro dele — será que pôde pensar seriamente, apenas por um minuto, que eu fosse mesmo capaz de ir à sua chácara e de passar lá, ainda por cima, um mês inteiro? Ah-ah!

Pável Pávlovitch teve um sobressalto violento.

— Então não vai? — exclamou, nem por sombras escondendo a sua alegria.

— Não vou, não! — Contente consigo, Veltchanínov ria. De resto, continuava sem entender por que estava especialmente disposto a rir, se bem que risse cada vez mais.

— Será que... será que diz a verdade? — Com essa frase, Pável Pávlovitch até deu um pulinho, soerguendo-se em seu assento numa vibração esperançosa.

— Pois já lhe disse que não iria, não disse? Mas como o senhor é esquisito!

— Então como eu... se for verdade, como eu direi isso a Olimpiáda Semiônovna, se o senhor não vier daqui a uma semana e se ela ficar esperando?

— Quanta dificuldade, hein? Diga que quebrei minha perna ou algo parecido.

— Não acreditará — gemeu Pável Pávlovitch, com uma vozinha plangente.

— E o senhor vai apanhar? — Veltchanínov não parava de rir. — Estou percebendo, meu pobre amigo, que treme perante sua linda esposa, não é?

Pável Pávlovitch tentou sorrir, mas não conseguiu. Decerto era bom que Veltchanínov não pretendesse visitá-lo, mas era, por outro lado, ruim que tomasse ousadia em relação à sua esposa. Pável Pávlovitch contraiu-se todo, e Veltchanínov reparou nisso. Entrementes, o sinal já havia tocado pela segunda vez, e eis que se ouviu ao longe uma vozinha fina, a qual vinha do vagão e clamava, inquieta, por Pável Pávlovitch. Este ficou azafamado, mas não correu atender ao apelo: aparentemente, esperava outra coisa de Veltchanínov, querendo, por certo, que ele repetisse a sua promessa de não ir visitá-lo.

— De que família provém sua esposa? — questionou Veltchanínov, como se não fizesse caso daquela azáfama de Pável Pávlovitch.

— É filha de nosso pároco[54] — respondeu ele, olhando, perturbado, para os vagões e apurando os ouvidos.

---

[54] Os padres da Igreja Ortodoxa têm o direito de se casar e, geralmente, possuem famílias grandes.

— Ah, compreendo: casou-se em razão de sua beleza.

Pável Pávlovitch contraiu-se de novo.

— E quem seria aquele Mítenka de vocês?

— É assim... um contraparente nosso, quer dizer, meu... o filho de minha prima finada... chamado Golúbtchikov[55]... foi rebaixado por desacatos e agora voltou a ser oficial... pagamos mesmo pelo uniforme dele... Um jovem infeliz...

"Pois bem, pois bem: está tudo em ordem... a trama completa!" — pensou Veltchanínov.

— Pável Pávlovitch! — soou novamente, agora com uma notinha meio irritadiça, o mesmo apelo que vinha do vagão.

— Pal Pálytch! — ouviu-se outra voz, toda enrouquecida.

Agitando-se mais ainda, Pável Pávlovitch queria já ir embora, mas Veltchanínov lhe segurou com força o cotovelo e fê-lo parar.

— Quer que eu vá agora e conte para sua esposa como o senhor ansiava por me degolar, hein?

— O que é isso, o que é isso? — Pável Pávlovitch ficou terrivelmente assustado. — Deus lhe defenda!

— Pável Pávlovitch! Ó, Pável Pávlovitch! — ouviram-se as mesmas vozes.

— Vá indo! — Veltchanínov soltou-o, por fim, continuando a rir benévolo.

— Não vai, pois, visitar a gente? — sussurrou Pável Pávlovitch pela última vez, quase desesperado e mesmo juntando as mãos, palma contra palma, como nos velhos tempos.

— Juro-lhe que não vou! Corra lá, corra, senão haverá uma desgraça!

E estendeu, com um gesto folgado, sua mão a Pável Pávlovitch: estendeu-a e estremeceu... Pável Pávlovitch não apenas deixou de apertar a mão dele, como também retirou a sua.

O sinal tocou pela terceira vez.

Algo estranho se deu, num instante, com ambos: ambos pareciam transfigurados. Algo vibrou e, de repente, como que se rompeu na alma de Veltchanínov, que rira tanto apenas um minuto antes disso. E foi então que ele agarrou, forte e furiosamente, o ombro de Pável Pávlovitch.

---

[55] A palavra russa голубчик, da qual é derivado o sobrenome de Mítenka, significa "amorzinho, xodozinho".

— Pois se eu mesmo, se eu lhe estendo esta minha mão — disse, mostrando-lhe a palma de sua mão esquerda onde se via claramente uma comprida cicatriz —, o senhor bem que poderia tomá-la aí! — cochichou, e seus lábios embranquecidos estavam tremendo.

Pável Pávlovitch também ficou pálido, e seus lábios tremeram também. Era como se uma convulsão lhe percorresse subitamente o rosto.

— E Lisa? — cochichou rápido, a gaguejar, e eis que seus lábios e suas faces e seu queixo passaram de chofre a saltitar, e as lágrimas lhe jorraram dos olhos. Veltchanínov estava em sua frente, imóvel como um pilar.

— Pável Pávlovitch! Ó, Pável Pávlovitch! — guinchavam no vagão, como se alguém estivesse prestes a ser degolado ali, e de repente a locomotiva silvou.

Voltando a si, Pável Pávlovitch agitou os braços e foi correndo a toda a brida; o trem já havia partido, mas ele conseguiu, não obstante, alcançá-lo e saltar para dentro do seu vagão em pleno movimento. Veltchanínov se deteve na estação e retomou sua viagem tão só ao cair da noite, esperando por outro trem e seguindo o caminho já definido. Não dobrou à direita na intenção de ir visitar aquela provinciana que conhecia: estava aborrecido demais para tanto. E como se arrependeria disso mais tarde!

SOBRE O TRADUTOR

Nascido na Bielorrússia em 1971 e radicado no Brasil desde 2005, Oleg Almeida é poeta, ensaísta e tradutor, sócio da União Brasileira de Escritores (UBE/São Paulo). Autor dos livros de poesia *Memórias dum hiperbóreo* (2008, Prêmio Internacional Il Convivio, Itália/2013), *Quarta-feira de Cinzas e outros poemas* (2011, Prêmio Literário Bunkyo, Brasil/2012), *Antologia cosmopolita* (2013) e *Desenhos a lápis* (2018), além de diversas traduções de clássicos das literaturas russa e francesa. Para a Editora Martin Claret traduziu *Diário do subsolo, O jogador, Crime e castigo, Memórias da Casa dos mortos, Humilhados e ofendidos, Noites brancas, O eterno marido e Os demônios*, de Dostoiévski, *Pequenas tragédias*, de Púchkin, *A morte de Ivan Ilitch e outras histórias* e *Anna Karênina*, de Tolstói, e *O esplim de Paris: pequenos poemas em prosa*, de Baudelaire, bem como duas extensas coletâneas de contos russos.

© C*opyright* desta tradução: Editora Martin Claret Ltda., 2018.
Título original em russo: Белые ночи; Вечный муж

Direção
MARTIN CLARET

Produção editorial
CAROLINA MARANI LIMA / MAYARA ZUCHELI

Direção de arte
JOSÉ DUARTE T. DE CASTRO

Diagramação
GIOVANA QUADROTTI

Ilustração de capa e guardas
JULIO CESAR CARVALHO

Tradução e notas
OLEG ALMEIDA

Revisão
ALEXANDER B. SIQUEIRA
RINALDO MILESI

Impressão e acabamento
GEOGRÁFICA EDITORA

A ortografia deste livro segue o novo Acordo Ortográfico da Língua Portuguesa.

Dados Internacionais de Catalogação na Publicação (CIP)
(Câmara Brasileira do Livro, SP, Brasil)

Dostoiévski, Fiódor, 1821-1881.
Início e fim / Fiódor Dostoiévski; tradução e notas: Oleg Almeida. –
São Paulo: Martin Claret, 2021.

Título original: Белые ночи; Вечный муж.
ISBN 978-65-5910-072-9

1. Ficção russa I. Almeida, Oleg. II. Título.

21-68384   CDD-891.73

Índices para catálogo sistemático:

1. Ficção: Literatura russa   891.73
Cibele Maria Dias – Bibliotecária – CRB-8/9427

EDITORA MARTIN CLARET LTDA.
Rua Alegrete, 62 — Bairro Sumaré — CEP: 01254-010 — São Paulo — SP
Tel.: (11) 3672-8144
www.martinclaret.com.br
Impresso – 2021